光文社文庫

推理小説集

影の車

松本清張プレミアム・ミステリー

松本清張

光 文 社

目次

第一話　潜在光景

1

私が小磯泰子《こいそやすこ》と二十年ぶりに再会したのは、帰宅途中のバスの中だった。

私の家は、都心から国電で三十分ばかり乗り、私鉄に乗り換えて二十分かかる。それからバスで三十分もかかるという、ひどく辺鄙《へんぴ》なところだった。七、八年前は麦畠《むぎばたけ》だったのが、今ではすっかり住宅地になっている。バスも二年前からやっと開通するようになった。

その日は会社からの帰りだから、多分、七時ごろであったと思う。私が吊《つ》り革にぶら下っていると、すぐ隣にいた三十四、五ぐらいの女が、何かの拍子にこちらを向き、びっくりしたように声をあげた。

「あら、あなたは、浜島《はまじま》さんじゃありませんか?」

その女は、こざっぱりとしたワンピースを着て、手に小さな鞄《かばん》を抱えていた。

夏の初めのことである。

私は、自分の名前をいわれたが、すぐ、彼女が誰《だれ》か分らなかった。先方では、懐しそうな眼をしてにこにこ笑っていた。

私にやっと記憶を蘇《よみがえ》らせたのは、その女の眼つきである。

彼女の瞼《まぶた》は、恰度《ちょうど》ふくらんだように厚かった。その腫《は》れぼったい瞼に憶《おぼ》えがある。

「ああ、あなたは泰子さんですね？」

私も意外そうに声を返した。

「ええ、そうです。分りましたか」

彼女はまだ笑っていた。

「やっと分りましたよ」

やっと、という言葉には意味がある。随分、年取ったというか、記憶の中にある彼女の顔がひどく変化を遂げている。二十年も前だから当然のことだが、あのときの記憶にある華奢《きゃしゃ》な、弱々しげな身体つきはどこにもなく、そこにあるのは、中年女の小肥《こぶと》りな体格と、小皺《こじわ》の寄った顔だった。

「そうでしょう」

彼女は照れ臭そうに笑った。

「随分、おばあちゃんになったでしょ？」

笑っている眼尻《めじり》に皺が集った。

「そうでもありません。しかし、あのころとはやはり変りましたね。すっかり肥ったじゃありませんか」

彼女の顔は、たしか長い顔だったが、今は円いほうに近い。細かった身体も頑健そうに変っていた。

「しかし、随分、奇遇ですね」

私はいった。

「ほんとうですわ。こんなところでお目にかかろうとは思いませんでしたわ。浜島さんは、このバスにいつも乗ってらっしゃいますの？」

「ええ。安月給取りですから、いつも、これでとことこと、京橋まで行っていますよ」

「あら、そうですか。不思議ですわね。わたしもこのバスにずっと乗ってますのよ。今まで一度もお目にかからなかったのは、どうしたんでしょう？」

「そうですね」

私は、彼女の恰好《かっこう》をそれとなく観察した。ハンドバッグのように抱えているのは、たしかに婦人持ちの手鞄である。このバスを利用しているというなら、彼女もこの近くに居をもって、勤めに出ているのかもしれない。

「この辺にお住まいですか？」

私が訊《き》くと、

「そうです。××で降りますの」

××というのは、私が降りる停留所より一つ手前だった。

「おどろきましたね。ぼくはその次ですよ」

「あら」

彼女はまたびっくりしたように、その特徴ある腫れぼったい眼を開いた。

「いつからお住まいですの？」

「もう、五、六年になります」

「あら、わたしだって七年も前からおりますのよ。おかしいですわね。今までちっともお遇《あ》いしなかったのが」

「全くですね」

私たちは、互にしばらく顔を見合わせた。

その瞬間に、二十年も前のことが、私と同様に彼女の眼にも泛《うか》んだようだった。

二十年前というと、恰度、日本が破滅的な戦争に突入したころである。

泰子は、私の家の恰度前に、両親と一緒に住んでいた。そのころ私は品川に近いところにいたのだ。

泰子が私の家の前にいたのは、二年そこそこであったと思う。父親がどこかの会社に出ていて、転任のために引越して来たのだが、また二年経って転勤で他所《よそ》へ移った。そのころの泰子は、十四、五歳くらいで、女学校の一年生か二年生だった。私と泰子とはよく顔を合わせたが、それほど親しかったわけではない。彼女の父親が勤人で、ひどく厳格そうに見えたこともあり、私の家とはただ普通の近所づき合いという程度で、べつに往来もなかった。

私が彼女と親しくなれなかったのは、また別な理由がある。そのころ、私も十六歳ぐらいで、女学生のセーラー服を着た彼女が何となく眩《まぶ》しかったからだ。今でも憶えているが、彼女が私の前に姿を現わすと、私のほうからこそこそと隠れたものだ。そのくせ、彼女の姿を見るために、表に面した二階の障子を少し開け、一心に観察したものだった。

そのころの彼女の腫れぼったい瞼が、ひどく個性的な美しさに映った。

いま、バスの中で再会して、こんなに親しく口が利けるのは、お互が大人になったからであろう。ただ、彼女のほうは、ことの意外に顔をすこし赧《あか》くしていた。

「お母さまは、お元気ですか？」

彼女は私に訊いた。

「いや、亡くなりましたよ」

「あら、いつですか？」

「もう、十四、五年前です」

「おや、そうですか。お元気そうな方でしたけれど。それはお寂しいですね」

私は、むろん、彼女が人妻になっていることと思っていた。が、そのことは訊けず、彼女の両親のことを訊《たず》ねた。すると、やはり両方とも亡くしてしまった、と答えた。私は、むつかしそうな顔をしていた彼女の父親を眼に泛べた。

そのうち、バスは彼女の降りるべき停留所に着いた。

「それでは、失礼します」

彼女は、特徴のある眼に笑いを泛べて、あわてて私に挨拶《あいさつ》した。

「お近いようですから、この次お目にかかったときは、お立ち寄り下さい」

彼女は、急いでいい残し、ほかの乗客を掻《か》き分けて昇降口に出た。

動き出したバスの上から見ると、彼女も外から私の立っている窓のあたりに顔を向け、軽くお辞儀をしていた。

二十年前に近所にいた少女のことは、その日の私の心に立った小さな漣《さざなみ》だった。

私は家に帰り、妻に珍しい人に遇ったことを話した。

「そう」

妻は興味なさそうに聞いただけだった。あとで考えると、そのほうが都合が好《よ》かったのだ。私もそのとき、後に来る発展を考えてもいなかった。

2

二度目に彼女とバスの中で遇ったのは、それから一週間あとだった。

「お遇いすると、つづいてお目にかかれますのね」

彼女は笑った。この前の話で、私たちの間はかなり遠慮が取れていた。それはお互がいい加減年をくっていたせいでもあり、彼女が人妻だったからであろう。

「近いんですの。すぐそこですから、どうぞお立ち寄り下さい」

そのとき、彼女は私にすすめた。私の降りる停留所とは一つしか違わないから、歩いても知れたものだと思って、私も思い切って彼女につづいてバスを降りた。むろん、興味があったからだが、自分で横着な気もしないではなかった。

近いといっても、彼女の家までは、歩いて十分もかかるということだった。町並みが切れると、しばらく畠の中についた道を行く。その向うに別な住宅地の灯があった。

私と泰子とは、少し離れて歩いた。

「お邪魔じゃありませんか？」

私は訊いた。彼女の夫のことを考えたからである。が、一方、彼女がすぐに私を誘ったところをみると、独りで生活しているのかもしれないという探りでもあった。

「いいえ、ちっとも……誰もいませんわ」

彼女は私の気持を察したようにいった。だが、誰もいないというのは、夫が留守をしているという意味か、彼女が独身で暮らしているという意味か、すぐ判断がつかなかった。

「子供さんは？」

私は訊いた。

「はい、六つになる子が一人います」

彼女はあっさり答えた。

「それはお楽しみですね」

私はいったが、もちろん、彼女が今まで結婚していなかったとは考えていない。

「かなり遠いんですね？」

私は暗い道の途中でいった。隣を歩いている彼女はやはり黒い小さな鞄を小脇《こわき》に抱えていた。私は彼女が働いているらしいことを知ったが、どういう職業かよく分らなかった。

「初めての方は、どなたもそうおっしゃいますわ。馴《な》れるとそうでもないんですが」

彼女は言訳のように答えた。

「夜なんか暗いでしょう。あんまり晩《おそ》いときは、旦那《だんな》さままでも迎えにいらっしゃるんですか？」

私はそういうことから探ってみた。

「いいえ、そんな者はいませんわ」

彼女は私の心を見抜いて笑った。

「おや、どうなさったんですか？」

「亡くなりましたわ」

私は軽く心を殴られたような気になった。一方には安堵《あんど》を覚え、一方には危険を感じていた。

「そりゃどうも……いつごろ？」

「四年前ですの」

「そうですか。それは大変ですね」

私は何となくいった。

「ええ。主人が生きてるときは、何とも思いませんでしたが、やはり死なれてみると、女ひとりで働くのは生やさしいことではありませんわ」

「失礼ですが、何をなさっていますか？」

「保険の集金人です」

彼女はわるびれもせずに答えた。それで彼女の小脇に抱えている黒い鞄に合点ができた。

「浜島さんは？」

彼女は私のことに移った。

「ええ、つまらない会社に出ていますよ」

「けっこうですわ。子供さんは？」

「いません」

「まあ。それはお寂しいでしょう。もう、結婚なすってどれぐらい経《た》ちます？」

「そろそろ、十年ですよ。だんだん詰らなくなってきました」

「あんなことといって。でも、奥さんはお仕合わせですわ。何といっても、旦那さまに死なれるほど、女は困ることはありません」

それで彼女の大体の様子が分った。

別な町の区劃《くかく》に入ると、彼女は私に、ちょっと失礼します、と会釈してマーケットの店先に走った。私が立ちながら見ていると、彼女は牛肉とネギとを包ませた。それはほんの少量だった。

「今ごろ伺っちゃ悪いな」

私は彼女と並んで歩き出してからいった。

「いいえ、ちっともかまいません。わたくしが主人ですから。誰にも気兼ねはないんですよ」

彼女は自分の家の前に私をつれて来た。狭い、古い家だった。

「どうぞ」

彼女は先に戸を開けたが、鍵《かぎ》は掛っていなかった。

「散らかってますから、すぐに片づけますわ」

私は外にちょっと待たされたが、すぐ、彼女に呼び入れられた。

家はバラックを改装したような安普請《やすぶしん》である。それでも、六畳と四畳半の二間はきれいに片づけられていた。ひと目見て、彼女が清潔好きで、貧しいながらも部屋の整頓《せいとん》に気を配っていることが分った。

「健《けん》ちゃん、健ちゃん」

と彼女は裏のほうへ向って呼んだ。子供の声がして、私の前に現われたのは頭の大きな男の子だった。

「さあ、おじさんに挨拶なさい」

彼女がいうと、男の子は私のほうをまじまじと見て、つっ立っていた。子供は、思いがけなく母親の連れて帰った私という人間を初めて見たのだが、人懐こそうな眼ではなかった。

「さあ、何をしてるの。ちゃんと挨拶をなさい」

子供はやっと膝《ひざ》を折って、

「こんにちは」

と私にいった。

「お利口だね」

私はほめた。

「幾つになるの？」

年は彼女から聞いていたが、愛嬌《あいきょう》で訊いた。

それにも男の子はすぐに返事をしなかった。すぐに起《た》って、襖《ふすま》の向うに身体半分を隠してのぞいている。

「さあ、ちゃんとご返事なさい」

泰子は振り向いて叱《しか》るようにいった。

「幾つだったの？　健ちゃん」

子供は母親にいわれてもなかなか口を開かなかったが、三度目に叱られて、

「六つ……」

と仕方なさそうに答えた。

「あの子が、今のわたしの、ただ一つの頼りですわ」

健一《けんいち》という子である。その子が遊びに出て行くと、彼女は私に茶を出して話した。

「母親ですから、なるべく甘やかさないように育てているんですが、やっぱり女では駄目ですわ。だんだん、いうことを聞かなくなってきました」

彼女は嘆息するようにいった。

「いや、あのくらいの年ごろが、一番そうですよ。もう少し大きくなると直ります。

どこでも同じことです」

私は、その晩、彼女からスキ焼を御馳走《ごちそう》してもらった。彼女が帰りがけにマーケットに走り寄ったのは、私への心遣いであった。

あまり長くいては悪いと思って、一時間余りで引き揚げたのだが、

「こうしてまた御近所になったのも、何かの因縁ですわ。どうか、また遊びにいらして下さい」

と彼女は私を見送っていった。

私の妻は、それほど温かい気持の女ではなかった。子供がいなかったせいもあるのか、家の中は索漠としていた。それで、ちょっと泰子の家に行っただけだったが、彼女の態度には、妻に見られないやさしさが感じられた。狭い貧しげな家だが、それでも、彼女の女らしさが部屋の整頓のしぐあいなどに出ていた。

最初泰子に再会したときは、見違えるように中年女になっていたが、二度目に遇うと、やはり二十年前の少女の面影がその顔に強く残っていた。

私は泰子の家に行って夕食の馳走になったことを妻にいわなかった。私の心には、軽い歓《よろこ》びに似たようなものが動いていた。もしかすると、これからは、会社と家とを単調に往復するあの退屈さから救われる、小さな刺戟《しげき》になりそうだった。

3

私は泰子の家に行くのがだんだん多くなった。

彼女は保険の集金人をしているが、同時に勧誘もやっていた。勧誘をやれば、歩合で彼女の収入が増えるのだ。私は自分の友人や知人に口を利いてやって、幾人かは彼女の会社の生命保険に加入させた。

こういうこともあって、私と泰子との間が急速に進んだ。私は会社が退《ひ》けると、わざと街でぶらぶらして時間を消し、ころ合いを見計らって彼女の家に行った。彼女のほうでも私の来るのを心待ちにしているようで、晩飯などを用意していたりした。

私は会社づとめの味けなさにもやり切れなくなっていたし、妻にも不満をもっていた。人生がひどくつまらなくなっていた。だから、泰子の行き届いた親切に、水を求めるように近づいて行った。

そんな交際がふた月ぐらいつづいただろうか。私が初めて彼女の唇を襲ったのは、例の麦畠の道であった。この道は、暗いし、あまり人通りはない。それまでも、手はたびたび握り合っていたが、その接吻《せっぷん》を契機として、それだけでは満足できなくなった。

私は、二十年前の少女のころの彼女を想っていた、と告白した。彼女は自分の短い結婚生活の不幸を私に愬《うった》えた。

しかし、私が彼女に最後のものを要求しても、容易に宥《ゆる》しはしなかった。それだけは出来ないと彼女は泣くようにいった。夏の初めに知り合ってから、そのままもう、三か月近く経っていた。

或《あ》る晩、私は激しい接吻のあとで、また要求した。彼女も、すでに半分は私を防ぎ切れないことを知っていた。

「それでは、今晩、おそく来て下さい」

暗い道端で彼女は慄《ふる》え声でいった。

「十時を過ぎると、健一が寝てしまいます」

あとは、もっと低い声だった。

むし暑い晩だった。私は、妻には友達のところに碁を打ちに行くといって、九時過ぎに家を出た。胸が躍っていた。

この結果が先でどういうことになるか、予想できないではなかったが、しかし、泰子を求めている私の心は、一切の理性を放擲《ほうてき》していた。

十時ごろに、彼女の家の前に立った。近所はほとんど戸を閉めている。私は夕涼みに出ている人影を避けて、彼女の家に辿《たど》りついたのだ。

手をかけると、戸は開いていた。そっと中に入ると、泰子は出て来なかった。障子を開けると、六畳の間に裾《すそ》ぼかしの白い蚊帳《かや》が吊ってある。電燈は消してあった。さし覗《のぞ》くと、泰子と健一と二人で寝ていた。睡《ねむ》っているのか、気づかない振りをしているのか、彼女は身じろぎもしなかった。

電燈は消えていたが、夏のことで、雨戸が充分に閉めてなく、外の光が淡く射しこんでいた。

私は蚊帳をめくって泰子の傍《そば》に匍《は》い寄った。それでも彼女の寝姿に動きはなかった。彼女の顔は、蒼《あお》い夏の夜の薄明のなかに、紙のように白かった。伏せている瞼にふくらみがあった。

私は彼女の肩にそっと手を置き、軽く動かした。

耳に口を付け、名前を呼んだ。

彼女は重たげに眼を開いた。睡っていないことは分った。彼女の身体が慄えている。すぐ近くに寄っている私の顔を見つめていた。溜息《ためいき》がつづいて洩《も》れた。

「泰子さん」

私は囁《ささや》いた。

すると、彼女はくるりと首だけ横に回して、睡っている健一のほうを窺《うかが》った。子供は蒲団《ふとん》を蹴《け》り除《の》けて、斜めになっている。身体の比例より大きい頭は、石のように畳に転がっていた。

私は彼女の顔へ眼を戻し、静かに自分の身体の重みを圧《お》しつけて、その唇を吸った。彼女の反応は、今までのどれよりも強かった。せわしない熱い息が私の鼻を摶《う》った。

私は蒲団の上から彼女の肩を抱いた。彼女の手が私の頸《くび》を捲《ま》いた。私はその動作の途中、もう一度、子供のほうに眼をやった。子供は、相変らず、前の位置から少しも動いていない。

私は彼女の胸にかかっている掛蒲団に手をかけ、それを静かに除けた。

蒲団の中にすべり込もうとして、私は、はっとなった。

眼をつむり、観念している彼女の身体は、尚《なお》も小刻みにふるえていたが、彼女は真白な長襦袢《じゅばん》をきちんと着ていたのだ。新しかったのはそれだけではない。その下につけている下着も、全部、真新しいものに着替えていた。彼女は結婚の初夜と同じ支度で私を待っていたのだ。

雨戸の隙《すき》から射し込む外のうす明りが、その純白な衣裳《いしよう》を清潔に泛び上らせていた。——

そのことがあって、私はたびたび足繁《しげ》く彼女の家に行くようになった。彼女も心から私を迎えてくれた。彼女の性格は、私の妻と比べようもなかった。妻は冷たい性格である。が、小磯泰子は気持が温かかった。私への世話は行き届いていた。

それでいて、彼女は絶えず私の妻への罪悪感をもっていた。私たちはべつに結婚することを約束しなかった。彼女もそれを一度も請求したことはない。ただ、再婚しないことだけは誓っていた。

彼女は私に結婚をいい出さなかったが、私はこのような女と結婚したらどんなに幸福だろうと、何度も思った。私は彼女を抱いたとき、そのことを口に出さないではなかった。しかし、その都度、彼女は首を激しく横に振った。

のみならず、彼女は私から十円の金も受け取らなかった。自分の収入で充分だ、というのである。

保険の集金というのは辛《つら》い仕事だ。彼女の例の小さな黒鞄の中には集金して回る先のカードが一ぱい詰め込まれていた。一月に百軒以上は回るというのだ。それも一どきに金が貰《もら》えるのは少ないほうで、二度も、三度も、足を同じ家に運ばねばならない。その合間には、割り当てられた新しい加入勧誘もなし遂げねばならなかった。

そのような生活のなかから、彼女は私に心から仕えてくれた。私の好物なら、高い金を出してでも食膳《しょくぜん》に整えて待ってくれていた。彼女の今までの生活からすれば、それは多分、贅沢《ぜいたく》な出費に違いなかった。

こういう状態が永くつづけばいいと私は思った。彼女は朝早く出かけて、夜は七時ごろに帰って来る。しかし、月のうち、三分の一ぐらいは、勧誘のためにひどくおそくなる晩もあった。

私は、彼女の近所の眼があるので、なるべくおそく彼女の家へ寄った。一つは、健一という子が起きていると気まずいからである。

健一は六歳だが、母親の手一つで育てられたせいか、ひどく人見知りするほうだった。私はできるだけこの子を可愛がろうと努めたが、健一のほうで私のいうままにはならなかった。彼は、私と泰子とが親しそうに話をしていると、横の方に眼を据えて黙りこんでいる。

泰子も健一をなるべく私に馴染《なじ》ませようと努めていた。この子が起きていると、私は土産《みやげ》など買って来たりして、自分に親しませようと試みたものだ。しかし、健一は私の術策には乗らないといった顔で、一向に馴れてはこなかった。

しかし、だからといって、健一が私を嫌っているという意味ではない。健一という子の性格はそうなのだ。この子は外へ行っても、あまりほかの子と遊びをしなかった。母親の留守には、ひとりで母のつくったものを食べ、ひとりで寝たりするので、いつか、それが習慣になったのであろう。彼は、ひとりでいるほうがずっと快適のようであった。

「健一は、ぼくを嫌ってるのかな?」

私は泰子にいったことがある。

「そんなことはありませんわ。父親のいない家で育ったので、きっと、あなたにも馴染めないのでしょう。でも、こんなにあなたが気を遣って下さるんですもの、そのうち、きっと、なついて来ますわ」

「そうかな」

事実、私は健一の存在が煙たかった。彼女と話をしていても、抱擁しても、絶えずこの子のことが気持にひっかかって来る。

私が夜おそく彼女の家に行くのは、健一が寝た時間を択《えら》ぶからだった。その家に行って、子供の寝入っている顔を見ると、私も解放されたようにほっとする。

私は泰子と二時間ばかり同じ床で過し、十二時近くになって家に帰るのであった。妻は気づかなかった。

4

泰子のところに行くようになってから、私は、ふと自分の小さいときのことを思い出す。

私は父親の顔を知らないで育った。母の話によると、三つのときに死んだということだった。そういえば、かすかな記憶が夢のようにないではない。なんでも、暗い家の中が大勢の人でごった返していたようなことを憶えている。私は母に抱かれて、きらびやかに飾られた祭壇の前につれて行かれたように思う。あれが、父の葬式だったのだろうか。

私には、幼時の記憶が途切れ途切れに微《かす》かながら残っている。

母は、父が死んだのちは、ずっと独りで通して来た。父は低い身分の官吏だったが、その退職金で母は駄菓子屋を出した。自分では近所の仕立物を縫ったりなどしていた。

この記憶も私には断片的に残っている。駄菓子を並べた箱だの、ガラス瓶だのの光景が記憶の中にある。その中には、赤や青などの色の着いた菓子が賑《にぎ》やかに詰め込まれてあった。それから、上から吊り下っているさまざまな飴《あめ》細工、クジびきの風船菓子……。

母が着物を縫っている姿も、私の眼の中にある。狭い座敷に坐ってせっせと指を動かしているのだ。五、六針縫うと、左の親指を布《きれ》の上に当てて引っぱり、しゅっ、しゅっと、音を立ててしごく。その微かな金属性にも似た音が、耳のどこかに聞こえて来そうなくらいである。そのころの母の姿は若かった。

ところが、私に忘れることのできないもう一つの幻像が、それに重なる。それは小肥りの背の低い男だった。眼が大きく、鼻の両脇《りょうわき》に深い皺《しわ》があった。

その男は、始終、私の家に遊びに来ていた。遊びに来ても不思議ではないのだ。その人は、私の父の兄であった。

あとで母の説明によると、父の兄、つまり母にとっては義兄であり、私にとっては伯父《おじ》なのだが、彼はやはり官吏であった。性格は几帳面《きちょうめん》で、常識家であった。

そのため、親戚《しんせき》一同は、何かというとこの伯父を頼りにし、紛争があると、この伯父のところに行って解決を求めていた。

そういう伯父だから、実弟が亡くなり、その妻、つまり義妹が一人の幼児を抱えて苦労しているのを、何かと気を配っていたのは当然ともいえよう。

だが、私はこの伯父が嫌いであった。どういうものか決して好きになれなかった。伯父が店先に出て、まるで自分の商売のように、近所の子供たちに駄菓子など売っている姿を見ると、たまらない嫌悪を感じたものである。当時の私は、たしか七つか八つくらいだったと思う。

しかし、この伯父は私にも親切にしてくれた。彼は三人の子供を持っていたが、自分の子には与えないような高価なオモチャでも、私には買って来てくれた。私がそれを持って座敷で遊んでいると、伯父は自慢そうにそれを指して、横に並んでいる母に説明していたものだ。母はうれしそうに笑って聞いていた。そういう情景まで憶えている。

伯父は、私が外で子供たちに虐《いじ》められると、本気になって表に呶鳴《どな》りに出たものだ。私はそれが恥ずかしくて仕方がなかった。伯父の叱り方は、怒髪天を突く、といった言葉が当るような激しい形相《ぎょうそう》であった。それから、私を苛《いじ》めた子供が散ってしまうと、私をすかしたり宥《なだ》めたりして家につれて帰る。私は恥ずかしい一方、こういう伯父のやり方が嫌でならなかった。

伯父は、なぜ、私のためにあんなに激しく子供たちを怒るのだろうか。子供ながらも私は、その怒り方に自然でないようなものを感じた。また、私をつれて帰るときの宥め方にしても、必要以上に機嫌を取るようなところがあった。

この伯父は釣りが好きだった。

私のところから海に出るには、かなりな道程《みちのり》であったが、彼は釣りに行くのに私を誘った。それも彼の私への機嫌とりであった。

このときばかりは伯父に従《つ》いて行った。海を見ることは滅多にない。それが私を誘惑したのであった。

あれはどこの海岸だったか。とにかく、私の眼に残っているのは、突堤《とってい》のような場所だった。石垣が積まれ、その下に真蒼《まっさお》い海が白い波を立てている。釣りをする人間は伯父だけではなかった。竿《さお》を持った人が幾人も、その辺にいた。誰もがその突堤のはしに腰を下ろし、糸を垂れていた。なかには、突堤の尖端《せんたん》にある積み石の出張ったところに、危険を侵して這《は》い下りてゆく者もいた。

伯父の釣り場所も、ほとんど、その尖端であった。うろ憶えの記憶だからはっきりと分らないが、今から考えると、突堤の尖端が暴風のために崩れて石垣が落ちたままになっていたのか、それとも、そこに岩礁があったのか、とにかく、高い突堤から身体を這わせてその岩か石かの上に下りるのである。

伯父はそこには私を来させなかった。子供なので危険だったからだ。また、その場所が一番魚が食いついたらしい。釣りとなると、伯父は目がなかった。うす暗くなるまで、そこにねばっていた。あたりの釣り人が次第に少くなってゆくのを、私は心細げに見送っていたのをおぼえている。私自身も小さな釣り竿を持たせられていた。

魚籠《びく》の中で跳ねている魚。石垣から堤防の上を匍《は》っている舟虫や小さな蟹《かに》。石垣の下に打ち寄せている海の藻《も》。強い汐《しお》の匂《にお》い。水平線で煙をたなびかせている汽船――そして、尻を端折《はしょ》って黙って糸を垂れて立っている伯父。それだけが私の記憶のなかに活人画のように残っている。

伯父は、そんな具合で私の家に始終来ていた。母ともよく話していた。母は、伯父が来ると、台所に下りては御馳走を作ったものだ。今でも私は、母が台所の俎《まないた》の上で立てる庖丁《ほうちょう》の音を知っている。

だが、釣りのこと以外は、どうも私は伯父が嫌いであった。なぜ、嫌いなのか分らない。伯父は親切だし、私を虐めている友達を追っ払ってくれるし、オモチャも買ってくれるし、言葉もやさしい。それなのに、なぜ、彼が嫌いなのか。

伯父は、おそくまで私の家に残っていた。

私が睡くなり、眼をこすると、母は、さあさあ、早く寝なさい、といって私を寝かしつけたものだ。私はかなり大きくなるまで、母から添い寝をされていた。寝就《ねつ》いてから、ふと眼を醒《さ》ますと、母の姿がそこにない。こんなとき、隣の部屋ではまだ伯父と母とのぼそぼそと話す低い声を聞いたりなどした。

こういう時期が一体どれだけつづいたであろうか。私にその期間の記憶はない。随分、長かったようでもあるし、短いような気もする。

伯父と一緒に釣りに行った事実は、これはたびたびの記憶にある。昔のことだから、伯父は着物の裾《すそ》をからげて帯の結び目の間に挿《はさ》み込み、両袖《りょうそで》を手繰《たぐ》り上げて立っていた。立っている岩には、絶えず白い飛沫《しぶき》が上っている。蒼《あお》い海が伯父の姿の背景に揺れ動いていた。

何度ものことだから、これだけは鮮明に泛《うか》んでいる。伯父の脱いだ下駄のかたちまで記憶にある。いや、下駄だけではない。伯父の立っている足下に落ちている荒いロープまでが眼に泛ぶ。その棕櫚《しゅろ》製のロープは、近くに漕《こ》ぎ寄せて来る小舟を繋《つな》ぐためのようだったが、いつも伯父の立っている位置の足下に長々と横たわっていた。——

これだけのことである。私の記憶は、幾つかの断片であって、決してそれが一つに繋がることはなかった。忘れた部分が多い。

これもいつのことやら、私に憶えはないが、その伯父が死んだ。実に不意に死んでしまった。

私は母が一間で慟哭《どうこく》している姿を知っている。頼まれた縫物などは揉《も》みくちゃにしてわきに除け、畳につつ伏して、う、うう、と声を殺して泣いていた。母の髪と肩とが激しく動いているのを、私は障子の蔭につつ立って眺めていたように思う。伯父が死んだのに、母がなぜあんなに悲しがるのか分らなかった。

5

小磯泰子は、その仕事の関係から、必ずしも帰宅する時間が決まっていない。

私が夜八時ごろ行っても、まだ家に帰っていないときが多かった。前にもいう通り、彼女は集金のほかに保険の勧誘もあるので、おそいときは十時にも十一時にもなってしまう。

それもいつとは決まっていないので、私が時間を待ち合わせるわけにはいかなかった。

健一がひとりで遊んでいることが多い。そんなときの健一は、私が入ると、眼を光らせてじろじろとこっちを見る。

私はなるべくこの子を手なずけようと思い、いろいろと話しかけるのだが、あまりものをいわない子で、すぐには返辞もしない。

しかし、べつに私が入っても拒否もしない。

一体、泰子が家を出るとき、子供の昼飯と、夜おそく帰ることを考えて、晩飯とを用意するのだが、子供はそれをおとなしく食べている。泰子によると、手のかからない子だというが、結局、留守がちなその生活が子供をそのようにしつけたのであろう。

私は何度も泰子の家に行ったが、健一が近所の子供を伴《つ》れて来て遊んでいるということはなかった。彼のほうから近所に行くことはあるらしいが、すぐに戻って来る。友達と遊ぶのはあまり好まないふうだった。

私は夕方から泰子をその家で待つ間、健一と二人きりで時間を過したものだ。彼女がいないから、そのまま帰ってもいいのだが、一度帰宅すると、何となく家から出づらいし、往復するのも億劫《おっくう》だった。それで自然と何時間も彼女の帰りを待つことになる。

待っているうちに、私はごろりと寝転び、つい、うたた寝をすることがある。

健一のほうは、私が何をしようと、全然関係がないといったふうに、ひとりで積木をしたり、古い絵本を見たり、何やらぶつぶつと口の中で呟《つぶや》きながら、勝手なことをして遊ぶのだった。私に対してはあまり口を利かないのに、ひとりで遊んでいるときは、よく口の中で何かいっている。

だから、私は泰子を待っていても、健一とは関係なしにばらばらでいることになる。子供は自分勝手に遊び、私は私の自由で寝そべって雑誌を読んだり、睡ったりする。いわば、同じ家にいながら、そして同じように泰子を待ちながら、私と健一とは、ほとんど関連がなかったといっていい。

だからといって、健一が全然私を無視していたのではない。何かの拍子に私がよんでいる本から眼を上げると、健一がじっとこっちを見ていることがあった。子供のことで、その眼はきれいな蒼みをおびて澄んでいる。その凝乎《ぎょうこ》とした子供の瞳《め》に出会うと、私は何かしらうす気味悪さを覚えることがあった。

が、なんといっても六つの子供だから、私が世話をやくこともある。

「健ちゃん。蒲団を敷いてやろうか?」

といえば、

「うん」

といってうなずく。

そのほか、ちょっとした手助けをしても、べつに嫌がりはしなかった。一方から考えると、手数のかからない子である。

私がうとうとと睡っているとき、泰子が急いで帰って来て、おそい晩飯の支度などする。それが私に家庭的な楽しみの一つでもあった。

健一は、十時ごろになると、さっさと寝てしまう。そのあとが、私と泰子との水入らずの時間であった。

彼女が集金して帰ったカードの整理など、私が手伝うことがある。そんな手伝いをしていると、保険の集金ということが、どんなに厄介でひどい仕事かが分った。勧誘も楽ではない。保険会社などに比べると、私が勤めている会社などはどれだけ楽か分らなかった。彼女の言葉によると、集金だけでは会社のほうで機嫌が悪く、やはり勧誘のほうも成績を上げないといつ馘首《くび》になるか分らないということだった。

つまり、彼女にとっては、一日一日の成績に生活がかかっていたのだ。こんな気詰りな、断崖《だんがい》に立っているような勤め方を私は知らない。そんな苦しい生活のなかで、泰子は私によくつくしてくれた。

彼女もやはり私と健一との間を気遣っていた。だから、夜おそく帰って、私と健一とが睡っているときなど、彼女はひどく悦《よろこ》ぶのであった。

「健ちゃんも、大分、ぼくに馴れてね」

と私は彼女をもっと悦ばすために誇張していうこともあった。

しかし、健一は、実際に私に馴れて来たのだろうか。

はじめのころのぎこちなさは取れたとしても、彼は決して私になつきはしなかった。彼は頑固に私との間に距離をおき、自分の殻の中から私をじろじろと大きな眼で観察しているのだった。

こうして、このような生活が何か月かつづいた。私が泰子とその関係に陥ってから、すでに半年近くなっていた。

私は妻にも気づかれないようにこっそりと行動していたし、泰子の近所の者にも目立たないように、なるべく夜暗くなって行っていたので、噂《うわさ》も立たなかった。よく、まあ、半年の間、分らないで済んだものである。

この泰子の家は、私にとって唯一の憩い場所であった。会社づとめをしていても出世の見込みはなし、家庭も乾いていた。私は三十六になっていたが、もう、五十近いぐらいに生活の倦怠《けんたい》を覚えていた。それを救ってくれるのは、六畳と四畳半の貧しい泰子の家だけであった。

この家に健一という子がいなかったら、もっと快適であっただろう。いや、いてもかまわない。健一がもう少し私になつき、明るい性格だったら、私はきっと彼に自分の子のような愛情をもったことであろう。私が彼を可愛がっていたのは、やはり表面的だったのだ。それまで、何度も努力したのだが、もう、匙《さじ》を投げていた。この子の性根の芯《しん》は固かった。

私は自分の幼時のことを考えて、健一の気持が分らなくはない。健一は、母親が私という人間に奪われそうなことを警戒しているのだ。私がいろいろな親切を見せても、彼はそれを誤魔化しの手段としか思っていないのだ。私が伯父を嫌ったように、健一も私を拒絶している。

私は健一の気持が分ると同時に、この子のことが重く気持の上にかぶさって来た。いつまで経っても私に馴れないという理由でなく、この子が何となく気味悪くなってきたのである。

例えば、それは或《あ》る宵のことだ。

いつものように泰子の帰りを待って、私がうとうとと睡っていた。ふと見ると、健一が出刃庖丁《でばぼうちょう》を持って横に来ている。

私は危うく声を出すところだった。

しかし、よく見ると、この子は炊きものに使う木片で舟を造っているのだった。出刃庖丁は木を削るためだった。畳の上には、木屑《きくず》が一ぱい散乱している。舟のかたちはあらまし出来ていた。

健一は台所の出刃庖丁を持ち出して、ひとりで例のように呟きながら、しきりと木を削っているのだった。

健一が出刃庖丁を手にしていたのは、なにも私を殺すつもりではなかった。

6

しかし、それからも、私は健一のちょっとした動作に怯《おび》えることがあった。

なぜ、怯えなければならないか。自分でもよく気持が分らなかった。

例えば、こういうこともあった。

泰子は健一のために、ブランコを家の中に作っていた。鴨居《かもい》にロープを掛けて下げただけである。健一はそれに乗って、ひとりでよくぶらぶらしていた。

ところが、或る晩である。やはり帰りのおそい泰子を待って、私が本に夢中になっていると、そのロープの先を握って、健一がじっと私を見ている。

ブランコは、ただロープを吊り下げただけなので、下っている先端のすこし上を握ると、恰度《ちょうど》、環《わ》のような形になる。健一は小さな手で、まさにその環を作っていたのだ。

私はそれを見るとびっくりした。子供の手が綱の環を作っているのを知って、ぎょっとなったのだ。

冷静に考えてみると、べつに愕《おどろ》くことはない。ブランコの先をちょっと握っただけなのだ。だが、そのかたちが私を脅した。思わず、その環が自分の咽喉《のど》にかかって来るのを幻想したくらいだ。

それとても、べつに健一に特別な意識があるわけではなかった。ただ、無造作《むぞうさ》にそういうことをやったにすぎない。しかし、別な子供ならともかく、健一がそれをしたというところに私の怖《おそ》れがあった。

こういうことをいうと、ほかにもまだある。

泰子の家は、ネズミが多くて困っていた。或るとき、彼女は猫いらずを買って来て、饅頭《まんじゅう》の間に詰め込み、押入れなどに入れておいた。

「健ちゃん。これを食べたら駄目よ。すぐ死ぬからね。ネズミにやるんだけど、人間が食べても死んじゃうよ」

泰子は健一に注意していた。健一はわかったというようにうなずいていた。

饅頭は、押入れの奥や、天井の裏や、箪笥《たんす》のうしろなどに、泰子の手で配られた。恰度そのとき、私も居合わせて見ている。

多分、その次の晩だったと思う。

私は健一のために、最中《もなか》を土産に買って帰った。

「健ちゃん、さあ、お食べよ」

私は彼女の家に着くなり、その函《はこ》ごと渡した。

こういうときの子供は、ありがとうとも何ともいわない。うん、といったきり、黙って取るだけだった。その晩も泰子の帰りはおそかった。

私は例によってひとりで寝転び、新聞など読んでいるうちに、甘いものが欲しくなったので、健一にその最中を持って来させた。

健一は、私のいうことをよく聞く場合と、全然聞かない場合とがある。その点は頑固で、気紛《きまぐ》れだった。最中を持って来いといったとき、健一の反応は素直な場合だった。彼は皿に最中を五つか六つ分けて、私の寝ている頭の近くに置いた。

「ありがとう」

私は新聞を読みながら、片手で最中をつまんで食べていた。活字を追いながら、無意識に次の最中に手を出したとき、ふと、その最中の中に異質なものがあるのが眼に着いた。うす茶色の最中と違って、それは白い饅頭だった。

私はとび上りそうになった。その饅頭は泰子が猫いらずを入れておいたネズミの餌《えさ》だった。

私は健一のほうを見たが、そこにはいなかった。何か台所のほうで遊んでいるようだった。

「おい、健ちゃん」

私が台所に行くと、彼は水で皿を洗っていた。母親のいないとき、この六つの子は、よくこんなことをやる。汚れた皿など洗って、布巾《ふきん》で拭《ぬぐ》ったりするのだ。小さいが、留守がちな母親のために手助けする習性が出来ていた。

私は毒饅頭を突きつけた。

「駄目じゃないか。こんなものを持って来ては」

健一はじろりと私を見上げた。彼は自分が持って来たとも、そうでないともいわず、いきなり私の手から饅頭を取ると、台所戸棚の奥に投げ込んだ。

この子は、一体、何を考えているのか。私はだんだん怖ろしくなった。私が最中を夢中になって食べているときに、その饅頭をそっと添えたのは、私が気づかずそれを食べるとでも思ったのだろうか。

私は、健一が何を考えているかを知った。

しかし、このことをすぐに母親の泰子にはいえない。彼女にとっては杖《つえ》とも柱とも頼んでいる子供だ。

それに、彼女は私へひたすら愛情を寄せている。

泰子にとっては、子供も可愛いし、私への愛情も大切である。その気持をよく知っている私が、どうして健一のことを彼女にいえようか。

しかし、健一が私にする態度はつづいていた。

日ごろは、少しも様子に変りはない。しかし、何かの拍子に、私は健一の「殺意」を見るのだ。

その後も、例えば、こういうこともあった。

やはり私が泰子の帰りをひとりで待っているときだった。

それまで、ひとりで遊んでいた健一が、黙って外に遊びに出た。私は気にも留めなかった。この子は、外にいても家にいても同じことだ。私に馴染まない代り、私の邪魔にもならなかった。もし、健一が私に見せる一種の敵意を除いたら、これくらい煩しくない子はなかった。

泰子の帰りがおそい。

彼女の帰りのおそいことでついでにいうと、私は途中まで彼女を迎えに行ったことも再々だった。なにしろ、バスの停留所からかなりの距離だ。しかも、途中は麦畠だった。夜間は真暗だ。心細いだろうと思って、その辺まで迎えに立ったりなどした。

そのときも、そのつもりで、私はその家を出ようとした。

この家は小さいながら、表口と裏口とがある。表は、彼女の留守がちを考えて、いつも錠が差し込んであった。裏口だけが開いている。

ところで、私がその裏口の戸を開けようとしたとき、どういうものか全然開かないのだ。私は何度も引っぱった。もともと、閉《た》てつけの悪い戸だから、一どきには開かなかったが、それにしてもこんなに開かないはずはない。

私は何度も戸に力を入れているうち、外から、鍵こそ掛っていないが、金具が留金に掛っているのを知った。健一の仕業である。子供は私を家の中に閉じ込めようとしていたのだ。もっとも、表戸の内側から錠をはずせば外に出られる。

しかし、私を恐怖に陥れたのは、そんなことではなく、健一が裏口の戸を外側から掛けて、私を「密室」の中に閉じこめようとした小さな企《たくら》みである。いや、それは小さな動作かもしれなかったが、彼の考えが私を仰天させた。実際、表戸が開くとは知りながら、裏戸の掛け金を外から掛けられたことで、私自身が脱出の余地のない密室に監禁された気持になった。

7

私は六歳の健一に対して不必要なくらい神経過敏になっているのであろうか。こんな子供がいたら、私は泰子のところから足が遠のくはずだった。しかし、そのことが私にできなかった。

私は泰子を愛していた。彼女がひとりで苦しい生活をつづけているのを見ると、彼女への愛情を捨てることができない。私は健一を意識しながら、相変らず、彼女の家に通っていた。

私は、やはり健一のことを泰子に話せなかった。考えてみると、例えば、ブランコの一件にしても、出刃庖丁の一件にしても、外から戸を閉じたことも、例の饅頭の件にしても、子供らしい無邪気なやり方といえば、それまでだ。それを意味ありげに取っているのは、私の臆病《おくびよう》からであろう。

「健一は、だんだん、あなたになついて来たでしょ？」

何も知らない泰子は、よく、そんなことをいう。私はそれを否定しなかった。彼女は自分の帰りを待っている私と健一との間を、彼女なりのひとり合点で考えている。

しかし、私には、いまに健一にどうかされるのではないかという疑念がつのるばかりだった。

私は彼の様子を警戒するようになった。

普段はべつに何のこともない。六つの子供だから、無邪気そうに遊んでいる。外に出ない子だから、家ばっかりに引っ込んでいたし、私とは、いつも鼻を突きつけ合わせていることになる。

健一のほうは、私が彼を意識するほどには私を考えていないようだった。この家に通いはじめてから、そろそろ半年になる。私の存在は、子供にはもう珍しくも何ともなくなった筈《はず》だ。

それなのに、なぜ、私はその子を警戒しなければならないのか。

それは、普段こそ彼は私などに関心なく、ひとりで遊んでいるのだが、うっかりこちらの気がゆるんだとき、ふいと健一の「殺意」らしいものを感じるからである。

私は、ここにくだくだしくその例を述べる余裕はない。最後の部分に進もう。

泰子の家にはガスが来ていなかった。それに、電気炊飯器があるではなく、昔通りに竈《かまど》で煮炊きをしていた。燃料は割木だった。

ところで、この割木をさらに小さく割るのが健一の手伝いでもあった。六つの子だから、それほど役には立たなかったが、この子は何かと母親の手助けをしたがっていた。だから、泰子が大まかに割った木を、彼は鉈《なた》でさらに細かく割る。

その鉈は刀のように細長く、にぎり柄が付いている。普通の鉈よりずっと軽い。

私は、健一がこの鉈で焚《た》きものをよちよちと割っているのをよく見かけていた。

あんなことをさしては危ないよ、と私はたびたび泰子にもいったことがあるが、

「あれで、なかなか器用なんですよ。一度も怪我《けが》をしたことはありません」

と彼女は笑って答えた。

皿を洗ったり、焚きものを割ったり、とにかく、この子は変っている、と彼女もいっていた。一日中、留守がちの家なので、男の子も自然とそうなったのかもしれなかった。

問題の夜も、やはり泰子の帰りがおそかった。私は八時ごろにはもう帰っているだろうと思って、その家に寄ったのだが、九時になっても戻って来ない。

一体、保険の集金というのは、月末と月初めとが忙しい。集金先が集中したり、カードの整理が多いからだ。

私は彼女の留守中には黙って去れない習慣になっていた。というのは、ただ彼女と話したいだけではなく、彼女のほうも私が来ていることを不思議に予感していて、外から心遣いのものを持って帰るからだ。それで、その家に一旦《いったん》寄れば、彼女の戻らない前に黙って帰ることができない。そんなことをすれば彼女が失望する。その失望を彼女に与えたくなかったのだ。実際、二時間でも、三時間でも、私は、することもなく彼女の帰りを待つことが多かった。

その夜も、九時を過ぎても泰子は戻って来ない。

私はそろそろ彼女を迎えに行こうかと思っていたが、昼間の疲れでつい、うとうとと睡ってしまった。

そのとき、健一は、自分で勝手に蒲団を敷いて寝ていた。寝る前に絵本か何かを読んでいたように思うが、それを枕元《まくらもと》に抛《ほう》り出して、私には背を向けて、静かになっていた。

私は途中で眼を醒《さ》ました。もう、十一時に近い。泰子はおそくなるにしても十一時を越すことはあまりなかったから、暗い道を迎えに行ってやろうと思って、起き上った。

このとき、便意を催したので、私は手洗いに入った。何分かそこにしゃがんで、戸を開けて出たときである。

手洗いは、四畳半の間を出たすぐ横に付いている。そこは裏口と接していた。台所の電燈は消えているが、便所のうす暗い灯だけはいつも点《つ》いている。

私が戸を開けて出た途端、そのうす暗い台所に健一が立っているのが見えて、ぎょっとした。

そのうす明りのなかで見える健一の手には、あの薪を割る細長い鉈が握られていたのである。

彼は私のすぐ前に突立っていた。黙って、眼を光らせているのだ。

六つの子供だという意識が私から消えた。そこに待ち構えているのは、兇器を握った一人の男であった。便所の戸を開けて出た瞬間、私は敵に襲撃されていることを直感した。

私は恐怖とも何とも形容のできない感情に逆上した。瞬時の私の動作は、自分の身を守るために刃物を握った黒い姿に真正面から跳びかかったことである。

私は無我夢中で小さな殺人者の咽喉《のど》を絞めつけた。

私は殺人未遂の嫌疑で捕えられた。

健一は仆《たお》れたまま、意識を戻さなかった。帰って来た泰子が、あわてて医者を呼びなどして手当てした結果、やっともとに回復した。

彼女は医者にいろいろと頼んだのだが、医者が万一の場合を惧《おそ》れて警察に届け出たのである。

警官は、私が六歳の子を殺そうとした理由をいろいろと訊《き》いた。しかし、私にはよく説明ができなかった。この小さな子が私に「殺意」をもっていたという説明を、どう述べていいか分らない。思ったとおりいえば、きっと笑われるに違いなかった。六歳の子と、三十六歳の大人のことである。

子供が憎かったのか、と警官は訊いた。

決して憎いのではなかった。私はどうかしてこの子を自分の気持に従わせたかったのだ。そのつもりで苦心した一時期もある。

「殺意」の点になると、もっと警官に理解できなかった。六歳の子にその意志がありようはない、といった。

しかし、警官は知らない。

警官は、私が健一を殺そうとしたことを別の推定からしきりと責めたてた。つまり私と泰子が一緒になるため、邪魔になる子を殺害しようと企んだ、と解釈したのである。

私が何度弁解しても、それは通じなかった。警官のみではない。世間の誰に向っていっても信用してくれないだろう。私が情婦と一緒になるために、邪魔なその子を除こうとしたと取るのが常識であった。

毎朝、毎晩、私は留置場から引っぱり出されては、警察官にその理由、というのは、警察が考えている常識的な理由を承認するよう責められた。

私は否認し通した。そうではない、私は健一が憎かったのではない、健一を怖れていたのだ、といったが、本気に取り合われなかった。それればかりか、とうとう、お前の頭はどうかなってるのではないかと精神状態まで疑われる始末だった。

数日間の拘禁と、執拗《しつよう》な訊問《じんもん》の繰り返しとで、私はかっとなった。なぜ、理解できないのか。それには私の経験を話さなければ分るまい。私は遂《つい》に叫んだ。

「なぜ、私が健一を怖れていたかというのですか？　それは、私が曽《か》つてそれをしたからです」

啞然《あぜん》としている警官の顔に私はつづけた。

「わたしの小さいときに、その経験があります。ひとりで暮らしている母のところに、毎日、毎晩のように来た男がいます。それは父の実兄で、わたしには伯父に当る男です。わたしは、その伯父が来るのが嫌で嫌でたまらなかった。母が不潔になりそうで、たまらなく伯父が憎かった」

「それで、どうした？」

警官は疑わしそうに訊いた。

「わたしが伯父を殺したのです」

私は蒼《あお》い顔になって叫んだ。

「伯父はよく突堤に釣りに行っていました。わたしも従《つ》いて行ったのですが、伯父の釣り場は、突堤のはしの危険な足場でした。その足もとに、舟をつなぐためにいつも一本の古いロープが長く伸びていました。わたしは伯父から離れて、うしろに立っていましたが、そっとそのロープの途中を握りました。伯父の脚がロープとすれすれになったとき、子供ながら力いっぱい綱を持ち上げればよかったのです。うしろ向きに立っている伯父はちょっと身体を動かしたとたん、浮き上ったロープにつまずき、人形のように他愛なく海中に墜落してしまいました。母も、世間も私の行為に気がつきません。まさか、七つの子がそんなことをしようとは思いませんから。伯父は、釣りをしていて、誤って海に転落し、溺死《できし》したことになって済みました……」

第二話　典雅な姉弟

1

東京の麻布《あざぶ》の高台でT坂といえば、高級な住宅地として高名だった。明治時代には、このあたりに政府高官の邸《やしき》や、富豪の邸宅があった。今でもそのときの伝統は残っている。近くには、外国公館がさまざまな美しい国旗を立てて散在している。緑色の森陰に白堊《はくあ》の館《やかた》を見るのは、ちょっとした異国情緒だった。

それに高台が多く、その谷間を繋《つな》ぐに急な坂道となっている。だから、坂には甃《いしだたみ》の刻みがあり、光の加減で鮮かな模様が翳《かげ》る。

長い塀が幾段にも屈折して、道の両側に伸びていた。近くの外国公館から、西洋婦人が犬でも連れて出て来て、この道を散歩しようものなら、とんと日本ではないような錯覚が起きる。

もちろん、道は一筋ではない。途中で、小さな狭い路地が幾つもに岐《わか》れている。そこに入っても、必ず瀟洒《しようしや》な構えの邸宅があることに間違いはなかった。そして、このような広い邸と邸の間に、たとえ小さな家が在っても、この高雅な風景を決して壊すことのない上品な建物になっていた。

この界隈《かいわい》から都心に出る住人は、ほとんどが自家用車だった。たまに歩いている者は、かなりな距離のある市場まで行くお手伝いさんか、せいぜい、子供ぐらいだった。

もし、それ以外の人を見たら、多分、他所《よそ》から来た通行人にすぎない。しかし、きまってその人たちは、歩きながら左右の家を羨望《せんぼう》の眼で見回すのだった。

ここだけは、暑い陽の盛りにも、日光が緑の森に吸収されて和《なご》むようだった。冬の寒い日も、ここだけは太陽が温《ぬく》もりを溜《た》めているようにみえた。

しかし、どこでも陰の場所はある。美しい邸宅街の石垣の下に、目立たない町の一劃《かく》があった。ひっそりとしていることに変りはないが、この地域だけは義理にでもお邸町とはいえなかった。小さな家が遠慮したように集っているのである。

もっとも、それらの家にしても、充分、優雅さは備えていた。短いながら、それぞれが塀に囲まれていたし、一日中、門を閉ざしているような家が多かった。

この一劃から、朝と晩に都心に往《ゆ》き来《き》する人びとは、さすがにすべて自家用車というわけにはいかない。そこの住人たちは、別な坂道を上って都電の通りまで歩いていた。もっとも、それにしてもみんな身ぎれいな支度をし、鷹揚《おうよう》ぶった歩き方をしていた。

その中で、きまって人目につく特徴のある男がいた。すらりとした姿で、背が高い。年齢は五十近いと思われるが、撫《な》で肩で、中性的な身体つきだった。彼は道をゆっくりと歩く。いつも静かな雰囲気をもっていて、靴の先を見つめているような前屈《かが》みの恰好《かっこう》だった。

しかし、その人物の特徴は彼の横顔に著しい。髪はうすくなっているが、いつもきちんと櫛目《くしめ》が入っていた。面長な顔の真ん中に、秀《ひい》でた額と高い鼻梁《びりょう》があった。眉《まゆ》も眼も優しいし、唇のかたちもいい。

誰《だれ》でもその人を見ると、若いときはどのように素晴らしい美男子だったろうかと想像する。面影は、今でも充分にその名残《なご》りを留《とど》めているのである。

もっとも、その容貌《ようぼう》は老いを加えていた。皮膚が弛《たる》んで、皺《しわ》が多い。秀でた眉の間にも深い縦皺が走っていたし、眼の下には垂みが出ていた。頬《ほお》は窄《すぼ》み、顎《あご》のほうは、皮膚のゆるみの加減で皺が重なり寄る。

つまり、それぞれの眼鼻立ちは整っているが、ノミの尖《さき》で疵《きず》つけたような無数の皺が、それぞれの部分を取り巻いて無残な凋落《ちょうらく》を深めているのである。

若いとき美男だった人の哀れさを、この人ほど標本的に見せているのはないくらいだった。顔色も濁って冴《さ》えがない。美しい花が老いて萎《しぼ》み、雨風に打たれて落ちている形容は、なにも女性に限ったことではない。美男子ほど老いの哀れさを容貌に見せるものである。

しかし、この人はまだ五十歳だった。それなのに老人めいて見えるのは、多分、その恵まれすぎた容貌からに違いない。

「それ、生駒《いこま》の才次郎《さいじろう》さんが通る」

近所の人が彼を見かけて噂《うわさ》した。

身装《みなり》はきちんとしたものだった。胸には、いつも白いハンカチが瀟洒《しょうしゃ》に覗《のぞ》いている。肩にも、ズボンの膝《ひざ》にも、塵《ちり》一つ付いていない。まるで、宮内庁の儀典係といってもいいくらいだった。

この姿が前屈みにうつ向いて、こつこつと靴音を数えるように、ゆっくりと坂道を上る。あるいは、同じような恰好で、夕方、坂道を下るのだった。

生駒才次郎というのが彼の名前だったが、いかにも名はその姿にふさわしい。その近所の友達のところに来た口の悪い男が、その名前とその姿を見て、

「若いときは、さぞ、春画の殿様みたいだったろうね」

といって嗤《わら》った。

「何をする人かね？」

「さあ。なんでも、銀行に勤めていると聞いてるが」

生駒家は、ここへもう二十年も住みついている。しかし、近所の誰にもまだ、生駒才次郎がどのような勤め先をもっているか、はっきりと分っていなかった。しかし、彼が銀行に出ていることは間違いなかった。しかも、その年配だから地位は課長で、かなりな高給を取っているということだった。

凋落《ちょうらく》の露《あらわ》な容貌も、実は、才次郎が若いとき外国の支店詰をした折、その国々の女たちから大いに大事にされた結果なのだと、まことしやかにいう者もあった。だが、生駒家のごく近い近所では、さすがに噂は正確で、かつ精緻《せいち》であった。

生駒家は、細い路から、さらに人間二人がやっと肩を並べて歩けるくらいの路地の奥にあった。その径《こみち》もかなり長いのだ。そして、行き当りが生駒家の正面になる。家はかなり古かったが、門札に「生駒才次郎」と典雅な筆蹟《ひっせき》で書かれてあった。が、この筆蹟は、銀行に勤めているという当主のものではない。この近所にしばしば見受けられる、六十ばかりの上品な老婆がいるが、彼女の手で揮毫《きごう》されたものだ。

姉弟《きょうだい》は、端正な容貌をもっていることでよく似ていた。老婆は色が白く、身体が華奢《きゃしゃ》で、背がすんなりとしていた。銀のような白い髪を切下髪にし、絶えず上品な微笑を面上に漂わせている。

老婆の眼鼻立ちは女だけにずっと優しい。近所の人と遇《あ》って話をするときは、口を窄《すぼ》め、眼を細めて話しかける。

誰でも、この上品な老婆を見ると、やはり弟と同様に、若いときはどんなにきれいだったかと思う。さぞ、大勢の男の胸を焦がせたことであろうと想像する。

言葉も美しかった。今日ではすでに雅語となっている、いわゆる「あそばせ」調だった。それくらいだから、彼女の外出のときがまた見ものだった。

2

老婆は、外に出るとき、必ず紫色の被布《ひふ》を着ていた。今では、大正の風俗雑誌でしかお目にかかれない被布も、今の若い人が首を傾《かし》げるくらい、生地がよく分らなかった。が、実は、これは緞子《どんす》で出来ているのだ。色が褪《さ》めて黝《くろ》ずんではいるが、両胸のところには、房が環《わ》を結んで垂れ下っていた。

その下にきている着物も、縮緬《ちりめん》地だったが、色も、模様も、現代離れがしている。その下は綸子《りんず》の下着だったが、これも古びてネズミ色がかっている。が、とにかく、綸子の下着にネズミ色がかった縮緬の合わせ着、紫色の緞子の被布となると、どうしても大時代がかってくる。

「この衣裳《いしょう》は」

と老婆は、人に訊かれると必ず誇らしげに答えるのだった。

「これはみんな、わたくしが若いときに、奥方さまから頂戴《ちょうだい》した物です。そのほか、殿様からも戴《いただ》き物がありましたが、今ではこれだけになりましたよ」

彼女は、そう説明する。

殿様、という言葉を聞くと、対手《あいて》は誰でも仰天する。だが、よく聞くと、それは西国筋の旧大名華族で、彼女は若いときから、その東京のお邸に奥方付きの女中となって仕えていたということであった。

「十六の年に、御殿に奉公に上りましてね」

と彼女は必ずいい添えた。

「四十になるまで、お仕え申し上げましたよ。奥方さまがお亡くなりになり、殿様が京都からお公卿《くげ》さまのお姫《ひい》さまをお貰《もら》いになったのをきっかけに、わたくしは御殿を下りました」

聞いている者は、眼の前に「鏡山」か何かの歌舞伎《かぶき》の舞台を泛《うか》べそうだった。

この老婆は、名前を桃世《ももよ》といった。桃世・才次郎と名前を並べると、やはり若々しい美男美女の幻影が泛ぶ。

しかし、この家には、もう一人の老婆がいた。五十七歳で、才次郎は彼女のことを「おねえさん」と呼んでいるが、実際の姉弟《きょうだい》ではない。才次郎の亡兄の妻だった。五年前、夫に死なれたので、才次郎が彼女をわが家に引き取ったのである。

この老婆はお染《そめ》といった。このほうは普通の老婆の顔つきである。額が広く、眼が落ち窪《くぼ》み、頬骨《ほおぼね》が張って、下唇が突き出ている。桃世と並べると、まるで付き添いか、雇い婆やとしか見えない。

桃世は、他人に話すとき、お染の名前をいわなかった。

近所の人には「うちの嫁が」という言葉で表現する。「嫁」といっても、むろん、実弟の嫁の意味だった。

「うちの嫁は、どうも言葉や行儀が悪うございましてね」

というのが桃世の口癖だった。

桃世の立居振舞いは、すべて彼女の半生を過した「御殿風」であった。それで、お染は何かするたびに桃世に窘《たしな》められた。

「あたしゃ、この年になって、行儀見習をさせられるとは思いませんでしたよ」

お染は近所でそうこぼした。

ところで、お染は、桃世や才次郎に絶対に頭が上らなかった。もちろん、経済的にも全面的な面倒を見てもらっているのだから、文句がいえる身分ではない。桃世が叱言《こごと》をいうと、五十七歳のお染は、必ず三つ指を突いて、

「わたしが悪うございました。どうぞ、お宥《ゆる》し下さいませ」

と謝らねばならなかった。

「うちの嫁は根性が悪うございましてね。ただ、わたくしたちに謝っているように見せかけて、実は肚《はら》の中では舌を出してるんでございますよ」

桃世は近所にそう吹聴《ふいちょう》する。

それは嘘《うそ》ではなかった。どんなに謝っても、お染は悲しそうな顔をしない。お天気の挨拶《あいさつ》を済ましたあとでもあるように、けろりとしていた。

桃世と才次郎の間は、普段は仲のいい姉弟《きょうだい》だった。才次郎は桃世を「おねえさま」といい、桃世は五十歳の弟を「才次郎さん」と呼んで睦《むつま》じかった。

桃世は四十歳で奉公先を退くと、そのまま才次郎のところに身を寄せて、これまで過して来たのである。

「才次郎が可哀そうでございましてね。わたくしは何とかいい嫁を貰ってやりたい

と思っているのでございますよ」

　これも桃世の口癖だった。

　実際、才次郎はずっと独身で来ている。

　若いとき、世にも類《たぐ》いなき美男と思われるから、さぞかし縁談も多かったと想像されるが、一度も結婚の事実がなかった。

　縁談は確かに多かったのである。ところが、そのどれもが実を結ばずに、才次郎を独りで老いさせてしまった。

「あの子も不仕合わせなんでございますのよ。どういうものか、いい縁に恵まれませんでした。そりゃ縁談は降るほどあったんでございますがね。なかには、お嬢さまのほうで、どうしても才次郎でなければならないといって、自殺未遂をなさった方もいらしたくらいでございます。でもね、これぱっかりは、やはり本人の気性《きだて》以外に、家風だとか家柄の格式だとかがございましてね」

　桃世はそう述懐した。

　近所で世話好きな人がいた。才次郎がずっと独身でいることを知り、縁談を持ち込んだ。

　そういうときに、才次郎は決してあたまから断わらなかった。写真はもとよりのこと、一応、見合まで行くのである。

しかし、そのあとで必ず才次郎は断わってきた。縁談の対手の女性も決して悪くはなかった。

日ごろからむつかしいことをいうので、もっとも初婚というわけにはいかない。だが、重役の未亡人だったり、高級官吏の未亡人が択《えら》ばれていた。それでさえ才次郎の気に入らなかった。

その拒絶が一再ではなかった。しまいには、よほどの世話好きの人も手を引いてしまう。

こうなると、才次郎自身について、当然、噂が立つ。

「才次郎さんは不能者ではないか」

というのである。

実際、彼のその優しい容貌と、撫で肩の女性的な恰好は、不能者か半陰陽《ふたなり》と取られても不自然ではなさそうだった。

第一、才次郎がこれまで一度も結婚したことがないのがおかしい。それも人並み勝《すぐ》れた容貌の持ち主なのだ。現在の地位も、銀行に勤めて課長まで進み、収入も、ほかの会社の同位置の者が及びもつかない給料を取っている。

穿《うが》って考えると、持ち込まれた縁談をわざと見合まで進め、それから徐《おもむ》ろに難癖を付けて断わるともとれる。つまり、それは才次郎の肉体上の欠陥を覚《さと》られまいとする工作のようにも思われた。

なかには、彼の肉体的欠陥について、才次郎が青年時、外国でひどい病気に罹《かか》り、それが後遺症となって不能者になったのだと観測するのである。

が、いずれにしてもかなりの収入もあり、衰えたとはいえ人並み以上の容貌を持っているのだから、彼が独身で通していることが他人に奇妙に映るのは当然だった。

といって、才次郎に別に女がいるような様子もなかった。彼は朝九時ごろに家を出て、夜はきっちり六時ごろに帰って来る。前屈みの姿は、朝と晩、時計に合わせたように、正確に坂道を上下するのであった。

3

生駒家では、すべての炊事はお染が受け持った。ただ、五十七歳ではさすがに買物など間に合わず、近くから三十七、八の通いの手伝い女を傭《やと》った。手伝い女は村上光子《むらかみみつこ》といった。子供を二人もった未亡人だった。

桃世は口やかましいし、神経質だった。「御殿」奉公でそういう躾《しつけ》にならされていたのか、皿でも、茶碗《ちゃわん》でも、毎日の食器をいちいち新聞紙に包んで、棚に納めなければ承知できなかった。愕《おどろ》くべき手間である。

「わたくしは、だらしないことが大嫌いでしてね。ほんとに、そんなものを見ると、神経が震えますよ」

桃世は、手伝いの村上光子によくいいいいした。

しかし、それは毎日の炊事を受け持っているお染への皮肉だった。

桃世は、お染をあたまごなしに叱《しか》る。障子の桟でも、閾《しきい》でも、指で押えて、少しでも白い粉が手に付くと、大そうな叱言《こごと》だった。

こういうときは、きまってお染は三つ指を突いて謝らせられた。

「しようがない人ですね。あなたのご両親は、そんなにだらしない行儀だったのですか?」

五十七歳の老婆が小女のように叱られるのだった。

が、どのようにいわれても、お染は口応《くちごた》え一つしなかった。もっとも、口応えしようものなら、桃世はうすい眉根を逆立てて喚《わめ》き散らす、顔には蒼《あお》い筋が怒張する。きれいに撫《な》でた銀髪も逆立つように思われる。顔がきれいなだけに怒りの形相は険があって物凄《ものすご》かった。

だから、お染は何をいわれても、匍《は》いつくばって回った。

こんな生活ではお染に楽はないようにみえるが、実は、彼女の最大の愉《たの》しみは、桃世と才次郎とが喧嘩《けんか》するときだった。

姉弟《きょうだい》は、日ごろは仲がいい。二人の会話を聞いていると、高貴な方のたたずまいを思わせる。

「才次郎。今日はあなたの好きな物を買って来ましたから、召し上れ」

「はあ。何ですか？」

「魚《とと》でございますよ。市場を通りましたら、とても美味《おい》しそうな鮃《ひらめ》が出ていましたから、求めて帰りました。たんと召し上れ」

「このごろは、鮃は旬《しゅん》ではないのじゃありませんか？」

「いいえ、旬でなくても、生きのいいのは美味《おい》しゅうございます。今日のお昼《ひ》食《る》は、銀行で何を召し上ったの？」

「はあ、パンとハンバーグステーキでしたよ」

「いつもお肉ばかりじゃ、お身体のためになりません。同じ脂でも、お魚のほうがずっと淡白だと聞いております。食事のことは、あなたが御自分で充分にお気をつけあそばせ」

こういう睦じさも、ひとたび喧嘩となると、激しい争闘になった。

桃世は甲高《かんだか》い声を出して才次郎に喚き散らす。罵詈《ばり》雑言《ぞうごん》する。日ごろの典雅な言葉は、彼女の語彙《ごい》から放逐される。どうしようもないといった恰好で暴れ狂うのだった。

才次郎も激しい言葉で罵《ののし》り返すが、どこか彼には気弱なところがあって、しまいには、姉にいつのまにか屈伏するのであった。もっとも、桃世のヒステリーは、それを計算してわざと狂態になるのかもしれない。

諍《いさか》いの原因の多くは、彼女が庭に馴らしているトカゲのことだった。夏になると、カエルがこれに加わる。

この辺は元、池でもあったらしく、埋め立てが不完全で湿地帯となっている。トカゲは春の初めからどこからともなく夥《おびただ》しく姿を現わし、五色の筋を背中に光らせた。

桃世は、この爬虫《はちゅう》類を愛していた。彼女は必ず餌《えさ》を与えた。それで、トカゲは始終生駒家の庭に集って来る。

才次郎は爬虫類が大嫌いだった。ヘビはもとよりのこと、トカゲも、カエルも、それを見た途端に顔色が変ってしまう。だから、桃世がトカゲを集めているときなど、顔が蒼白《そうはく》になるのだった。

桃世もそれは承知していて、なるべく才次郎の留守のときに、爬虫類に餌をやるようにしている。が、才次郎が帰っても、どうかすると、庭の石の陰や葉の下にトカゲが匍いつくばって、縁側のほうを凝《じ》っと見上げる場面がある。

才次郎は怒り心頭に発したようになって、桃世に喰ってかかるのだった。

「おねえさま。まだあなたは餌をやっていますね？」

「いいえ、少しもやっていませんよ」

桃世は澄ました声で答える。

「やらない筈《はず》はありません。やっているから、庭にトカゲが来るんです」

「動物ですからね、来るのは勝手でございますよ」

「いや、あなたが餌をやるから来るんです」

「やっていません」

「いや、やっている」

争いの果ては、才次郎が丸太棒を持って庭に駆け下りようとする。桃世は、これも眼を吊《つ》り上げて才次郎の脚にしがみつくのだった。

「可哀そうじゃありませんか。何をなさるの？」

「あなたは残酷な方です。一匹でもわたしの眼の前で殺してごらんなさい。タダではおきませんから」

そのあとは、桃世が白髪を逆立てるようにして喚くのだった。

桃世は、昼間、近所を歩き、

「お宅にハエはいませんかね？　ハエがいたら、分けて下さいまし」

と頼むのだった。

最初は、何のことか近所にも分らなかった。とにかく、ハエなどはどこの家でも邪魔ものである。折角、お婆さんが頼みに来るので、ハエを捕えて、紙に包んで与えると、老婆はくどくどと礼を述べる。

こういうことが一週間のうち何回もあった。ハエなど集めて何にするのだろうと思っていると、やがて、その目的が分った。これはトカゲやカエルに与えるのだった。なるほど、それを馴らすのに擂餌《すりえ》も役に立たず、パンの切片《きれ》でも餌にはならない。

「叩《たた》き殺すんです」

目的が分ると、どの家でも怖気《おじけ》をふるった。

生駒家にはハエがほとんどいない。朝から丹念《たんねん》に桃世が獲《と》って回るからだった。

のみならず、この仕事はお染にも分担させられる。手伝いの村上光子もハエの捕獲が重要な仕事の一つになった。

　村上光子は近所回りをして、その家に上り込み、ハエを獲るのだった。これだと、どの家でもハエは減ってくるし、労力も要らずに感謝されるのだから、一挙両得だった。桃世ではごめんだが、通い女中だったら気楽である。

「ハエが思うように獲れないとどうするの？」

　と近所では不思議がって訊いた。

「はい、市場に行って、お魚屋さんのハエを貰って来ます。あそこだと、いつもハエが集っていますからね」

「へえ」

　と聞いた者が呆《あき》れた。

「そんなんじゃや、あなた、気持が悪くない？」

「はじめは気持が悪かったですが、仕方がないと諦《あきら》めました。あの家は、ほかの家よりも給料をたくさんくれますから」

　三十七歳の村上光子は、きまってそう答えた。

4

近所の者が、村上光子だけをハエ獲りに引き入れるのは、一つは生駒家の内部の様子を知りたい興味からでもあった。

こんなとき、彼女は顔にうすら笑いを泛《うか》べ、遠慮がちに話し出す。遠慮がちといっても、それは一応の体裁だけで、実は、しゃべりたくてしようがないというふうだった。だから、近所には生駒家の事情が手に取るように分ってしまう。

この家では、すべて桃世が独裁だった。才次郎もこの姉には手こずっている。義姉のお染は召使いのようにこき使われている。

「寄方《よるべ》がないから仕方がないけれど、若いほうの奥さんは、ほんとに気の毒ですよ」

と村上はいった。若いほうというのはお染である。

「いつも、奥さんにがみがみいわれて小さくなってるんですからね。でも、あれで結構、愉しい顔をするときがありますよ。姉弟《きょうだい》喧嘩がはじまると、ほんとに、これ以上の見物はないような顔をしています」

そういう村上光子も、その組の一人かもしれなかった。亭主に早く死に別れ、そのあと、病院の付添婦や賄婦《まかないふ》などしたり、派出婦となってほうぼうの家を回ったりしている彼女は、他人の家の不幸ごとを愉しむ癖がついている。

桃世は近所の人と道で出遇《であ》うと、

「忙しくて忙しくて、仕方がないんでございますよ」

というのが挨拶の中に必ず入っていた。

何が忙しいのか、見当がつかない。

桃世の癇性《かんしょう》なことでは、次のような話がある。

彼女が食器類をいちいち新聞紙に包んで戸棚に納めることは、前に書いた。しかし、これは陶器だから、粗相をして割ることもある。

生駒家には、なかなか見事な茶碗や皿類が揃《そろ》えられていた。桃世は決して金使いの荒いほうではないが、以前、「御殿」に奉公していた習癖が残っていて、器物には妙に金を惜しまなかった。生活は弟の才次郎の給料で賄われるが、才次郎はかなりな高給なので、相当貯《た》めていた。それを、ときどき、桃世が器物を購《あがな》うのに勝手に持ち出して、大金を払う。才次郎としては無駄使いをされたようで、こういうときも姉弟《きょうだい》喧嘩がはじまった。

そんな具合で、いい器物が多かったが、それらは組になった揃いのものが多い。お染はどちらかというとそれほど細心な女ではないから、ときには、こういう組物の器を、手をすべらせて壊すことがあった。

こういうときの桃世は眦《まなじり》を上げ、それが五枚物であろうが、七枚物であろうが、また十五枚物であっても、残りの皿をことごとく縁側に持ち出して、お染の眼の前で、庭石に叩きつけるのであった。彼女には組物が一枚でも欠けることが我慢ならないのである。

そのたびに、お染が身体を震わせて土下座をすることはもちろんだった。

「あの婆さんは気狂いだからね。そのうち、わたしがこの家の皿をみんな割らせて見せますよ」

散々、平蜘蛛《ひらぐも》のように謝ったあとで、お染は村上光子にこういってせせら笑った。

ところで、これは村上光子の口からひろまった噂だが、桃世は、始終、食べものにも気をつけているということだった。それだけだったら別に仔細《しさい》はない。しかし、その注意は、自分が毒物を食わされるのではないかという懸念《けねん》である。

炊事の一切は、お染と村上とが一しょにする。しかし、村上光子は通いの女中だから、ときどき休むことがある。そんなとき、お染がひとりで支度をする。桃世が毒を怖《おそ》れているのは、そういう場合だった。

「村上さん。あなた、なるべく休まないで下さいね。あなたがいないと、人目がないから、嫁はわたしに何を食べさせるか分りません」

桃世はそういった。

「冗談でしょう。奥さま。まさか、そんなことがあるわけはありません」

「いいえ、本当ですよ。あなたは外の人だから気がつくまいけれど、嫁はわたしを殺そうとしています。あれで、始終、わたしが虐《いじ》めてると思って恨んでいますからね」

そのため、桃世は、それほど好きでもない猫を一匹飼うようになった。お染がお膳《ぜん》に食器を並べて持って来ると、猫を呼び、必ず、箸《はし》を付ける前に料理を与えるのだった。それから二十分は全く箸を付けないで、猫の様子を見ている。この実験を見究めないと、どのような馳走《ちそう》も咽喉《のど》に通らないみたいだった。

「それで、よくお染さんが怒りませんね?」

近所の人は村上に訊く。

「怒るもんですか。少しでも機嫌を悪くすると、あべこべに奥さまに呶鳴《どな》られるんですからね。どんなことをされても、じっと縮んでいらっしゃいますよ」

そんな扱いを受けるくらいなら、いっそ養老院にでも行けばいい、という者もいた。しかし、養老院は実際に身寄りのない者だけを収容するので、とにかく、生駒家が滅亡しない限りは、お染の養老院行きは絶望であった。

「才次郎さんはどうして奥さんを貰わないのですか？」

村上光子に訊く質問は、これが一番多い。

「さあ、よくわたしにもそれは分りませんわ」

やはり村上は唇にうすら笑いを泛べて答えるのだった。

「きっと、独身に慣れてしまったら、そのほうが良くなったんでしょうね」

「こんな噂がありますよ」

と無遠慮な質問者もいた。

「才次郎さんは不具者じゃないかって」

「さあ、そんなことはよく分りません」

「でも、お風呂《ふろ》なんかに入ることもあるでしょう。あんた、それを隙見《すきみ》したこともないの？」

もし、噂の通り半陰陽《ふたなり》としたら、入浴のときには何かの変化が現われる、と想像しての質問だった。

もちろん、こんなときも、村上光子は顔に曖昧《あいまい》な笑いを泛べているだけだった。しかし、炯眼《けいがん》な者なら、光子のその薄ら笑いの中に、特別な表情が含まれているのに気づく筈だった。人間が何かを知っているときの特別な表情が——。

ところが、才次郎についての肉体上の疑問は、近ごろ一段と近所に募ってきた。というのは、近くの或《あ》る女性が、某婦人科医院の中に入って行く才次郎の姿を見つけたからだった。

なんでもその話によると、その医院は、この町からかなり離れた遠方にあった。その女性は医院の近所に用事があって通りかかったのだが、自分の前を歩いて行く才次郎の姿を発見した。

特徴のある姿だし、独特な歩き方だから、見間違うことはない。恰度《ちょうど》、夕方だった。妙なところに才次郎さんが歩いていると思って、べつに声をかける程の間柄でもなし、何となく通行人の間に見え隠れして従っていた。

すると、才次郎は、その婦人科医院の前に立ち停《ど》まり、左右を見回したというのだ。さいわい、先方ではこちらの姿を発見できなかったらしく、彼は安心したように、医院の門内に大急ぎで入り込んだ。

その女性はあとから行って門前を通りすぎるとき、確かに、才次郎の姿が玄関までの敷石の上を歩いているのを見たというのだった。

もちろん、男は婦人科医に用事はない。

このことから、かねて噂のある才次郎の肉体上の欠陥が結びつけられて考えられた。

「才次郎さんは女になるのではないか」

というのである。

こうなると、興味津々《しんしん》だった。なかには、いや、思い切って完全な男性になるための手術だろう、という者もいた。女になったのでは勤めを辞めざるを得ない。それでは、収入を絶たれる。

5

その日、つまり問題の十二月二十日のことだった。

生駒才次郎は、丸の内にある勤務先の××銀行を五時半に出た。

「今日は、これから登戸《のぼりと》まで行かなくちゃいけない」

彼は部下にそう話した。

登戸は東京の西郊にあって、多摩川に近い。正確には、神奈川県川崎市に属する。丸の内からだと、電車で一時間はかかる。

「ほう、珍しいですね。何の御用ですか？」

部下が訊いた。

「なにね、ぼくに、最近、絵を見せてやるという知人がいてね。それを見に出かけるのだ」

才次郎はそういった。

才次郎が登戸に着いたのが六時半ごろで、知人宅で約四十分費している。見せられたものは、狩野永徳《かのうえいとく》筆と称する華麗な掛軸だった。この桃山時代のごってりとした図柄は、才次郎のような鑑賞者にはよく似合った。事実、才次郎もひどく感心して、その家を辞去した。

才次郎は、それから登戸郵便局に行って、自宅に電報を打った。登戸から東京都内への電話は、当時、まだ直通になっていなかった。

電文は、姉の桃世に宛《あ》てたもので、

「コンヤハシムラクンヲムカエ一〇ジ　カエル」サイ」

というのだった。

橋村というのは才次郎の友人で、名古屋から上京の報《し》らせが二、三日前にあった。その時刻も手紙に書かれていたのである。

才次郎は、家にいわずに出て晩《おそ》くなる場合は、必ず電話で連絡する。この場合は直通がきかないので、電報を打ったのである。

その才次郎は、午後九時四十分着の上り急行を新橋駅のホームで迎えた。

友人の橋村は、才次郎の高等学校時代の友達で、現在、名古屋で雑貨屋をやっている。今度、久しぶりに上京するのだった。

「やあ、しばらくだね」

「しばらく」

二人は肩を叩き合って、駅の外へ出た。

「今夜は、家に来て泊ってくれるんだろう？」

才次郎はいった。

「ああ、君の手紙でお邪魔することにした」

「そりゃ有難う」

「皆さん、元気かい？」

といったのは、この前も橋村が泊りに来たことがあるからだ。そのとき、橋村は桃世とお染とに遇っている。皆さんというのは、この二人のことだった。

「ああ、元気でいる」

才次郎は、ちょっと恥ずかしそうな顔をした。

「いつまでも姉たちは元気でね」

「結構だ。肉親はいくら生きていても悪くはないよ」

「ところで、君、食事は？」

才次郎は訊いた。

「いや、汽車の中で済ませて来た」

「そうか。ぼくは迂闊《うかつ》なことをしてね。君が今日来るということをうっかり忘れていたんだ。それで、泡を食って途中からうちへ電報を打ったくらいだから、何の支度もしてないだろう」

「いいよ、いいよ。そんなことは構わない」

「明日《あした》は、ぼくの知ったところがあるから、そこへでも行って御馳走しよう」

二人は駅前からタクシーに乗った。

新橋駅から麻布のT坂の才次郎宅までは、タクシーだと二十分で着く。だから、このときは十時だった。

「電報を打ってるから、姉は起きて待ってる筈だ」

事実、その入口の表戸はたやすく開いた。才次郎は玄関に入った。

「おかしいな。誰《だれ》も出て来ない。睡《ねむ》ってるのかな？」

客は靴の紐《ひも》を解きかけて、

「いいよ、構わないよ」

と気を遣っていた。

三畳の間と廊下にだけ電灯が点《つ》いている。あとは真暗だった。

才次郎は、先に上って、

「寝ているのかな？」

と呟《つぶや》きながら、いっとう奥の八畳の間の外に立ち停った。そこは桃世の専用になっている。障子は閉まっていて、中は暗かった。

「おねえさま、おねえさま」

才次郎は呼んだ。耳を澄ませたが、中からは物音一つしない。

「おねえさま。橋村君が来ましたよ」

少し大きい声を出した。それでも応答がなかった。

「おねえさま。起きて下さい。お客さまです。開けますよ」

彼は障子に手をかけた。

中に入って電燈を点けると、蒲団《ふとん》が敷かれてあるが、桃世の姿はなかった。

「手洗いかな」

と才次郎はまた呟いた。

その間、客を廊下に待たせたままである。

才次郎は橋村のところに戻った。

「失敬。こっちに来給え」

横手のドアを開けた。そこだけが洋風で、六畳くらいの広さの応接間になっている。電燈を点けて、二人は椅子《いす》に対《むか》い合った。

「もう、姉も来るだろう」

といいながら煙草を一本吸い終ったが、廊下には跫音《あしおと》も聞こえなかった。

「しようがないな」

才次郎は起ち上りかける。

「もういいよ。おやすみになっていらっしゃるんだろう。晩《おそ》いから、明日の朝でいいじゃないか」

「いや、そういうわけにはいかん」

才次郎は廊下に出て、ふたたび奥の八畳に行った。

しかし、まだ姉の姿は戻っていなかった。

彼は次の間を開けた。そこは六畳の間で、タンスなどが置いてある。電気を点けたとき、才次郎の表情が変った。

彼は部屋を走り出ると、少し離れたところにある四畳半の部屋をがらりと開けた。

「おねえさん」

むろん、このおねえさんは義姉のお染だった。そこも暗くなっている。才次郎は電燈を点けた。

お染は口を開けて睡っていたが、電燈の光が無意識に眩《まぶ》しいのか、顔を背《そむ》けた。

「おねえさん。大変ですよ」

彼は蒲団に手を当てて揺り起した。

「何ですか?」

お染は眼を開けたが、睡気のために血走っていた。

「泥棒が入ったのです。早く来て下さい」

お染はまだ事態がはっきり呑《の》み込めないらしく、ぼんやりしていた。

「おねえさまはどこへ行ったんですか? 見えませんよ」

「えっ、そんな筈はありません。今日は二人とも、昨夜《ゆうべ》おそくまで起きていたので
くたびれて、八時ごろから寝ましたからね」

やっとお染も正気になって、顔色を変えた。

「タンスの中がメチャメチャです。抽斗《ひきだし》が全部開けられて、着物が取り散らかされ
ています」

「えっ」

「おねえさんは気が付かなかったんですか？」

「なにしろ、あたしは睡ってましたのでね」

お染はあわてて起ち上りながら、かたちだけはおろおろしていた。

二人は急いで六畳の間に行った。お染は襖際《ふすまぎわ》で立ち竦《すく》んだ。

タンスの抽斗という抽斗は全部開けられ、桃世が一枚一枚叮嚀《ていねい》に包んだ新聞紙は
散乱し、着物はムキ出されて投げられている。

「まあ」

とお染は蒼《あお》くなっていた。

「おねえさまの姿が見えないんですよ。ぼくはすぐ一一〇番に電話しますからね。

あなたはその辺を見回って来て下さい」

パトカーが到着して、家の内外が警官二名の手で調べられた。

その結果、一人の警官の懐中電燈の光が、庭の土の異状を照らし出したのであった。

土は明らかに人の手で掘り返され、ふたたび上から蔽《おお》った形跡がある。

警官は才次郎を呼んだ。

「これは、いつ、こんなことになったのですか?」

「いいえ、これを見たのは、今が最初です。今朝、家を出るときまでは、こんな状態になっていませんでした」

警官はうなずいて、一人がすぐさま電話口に走り、一人は生駒家の表に綱を張った。

6

桃世の死体がその土の中から掘り出されたのは、警視庁からの応援捜査員と、本署から署長一行が到着してからだった。それが午前一時ごろである。

検屍《けんし》は夜の明けるのを待って行われた。その結果、絞殺と判明した。きれいな老婆は苦しそうな表情をして縊《くび》られていた。索条が頸《くび》に無残に喰い入っている。土の中に埋もっていたので、典雅な顔も掘り出されたときは真っ黒だった。警官は、叮嚀に穴から抱え出した。すると、警官があっといって死体を抛《ほう》り出しそうにした。老婆の懐の中から数匹のトカゲが匍《は》い出してきたのである。これには検屍の一行も仰天した。トカゲは土中の死人の肌にまつわっていたらしい。

桃世は寝巻のままだった。推定時間は、大体、前夜二十日の九時前後とされた。これは、あとで解剖したときも大体同じ所見となった。

しかし、ここで桃世の死亡時間を推定する重大な手がかりがあった。それは、午後九時十分に、土地のA郵便局が生駒桃世宛の電報を電話で連絡していることだった。その係だった郵便局員は、次のように証言した。

「電報は、七時二十分受付の登戸局からのものです。電文はここに写しがありますが」

と係員が見せたのは、

「コンヤハシムラクンヲムカエ一〇ジ　カエル」サイ」

というのだった。局員に警察官は訊いた。

「電話には誰が出たかね？」

「嗄《しわが》れた声が出たので、わたしが、生駒桃世さんですか、というと、はい、わたくしが桃世でございます、とその声は答えました。それで、わたしは電報の受付番号と、発信時間と、発信場所をお知らせしたあとで、電文を読み上げました。すると、その嗄れた声は、はい、どうも有難う、と答えました。そこで電話を切ったのです」

確かに控えにも「午後九時十分連絡完了」としてある。

さらに、その局員の申し立てを確実にする証拠が現われた。それは、桃世の座敷から、その電文を控えたメモが見つけられたからだった。

お家流を思わせる桃世の達筆な筆蹟で、鉛筆ながら局員のいった電文通りに書き取られている。カナではなく、漢字と平カナに直してあった。メモは便箋《びんせん》の裏に記《つ》けられていた。

「この電報は、あなたが打ったのですか？」

捜査員は才次郎に訊いた。

「はい。わたくしが姉宛に登戸局から七時二十分ごろに打ったものです」

念のために、登戸局に問い合わせると、確かに七時二十分に才次郎の書いた頼信紙を受け付けて保存していた。

こうなると、被害者の桃世が九時十分には確かに生存していたことが確認された。もっとも、それは声だけだが、当人が電文をそのまま書き取っているから、まず間違いはない。

なお、才次郎は、当夜の行動を次のように申し述べた。

五時三十分に勤務先を出て、登戸の知人宅に六時半ごろ行き、七時過ぎまで、そこで絵を見た。そして、このとき、今夜九時四十分着の急行で上京して来る友人の橋村のことを思い出し、登戸局に行って、例の電報を打った。登戸は都内への直通電話がきかないので、この処置に出たのである。それからすぐさま新宿に行った。乗車中の時間が約三十分で、八時ごろ新宿駅に降りて、街に出た。

しばらく散歩して、腹が減ったので、武蔵野《むさしの》館付近の大衆食堂に入ってライスカレーを食べた。それから、地下鉄で新橋駅に着いたのが九時三十分だった。すぐさま入場券を買い、九時四十分着の列車を迎えたというのである。

係官の質問は、当夜、同じ家に寝ていた、被害者の義妹お染に向けられた。桃世の部屋とお染の部屋とはかなり離れているが、これだけの騒動を睡っていて知らないというところに、係官の訊問《じんもん》の鋭さが加えられた。

「わたしとおねえさまとは、八時ごろには床の中に入りました。というのは、この辺はわりと早く寝るほうだし、それに、昨夜はおそくまで、おねえさまと、才次郎さんと、わたしと三人で話していたのです。わたしが久しぶりに映画に行ったので、帰ってから、わたしの買ったお土産《みやげ》など食べて、三人で午前一時ごろまで起きていました。ほんとに、昨夜は、おねえさまも御機嫌がよかったのです。そのせいか、今夜は、床に就くとぐっすり睡ってしまいました。才次郎さんに起されるまで、何も知っておりません」

ところで、この事件には次のような特徴があった。

タンスから引き出された着物は、ほとんど、新聞紙を破られてムキ出しにされていたが、そのうち数枚は庭にも投げ捨てられていた。

土を掘ったのは、同家の物置にあった鍬《くわ》が使用されたが、その柄にも、タンスにも、犯人の指紋は検出されなかった。多分、犯人は手袋を使用したのではないかと思われる。

一応、物盗《ものと》りらしくしてあるが、着物を盗らずにそのまま庭に投げ捨てたこと、被害者を埋めていたことなどからして、原因は怨恨《えんこん》関係の線が強い。物盗りだと、被害者をわざわざ手間をかけて埋めることはないからである。

当夜、才次郎がまだ帰っていないので、玄関口は開いていた。しかし、仔細《しさい》に見ると、雨戸を一ど開けて、居間で絞殺した被害者桃世の死体を引きずり出し、縁側から庭に下ろしている形跡があった。そして、ふたたび戸を閉めている。戸には内側からサルがかかっていた。

結論はこれで簡単である。当夜、睡っていたというお染の陳述が信用できなくなった。

捜査員たちは、近所の噂《うわさ》を隈《くま》なく聞き込んで回った。これで、桃世とお染とが日ごろから不仲であったこと、というよりも、桃世が常にお染を虐待して、そのためお染は桃世をひどく恨んでいたことなどの推察がついた。

桃世が大切に一枚一枚新聞紙で包んでいた着物を悉《ことごと》く引きずり出して、さらに、それでも腹が癒《い》えずに、そのうち三、四枚の着物を庭に投げ捨てたところなど、恨みを含んだ心情の持主ならやりかねない。お染は五十七歳で、まだ働き手である。かなり力が強いということは、通い女中の村上光子が証言した。

被害者桃世は身体も細く、体重も軽い。お染が被害者桃世を絞殺して、縁側から庭に引きずり下ろすくらいのことは不可能ではないと見られた。

尚、村上光子は当夜、自宅にいて事件に関係ないことは立証された。

お染がこれだけの兇行を同じ屋根の下にいて知らないというのは、いくら睡っていたとはいえ不自然だ、という意見が捜査会議で多かった。ことに、犯人は外部から入ったのではなく、内部説が絶対だった。お染には桃世に殺意を起すだけの恨みがある。現に、生前の桃世はお染から毒殺されるといって恐れていたことも、村上光子や近所の証言でもわかった。当夜は才次郎が十時にならないと帰らないこともお染には分っていたのであろう。お染は否認しているが、おそらく、桃世が電報を聞くのを聞いていたに違いない。桃世が電報を郵便局から聞いたのは九時十分だから、その直後の犯行と思われるというのであった。

しかし、一方、才次郎の申し立てについても検討が行われた。

桃世が九時十分に電報を聞き、それを自分の筆蹟で書き取っているから、彼女がその時刻まで生存していたことには間違いはない。だから、それ以前の行動は問題でないように思われるが、一応、検討してみることにした。

7

才次郎は、当日、午後五時半に丸の内の銀行から出て登戸に行き、知人宅に七時十分までいた。これは目撃者があるから間違いはない。七時二十分に登戸局から電報を打ったことも疑いはない。問題は、その後になる。彼はすぐに新宿に出て、しばらく散歩してから食事をし、新橋駅九時四十分着の急行を迎えに行っている。

この九時四十分に友人の橋村と遇い、彼を同道して自宅に帰ってから兇行の発見となるのだが、これも問題ではない。橋村という第三者がいるからだ。すると空隙《くうげき》は七時二十分に登戸局で電報を打ってから、九時四十分に新橋で友人に遇うまでの間である。

この間が約二時間二十分はある。しかし、登戸駅から小田急で新宿駅に着くまでが約四十分（普通）、新宿から地下鉄で新橋まで約二十分（赤坂見附乗換時間を含む）で、大体、一時間を要する。

すると、彼が新宿で食事したり散歩したりした時間は、残りの約一時間二十分である。

武蔵野館近くの大衆食堂で調べたが、大そう混んでいて、果たして才次郎が食事したかどうかの裏づけは取れなかった。また、新宿付近を散歩するときも、才次郎は知人に遇っていない。

しかし、桃世が電報を聞いたのは九時十分であるから、才次郎が九時四十分に新橋駅へ友人を迎えに出るまで、三十分の開きがある。

つまり、桃世が電報を聞いた直後に才次郎が帰宅して彼女を絞め殺し、すぐに新橋駅九時四十分到着の列車に間に合うようにタクシーで行ったとしたら、どうであろうか。

これは絶対に成立しない。なるほど、麻布のT坂から新橋駅までは、車で急げば十五分ぐらいで到着する。

だが、桃世を絞殺し、その死体を土の中に埋めたりする工作や、タンスを開けて着物を引きずり出し、叮嚀に包んだ新聞紙を一枚一枚剝《は》がしてゆく動作をするには、少くとも一時間は要する。とうてい、九時十分以後九時四十分までの間には、これだけの作業をする余裕はないのである。

ところで、いくら捜査当局が才次郎の行動を検討しても、桃世が九時十分に電報を聞いてメモに取っていることは動かせない事実だった。つまり、彼女は九時十分まで生存しているのだから、それ以前の時間は一切問題にならないのである。問題とすれば、九時十分から九時四十分の間だが、これも前記のように、とうてい、才次郎の行動に疑問を挾《さしはさ》む余地はなかった。

お染は警察官に問い詰められて、桃世に対する忿懣《ふんまん》だけは認めたが、犯行は絶対に否認した。取調べの係官もお染の様子から判断して、彼女への嫌疑が薄くなった。経験で大体の見当はつく。

すると、残るのは、やはり才次郎である。

一方、才次郎は、ときには姉弟喧嘩もするが、まず、仲のいい姉弟であった。これは近所の噂や、通い女中の村上光子の証言でも裏づけされた。才次郎が実姉の桃世を殺す動機は、何も出て来ないのである。

そのうち、刑事がふと疑問を起した。

それは、お染が、兇行前日、つまり十九日の夜、映画館に行っていることだ。

「十九日の晩は、才次郎さんがわたしに小遣いを呉《く》れて、久しぶりに映画にでも行っておいで、といわれ、わたしは七時ごろに家を出て、麻布十番の映画館に行き、十時半ごろに家に帰りました」

という陳述である。

なぜ、才次郎はお染を、兇行前日、映画館にやらせたのか。その晩、三人でいつまでも起きていて、寝たのが午前一時だったという。そのために、お染は睡くてしようがなく、翌日の晩は早寝をしたといっているのだ。それで、よく睡ったため兇行を知らなかったというのが彼女の主張である。刑事が才次郎に訊くと、

「義姉は、いつも姉に虐《いじ》められている。気の毒なので、その晩、映画にやらせたのです。そう、年に、二、三回は、そういうことがあります」

と述べている。

一方、名古屋から上京した才次郎の友人の橋村に訊くと、上京は数日前から決まっていて、そのとき、到着時間も才次郎に報《し》らせておいた。そのため出迎えてくれたのだろう、と答えた。

才次郎がそれをうっかり忘れていて、当夜、登戸の知人宅を出て思い出したというのが、どうもおかしい。前から手紙で予告されたことでもあり、自宅に泊めるほど気にかけているのだったら、「忘れていた」というのは、どうも合点がいかない。

その刑事は、なぜ、前日の十九日に、才次郎がお染を映画館にやったか、ということに引っかかった。

十九日の才次郎の行動を調べてみると、彼は午後八時に帰宅している。当日は珍しく銀行内で居残って仕事をして晩《おそ》くなったからだという。すると、生駒家では、十九日夜七時から八時までの一時間は、桃世一人しかいなかったことになる。

刑事は、それを一生懸命考えた。そして、ようやく才次郎の詭計《きけい》を見抜いたのである。

二十日午後九時十分に桃世が電報を聞いたという唯一の証拠は、局員が電話で聞いたという嗄《しわが》れた声だけでは当てにならない。実は、彼女がそれをメモした筆蹟にあるのだ。文字は、桃世の半生の輝かしい履歴を見せるように、美しい仮名文字と漢字とで書かれてあった。これはほかで真似をしようとしても偽筆の利かない筆蹟である。これは絶対に当人のものである。

そうすると、桃世が筆記した電報のメモは、二十日午後九時十分のものだったろうか。もしかすると、それは前日十九日の七時から八時の間のものではなかろうか。電報のメモを見ると、日付も、受付時間も、発信局の名前も書いてない。ただ、本文だけである。これは普通メモするときにはあまり書かないものだから、誰も気に留めなかった。

すると、同文の電報を前日彼女が聞き、それをメモしたものが残っていて、二十日午後九時十分のものと錯覚することは、きわめてあり得ることだ。

つまり、才次郎は、出勤するときに、お染に金をやって、今夜、映画に行くようにいいつけ、七時から八時の帰宅時間の間に、途中の電話で自宅にかける。留守宅には桃世ひとりだから、彼は、例えばこういうこともできる。

「こちらは電報局ですが、いま、お宅に電報が入りましたから、書き取って下さい。

コンヤハシムラクンヲムカエ一〇ジ　カエル」サイ」

桃世はそれを「今夜、橋村君をむかえ十時帰る。才」と筆記する。

才次郎は知らぬ顔をして家に帰る。桃世は、十時ごろ帰るつもりの才次郎が早く帰って来たのでびっくりする。すかさず彼は、その後、名古屋から連絡があって一日遅れたからとか何とかいって誤魔化し、桃世がメモしたものを、そっと自分の手元に蔵《しま》っておく。

すると、才次郎が桃世を殺した時間はいつか。

刑事は、ここで詳細な計算を立てた。

丸の内の銀行退社五時三十分——登戸着六時三十分。知人宅辞去七時十分。七時二十分に電報を打つ——下北沢着七時四十分。駅前よりタクシーでT坂まで三十分。自宅到着八時十分。すぐに桃世を絞殺し、庭の土を掘って死体を縁側から引きずり下ろし、土中に埋めて、上から土を被《かぶ》せる。さらに、タンスを開けて着物を引っぱり出し、新聞紙の包みをいちいち破り、そのうち三、四枚は庭に抛り出す。縁側の戸締りをする。この間の作業の所要時間は約一時間——九時十分ごろ電話が鳴る。才次郎はわざと嗄《しわが》れた声で桃世と称し、電文をメモするようなふりをする。これは登戸局で七時二十分に打電すれば、普通電報だとおよそ何時間後に電報局から知らせてくるかを調べておいたに違いない。そして、前日に書いた桃世のメモを現場に遺《のこ》して立ち去る――自宅を出たときの推定時間は九時十五分か二十分――新橋駅九時三十五分。ここで九時四十分到着の上り急行の橋村を迎える。以下、同人と同道して帰宅。……

この推定で、刑事は証拠固めを行った。

このとき、刑事が耳に挿《はさ》んだのは近所の噂で、生駒才次郎が某婦人科医院に入って行ったという話である。

刑事は、早速、その医院を訪ねて、医者に会った。これで完全に証拠が握れた。

才次郎は、遂《つい》に自白した。

工作は、その刑事の推定どおりだった。そのほかの疑問について、彼は次のように述べた。

「最近、わたしに愛人ができました。彼女が妊娠したので、すぐさまあの医院に伴《つ》れて行き、中絶させたのです。わたしは心配で、勤めの帰りにその医院に寄って見舞ったことがあります。

姉が生きている限り、わたしはその女と結婚できません。これまで縁談を妨害して来たのは、姉です。この姉が家にいては、わたしの結婚は絶望だったんです。

その女は、わたしをとても愛してくれました。わたしとしても、もう、そろそろ、五十を過ぎます。この辺で自分の人生を摑《つか》みたかったのです。といって、姉に相談しても、とても受け付けてくれる筈《はず》はありません。姉はわたしの結婚を嫌い、縁談も徹頭徹尾、邪魔をしました。あの気性ですから、わたしが強引にその女を入れても、うまくいく筈はありません。そして、この先、姉は何年生きるか分らないのです。とても、それまで待つことができません。姉さえいなかったら、わたしは最後の幸福を得ることができるのです。

名古屋の友人橋村が上京して来るのがチャンスでした。わたしは彼を第三者としての目撃者の立場に置き、姉を殺しても、彼を利用して身の安全を図りました。つまり、橋村が上京するという報《し》らせがあったときから、わたしの計画は始まりました。

お察しの通り、十九日の晩、義姉を外出させ、わたしが途中から家に電話して、姉の例のメモを取らせたのです。それは登戸局から電報を打ったら、おおよそ、どのくらいの時間で家に連絡が来るかを調べておき、すべての時間を詳細に立てました。

その晩、私は義姉の帰宅しない前に帰り、姉には電報を打ったが、橋村君の上京は、都合で一日延びたことをいいました。姉の書いたメモは、そのとき私がとり除いておいたのです。私はその電報のことを義姉に話さないように頼んでおきました。もともと、姉は義姉をバカにしていましたから、彼女が映画から帰っても、それをいうようなことはありませんでした。

私がとり除いて保存した姉のメモは、二十日の晩に兇行を済ませたあと、姉の机の上にのせておきました。姉の筆蹟はお家流で、誰にも真似ができないので、当夜の九時十分生存説が計画の通り認められたわけです。

新聞紙で包んだ衣類を剝いだり、姉を殺して庭の土の中に埋めたのは、この作業が一時間ぐらいを要しないと出来ないことを見せたいためです。

つまり、姉が電報を聞いた九時十分は、生存していたことに間違いないと信じられています。ですが、すぐそのあとにわたしが帰り、兇行を行って新橋駅に駆けつけたという推定の線を、その見せかけの工作によって消したのです。ただ頸を絞めただけでは、せいぜい、五分か十分あれば足ります。あの作業が少くとも一時間は要すると思わせるところに、わたしの計画があったのです。それと、これは誰が見ても内部に犯人がいると思わせて、ついでに、義姉のお染を陥れたかったのです。義姉は姉に対して殺意を抱くほどの怨恨を持っていましたから。

なお、義姉は、いつも夕方になると頭が痛くなる癖があって、鎮痛剤を服用する習慣がありました。わたしは二十日の朝、こっそりとその薬袋を開けて、睡眠剤の白い粉と入れ替えておいたのです。義姉は、わたしの想像の通り、夕方、それを飲んだので、彼女が熟睡したのはそのためです」

取調べの係官は、桃世がなぜ才次郎の縁談を妨害しつづけるか、と訊いたが、才次郎は沈黙していた。しかし、係官は、通い女中の村上光子の話なども聞いた上、この美しい姉弟の間に、若いときから一種の近親相姦《そうかん》の関係があったと想像している。

しかし、才次郎は、そのことについては、顔を赧《あか》らめたまま答えなかった。

第三話　万葉翡翠《ひすい》

――求めて得まし玉かも――

1

「ぼくはね、万葉考古学をやりたいと思っていた時期があったよ」

S大学の若い考古学助教授の八木修蔵《やぎしゅうぞう》氏は、研究室で三人の学生と雑談しているときにいった。

三人の学生というのは、今岡三郎《いまおかさぶろう》、杉原忠良《すぎはらただよし》、岡村忠夫《おかむらただお》である。三人とも考古学を専攻しているのではなく、趣味として八木助教授のところに出入りしているのだった。

「神社考古学というのがありますね？」

今岡三郎がいった。

「ああ、ある。宮地直一《みやじなおいち》先生が唱えられたものだ。神社の祭器だとか遺蹟《いせき》、それに神籬《ひもろぎ》、磐境《いわさか》だといわれている神籠石《こうごいし》などを考古学的に解釈する学問だね。神社には、古代の形式が伝承されている。それから古代生活を探求しようとするのだ」

「先生の万葉考古学というのも、面白そうですね」

杉原がいった。

「万葉の歌に織り込まれた字句から、古代の生活を探求しようというわけですね」

「まあ、そういったところだな」

助教授は煙草《たばこ》を咥《くわ》えながら眼差《まなざ》しを変えた。そこには、去年の夏休みの発掘調査で得た大きな加曾利《かそり》E式の深鉢型土器が復元されたばかりで置かれてあった。夕方の陽射しが窓から入り、古道具屋のようにごたごたとならべられた古い品に当っている。隅の棚には、石斧《せきふ》や、石匙《せきひ》や、土器の破片を詰め込んだ箱が積み上げられてある。

「しかし、先生」

といったのは岡村忠夫だった。

「万葉の歌は、情緒を主とした字句ばかりでしょう。いわば、そういう形而上学的《メタフィジカル》なものから、考古学のような唯物的方法をどういう手がかりでひき出すのですか？」

「もっともな質問だね。いや、誰《だれ》だってそう思うかもしれないな」

助教授は視線を学生に返した。

「なるほど、万葉歌は主情で構成されている。それに、いろいろと文学的な修辞が入っているから、こういうもので考古学をやろうとするのは乱暴かもしれない。いや、危険かもしれないね。だがね。例えば、ここに、ぼくが一つの題を出してみよう。君たちは、巻十三に収められている、渟名河《ぬなかわ》の、というのを知ってるかい？」

三人の学生は顔を見合わせたが、知らない、と答えた。

助教授は抽斗《ひきだし》から文庫本の「万葉集」を出し、その頁《ページ》を繰って開いた。

「これだ」

学生たちは、助教授の押えた指先に眼を集めた。

「渟名《ぬな》河の　底なる玉、
求めて　得まし玉かも。
拾《ひり》ひて　得まし玉かも。
惜《あたら》しき　君が
老ゆらく惜しも。」（三二四七）

「高等学校の試験のようだが」

と助教授は微笑を口辺に浮べていった。

「まず、君たちに、この歌の解釈をしてもらおうか。今岡君、どうだね？」

助教授は、一番はしに居る学生にいった。

「はあ」

眼鏡をかけた今岡三郎は、じっとその文句を見つめて考えていたが、

「違ってるかもしれませんが、ぼくはこうじゃないかと思います。淳名《ぬな》河の底にある玉は、求めて得た玉か、拾って得た玉か分らないが、とにかく、そういう玉があるが、その玉のように代え難い君が、年老いてゆくのが惜しい、残念だ、という意味でしょうか」

と、吃《ども》りながらいった。

「杉原君も、岡村君も、どうだね？　今の今岡君の解釈で間違いはないかね？」

二人とも歌の字句を見ていたが、

「大体、同じ意見です」

と答えた。

「これは、その解釈で間違いはないだろうね」

助教授はいった。

「しかし、この中に、ぼくだけの考え方があるんだよ。例えば、ここに出てくる玉のことだがね。諸君は、この玉をどう考えている？」

「河の底にあるのですから、何か、きれいな石という意味じゃないでしょうか？」

「きれいな石。そうだな、それには違いない」

助教授は同感した。

「では、この渟名《ぬな》河というのは何だろう？」

「そんな河があったかな？」

三人は互に眼を合わせた。

「これは、玉という言葉にひっかけた形容じゃないでしょうか。むろん、渟名河にはいわれがあるでしょうが、実在ではなく、枕詞《まくらことば》みたいに、玉を修飾した言葉だと思います」

「では、もう一つ疑問を提出しよう。これに、求めて得まし玉か、拾いて得まし玉か、とあるな。求めて得まし、とか、拾いて得まし、とかいうのは、どういう意味だ？」

「それも、ただ、玉というのを出すために付け足した、あまり意味のない言葉ではないかと思いますね。この玉にしても、恋人の老いてゆくのを悲しむために持って来ただけだと思います」

「しかし、それにしては、求めて得まし、とか、拾いて得まし、とかいうのは、どうも少し意味がはっきりしないね。実は、ぼくの万葉考古学というのは、この言葉から疑問を持って出発したといってもいいんだよ」

それを聞いて、学生三人は、助教授の顔を一斉に眺めた。

「先生。それはどういう意味ですか？」

「まあまあ」

と助教授は煙草の烟《けむり》を吐いて焦《じ》らすようにみんなの顔を見回した。

「ぼくが、ここで、すらすらといってもつまらない。少々、勿体《もったい》をつけるようだが、今夜、君たち帰って、先学の解釈を少し調べてくれんか。そうすると、ぼくのいうこともはっきりするだろう。もし、興味を持っていたなら、明日、ぼくに調べたことを報《し》らせてくれ給え」

翌日、三人の学生は、早くも本やノートを持ち寄って、助教授のところに集った。三人とも、よほど興味を持ったようだった。

「先生」

今岡三郎がいった。

「あの歌の解釈は、ぼくたち手分けして文献を集めたのですが、大体、ぼくが解釈したことと、あまり変りがないようです」

「そうかね」

助教授は微笑していた。

「どれどれ、それでは、君たちが集めたものを少し整理して、先学の意見を聞いてみようか」

持ち寄った資料がそこに並べられた。

「これは契沖《けいちゅう》の『万葉集代匠記』だね」

《ぬな川の底なる玉は。ぬな川はいつれの国の有といふことをしらす。綏靖《すいぜい》天皇を神渟名川耳尊《カミヌナカハミミノミコト》と申奉《もうしたてまつ》るも、此沼名河《このヌナカハ》によりての御名にや。此川の底なる玉とは、由緒有《ある》ことなるへし。これは人を玉にたとへて、沼名川の底にあるは求めても得す。ひろひても得す。をのつからある玉なり。》

「ほう、次は、鹿持雅澄《かもちまさずみ》の『万葉集古義』だね」

《沼名河《ヌナカハ》は、天安河《アメノヤスガハ》の中にある渟名井《ヌナヰ》と、同じ処を云《いう》なるべし。さるは神代紀に、天真名井《アメノマナヰ》とありて、其《そ》ノ一書に、天渟名井《アメノヌナヰ》とあり、真名井は、真は美称にて、即《すなわ》ち真渟名井《マヌナヰ》の切《つづま》れるにて、同じことなり。(ヌナはナと切れり)さて其ノ井は、安河の中に、しか云処のありと見ゆるは、古事記、書紀を考へて知べし。さて渟名と書《かく》るは借り字にて、瓊之井《ヌナヰ》(之《ノ》を名《ナ》と云《いう》ことは、古言に例多し)といふなるべし。さるは上古より、其ノ井ノ底に瓊《たま》ありしが故に、しか名の負《おう》るなるべし。》

――「万葉集略解《りやくげ》。橘《たちばな》千蔭《ちかげ》」

《ぬな川は沼の意にはあらじ。瓊《ヌ》にて、玉有る故に瓊《ヌ》之《ナ》川といひしならん。あたらしは惜む事也《なり》。

ぬな川は天皇の御諡《おんおくりな》に、神渟名川耳天皇、神渟名倉玉敷《カミヌナクラタマシキ》天皇、天渟名原瀛真人《アメノヌナハラオキノマヒト》天皇と申奉《もうしたてまつり》、また神功紀《じんぐうき》に、天津渟名倉之長峡《ヲ》と有《ある》もておもへば、摂津国住吉郡也。》

「なるほどね。今度は現代学者だな」

助教授は、次の本を手に取った。

――「万葉辞典。佐佐木信綱《ささきのぶつな》」

《ぬながは　渟名河（地名）［解釈］天上にある河の名。天《あま》の渟名井《ぬなゐ》（神代紀一書）といふ。［出所］渟名河の底なる玉求めて得し玉かも。（十三の三二四七）》

――「万葉集全註釈。武田祐吉《たけだゆうきち》」

《沼名河之　ヌナガハノ。ヌナガハは、思想上の河で、実在の地名ではない。日本書紀に天の渟名井《ぬなゐ》があり、天武天皇の御名を天の渟中原瀛《ぬなはらおき》の真人の天皇という。これらのヌは、文字通り渟の義を感じているであろうが、本来は瓊の義であろう。ナは接続の助詞。それでヌナガハという熟語ができている。玉川の意である。その川を、天にありとしていたと見える。

底奈流玉　ソコナルタマ。渟名河に霊験のある玉がありとしたのである。》
　――「口訳万葉集。折口信夫《おりくちしのぶ》」
《いとしいお方の優れた容子《ようす》は、沼名川の底にある玉の様なものだ。其玉は探し廻って、手に入れた玉と言ふのか。偶然得た玉と言ふのか。ともかくも立派な玉である。其《それ》を年よらせるのが惜しい、玉の様なお方が、年よって行かれるのが、大事だ。》

2

「これで、目ぼしいところは、ざっと出揃《でそろ》ったね」

　助教授はいった。

「ところが、最初に、この渟名川の地名は後廻しにして、まず、玉のことから考えてみよう。諸君は、この玉を何だと思うね？」

「勾玉《まがたま》のことでしょう？」

　杉原が答えた。

「そうだ、勾玉と考えていいね。ところが、勾玉にも、その材料の種類がいろいろとある。金銀のような貴金属から、貝とか、動物の骨、牙《きば》などもある。だが、一番多いのは、硬玉、碧玉《へきぎょく》、瑪瑙《めのう》、水晶、蠟石《ろうせき》、滑石《かっせき》のような石類と、それにガラスのようなものがある。ところが、この場合は、どれに一番当っているかと思うかね？」

学生たちは少し考えていたが、

「川の底にあるから、水晶や滑石みたいなものではないでしょうか」

と岡村が答えた。今岡と杉原は、これに同感のようだった。

「いや、ぼくの考えは少し違う」

助教授はいった。

「なるほど。川の底だから、そう考えるのは無理もない。ところが、この歌の意味をよく考えてみよう。これは、いろいろと註釈にもある通り、『玉のような、いとしいお方が年よって行かれる』という形容になっている。つまり、この玉は青春を意味する」

「あ、分りました。つまり翡翠《ひすい》ですね」

今岡が口を挿《はさ》んだ。

「その通り。もっとも四世紀以後は出雲《いずも》から青瑪瑙が出て、これも碧玉といっているが、透明度はない。翡翠《ひすい》の色は透き徹《とお》った碧《みど》りだ。あの美しい色が象徴するように、若さと青春を古代人は感じたに違いない。ところで、この翡翠は、当時は日本に無く、中国から輸入されたものだ、というのが定説になっている。中国でも南方寄りの山地、つまりビルマ北部チンドウイン河谷や、雲南のほうだ。ところがだね、これから、いよいよ、ぼくのヒントになった《求めて得まし玉かも、拾ひて得まし玉かも》の意義になるのだが」

助教授は、皆の顔をひと通り見廻した。

「この字句については、少し解釈の違いがある。君たちが持ち寄った本にもある通り、契沖《けいちゅう》には《求めても得す。ひろひても得す》とあって、ひどく貴重で手に入らないことになっている。しかし、ぼくは、鹿持《かもち》の《拾ひ求めて得し玉にてあらむか》よりも、折口先生の《其玉は探し廻って、手に入れた玉と言ふのか。偶然得た玉と言ふのか》という説を支持したい。けれど、ぼくの心は必ずしもその言葉どおりではないのだ。《求め》といういい方に、ぼくの特別な解釈がある」

「それはどういうことですか？」

三人とも助教授の顔を見た。

「つまり《求め》という言葉を、ぼくは《買う》という意味に解釈したい。その次につづいて《拾う》という言葉があるね。これも《貰《もら》う》という意だろう。つまり、《買う》ことは即ち、売買の意味だ。そんな仮説がそこに見出されそうだ。そうすると、むろん、それにはその玉の売り手があるわけで、売り手があれば、玉の産地が考えられるわけだね。その産地を、ぼくは日本内地と考えたいのだよ」

「先生、ちょっと待って下さい」

杉原忠良は遮った。

「考古学では、古代翡翠《ひすい》は、中国南方やビルマ北部から輸入したことになっていますが、先生のお説でも、その辺から輸入した品を売買したということにもなります。必ずしも、原産地は内地とは限らないでしょう？」

「全くその通りだな。しかしね、君。今度は、ここに渟名河《ぬなかわ》というのが意味を持つわけだ。渟名河というのは、先学の諸説は、実在の名前ではなく、修辞的な、架空な言葉としている。例えば、契沖は《沼名河は天上に有河《ある》なるへし》といっている。鹿持《かもち》も、沼名河は天安河の中にある渟名井《ぬない》と同じ処だろう、といっている。佐佐木信綱先生は、天上にある河の名、と解釈されている。つまり、その川を天の川に擬しているのだな。この点は、七夕《たなばた》の歌とどこか通じている。武田祐吉先生も実在の地名ではないといっておられる。たった一つ、橘《たちばな》千蔭《ちかげ》が、ぬな川は天皇の御諡《おんいみな》に関係があって、さらに、神功紀《じんぐうき》の記事から考えて、摂津国住吉郡であろう、といっている。だが、鹿持はこれは取るに足らない臆説《おくせつ》だと嗤《わら》っている。渟名河についての地名らしいことをいったのは千蔭だが、ぼくは、その渟名河を実在の地名に考えた千蔭に敬意を表したい。……ところがだね。その実在の土地が今の日本の何処《どこ》かということについては、ぼくはぼくなりの別の考え方があるんだよ」

「では、それはどの地方ですか?」

岡村が訊《き》いた。

「それを考えるには、まず、この渟名河という字を解釈する必要があるね」

助教授はまた煙草を口に挿んだ。

「渟名河の地名については、千蔭は、神功紀を引いている。ぼくもそのひそみに倣《なら》って、古事記の記事から解釈したい」

助教授は、そういいながら机の抽斗《ひきだし》から文庫本の「古事記」を取り出し、みんなに見せるつもりだったのか、栞《しおり》を挿んだところを開いた。

これを見給え、といって出したのが、次のような文章だった。

——此の八千矛《やちほこ》神、高志《こし》国の沼河比売《ぬなかはひめ》を婚《よば》はむとして、幸行《い》でましし時、其の沼河比売の家に到りて、歌ひたまひしく、

八千矛《やちほこ》の　神の命《みこと》は　八島国《やしまくに》　妻枕《つまま》きかねて　遠遠《とほとほ》し　高志《こし》の国に　賢《さか》し女《め》を
有りと聞《き》かして　麗《くは》し女を　有りと聞こして　さ婚《よば》ひに　あり立たし

「これは、大国主命《おおくにぬしのみこと》がいろいろと浮気をして廻るくだりだね。ぼくのヒントはこれだ。この沼河比売《ぬなかはひめ》というのが、この歌に出てくる渟名《ぬな》河と関係があると思ったんだよ。つまり、沼河比売が高志《こし》の人だから、渟名河も同じ高志の国にあったという想定をつけたのだ」

「ははあ。だんだん分りました。しかし、高志の国といっても、ずいぶん広いですね。今の新潟県から富山県にかけての、裏日本一帯に当るでしょう？」

杉原がいった。

「そうなんだ。西は越中《えっちゅう》、西南は信濃《しなの》、南は上野《こうずけ》、東は岩代《いわしろ》、東北は羽前《うぜん》、長さ六十里に上る大国なり、とある。ところが、幸いなことに、倭名抄《わみょうしょう》に、沼川郷《ぬなかわごう》というのがちゃんと出ている。のみならず奴奈川《ぬなかわ》神社という式内社まである。もっとも、ヌナは現在の沼を当てて、沼川郷と読ませている。倭名抄には、頸城《くびき》郡沼川郷、訓奴乃加波《ぬなかわとよむ》、とある」

八木助教授はそういって手帳を出した。

「ここに、吉田東伍《よしだとうご》先生の大日本地名辞書から引いた一節がある。今、読んでみるから、聞いてくれ給え」

助教授はそういって、次のような文章を読んだ。

「今糸魚《いとい》川《がわ》幷《ならび》に根知谷、今井谷、青海市振より大和川谷、早川谷の諸村を云《い》へる歟《か》、近世沼川庄と云へる西浜山下七谷を籠《こ》めしならん。……こう書いてある。今、新潟県のこの辺の地図を見ると、いわゆる沼川庄というのは西頸城郡にあって、この辺一帯は、川が無数に谿谷《けいこく》から流れていて、なるほど、この地域の川がいわゆる渟名河だろうと思われるふしがある。ところがだね。これは西頸城郡だが、東頸城郡のほうにも、現在、《奴奈川》という村が残ってるんだよ。文字も式内社にある奴奈川神社と同じだ。この地域を地図で見ると、やはり同じように川が谿谷となって無数に流れている。まあ、いずれにしても、新潟県のこの一帯が、昔の勾玉の原石だった翡翠の産地だということは争えないと思う」

「先生。それは面白いです」

岡村忠夫が感嘆したようにいった。

「まるで一種の推理ですね？」

「推理だ」

と助教授は笑った。

「だが、ぼくは、これは自信があるよ。なにしろ、いちいち、古典から推して行った理詰めだからね」

「その説を、学会に発表なさってはいかがですか？」

　今岡三郎がいった。

「いや、それは悲しいことに、まだ日本の学会では認められそうにないんだよ。いろいろと偉い先生方が反対なさるのでね。現在の万葉学の権威は、みんな先学の説を引いていて、渟名河はあくまでも想像上の架空名だとなっているし、歌の意味も決してそんな現実的な意味があるわけではない、というのだ。そんな歌にまでいちいち即物的な考えを持つのは邪道だ、と叱《しか》られるんだよ」

「それでも、先生の説は大へん面白いですよ」

　これは三人とも同時にいった。

「ひとつ、それを実証するために、現在のヌナカワに行き、探険してみてはどうでしょうか？」

「もし、君たちにその希望があったら」

　と助教授は眼鏡の奥の眼を細めた。

「まあ、ひとつ、やってみるんだね。なにしろ、ぼくは、もう山の中や水の中に入って行く元気がないのでね。そういう探険は、君たちにお願いするほかはなかろう」

「先生は、吉田東伍さんのいわれた古い沼川庄をお取りになりますか、それとも、現在の奴奈川村がそうだとお考えになりますか？」

今岡は訊いた。

「そうだね。そのことになるとよく分らないが、まあ、君たちで仲よく研究してみてくれますか」

八木助教授は、ヌナカワの現在地の推定を学生三人に任せた。

3

恰度《ちょうど》、夏休みだった。三人の学生は、その休暇を利用してヌナカワの探査を行うことになった。

ただ、ヌナカワが頸城郡にあることは分ったが、現在は、それが東西頸城郡の二つに分れている。そして、それぞれにヌナカワの地名が残されているのだ。

そのどちらを取るかが、三人の間で問題となった。

結局、今岡三郎は、吉田東伍説の西頸城郡を取った。岡村忠夫がこれに同調した。しかし、杉原忠良だけは、東頸城郡の奴奈川村を候補に選んだ。

三人は、それぞれ、五万分の一の地図を買って来て調べてみた。すると、西頸城郡にしても、東頸城郡にしても、無数の川が山の間を毛細管のように走っている。西頸城郡の旧「沼川庄」は、現在の糸魚川市を中心にしたものだが、これは北アルプスの白馬、乗鞍《のりくら》の山嶺《さんれい》が北に流れたところに当る。

東頸城郡の「奴奈川」も、いわゆる上信越高原国立公園の山塊が西北に伸びたところにある。いずれにしても、細い川が深山幽谷の間を匍《は》っているのである。翡翠は冷たい温度の谿流にあることが分っているから、その点でもこの二つの地域は適格上、区別がつかなかった。

今岡三郎が西頸城郡説を取ったのは、許婚者《いいなずけ》の芝垣多美子《しばがきたみこ》の意見にも動かされたからだ。

「面白いわ」

芝垣多美子は、今岡から八木助教授の話を又聞きして、ひどく興味を持った。

「それは、ぜひ、歩いていらっしゃいよ。わたしも一しょに行きたいんだけれど、今度は都合があって行けないわ」

芝垣多美子は、別の大学の女子学生だった。

「やっぱり、西頸城郡のほうが本当じゃないかしら。倭名抄にある名前から、こっちのほうが本当だという気がするわ」

「しかし、この地図から見ても、随分、川があるぜ。こんな川をいちいち探査して歩くのは、容易なことではないよ」

今岡はいった。

「そうね」

芝垣多美子は、地図の上に凝《じ》っと眼をさらしていたが、勢いよく指で一つの川を指した。

「これじゃないかしら？」

「どれどれ。ああ、姫川だな」

それは、糸魚川市のすぐ横を流れている割と大きな川だった。

「名前からいってそうじゃないかしら。ほら、沼河比売《ぬなかわひめ》というでしょう」

「あ、そうか」

姫川は、大体、糸魚川と信州の大町を繋《つな》ぐ大糸線に沿っている。上流は長野県の鹿島槍《かしまやり》の山麓《さんろく》から出ているらしい。だが、それが海に注ぐまでは、また無数の支流

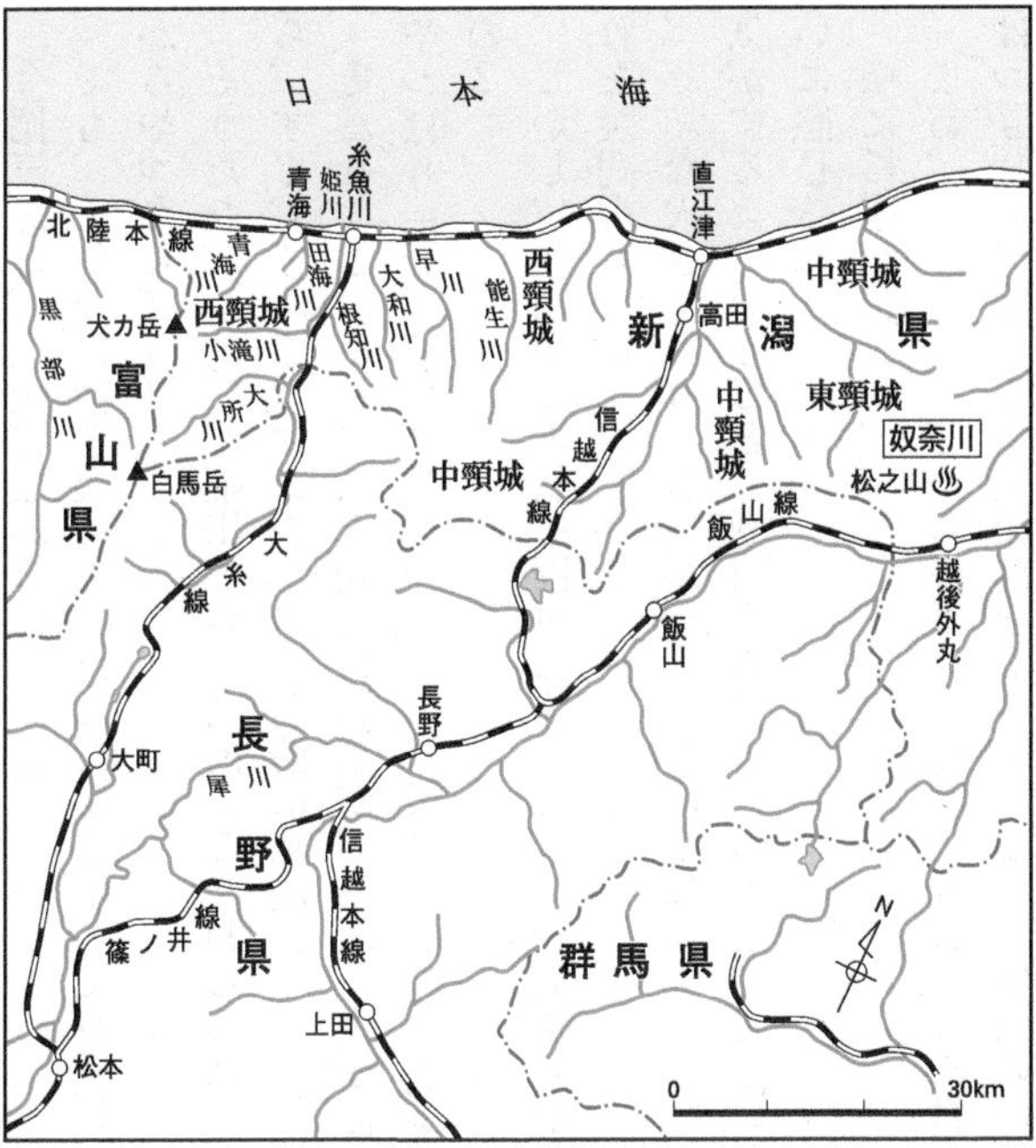

が梢《こずえ》のように出ているのだった。そのほか、能《の》生《う》川というのがある。早川というのがある。海川というのがある。青海《おおみ》川というのがある。田海《たみ》川というのがある。また姫川にしても、根知川、小滝川、大所川に分れる。すべての川が山脈の襞《ひだ》の間に静脈のように細かく分け入っているのだった。
「こんな広い地域を、一つ一つ上流から歩いてると、いつになったら調査が終るか分らないね」

今岡三郎は、大変だという顔をした。

「でも、一つの目標を決めて、だんだんにやって行くのだわ。一番大きな川の姫川からやったらどう？」

「そうだな。しかし、姫川という名前にこだわるのは、どうかな。君は歌詠みだから、すぐ、そんなロマンチックな名前に惹《ひ》かれるようだけど」

「そんなことないわ。八木先生のお話が、みんな古事記に出典を取ってるんだから、やっぱり沼河比売の姫だって不合理ではないわ。ちゃんと辻褄《つじつま》が合うじゃないの？」

しかし、今岡がこの話を岡村にすると、同じ西頸城郡説を取っている岡村は、それを疑問視していた。

「そんな大きな川は、どうかな。ぼくはやはり、名も知れない小さな谿流のような気がするよ。なるほど、姫川というのはもっともらしいが、少々、語呂《ごろ》合わせみたいに感じるね」

横に杉原が居たが、

「まあ、君たちは、そっちのほうを探してくれ。ぼくはやはり、ヌナカワの地名がはっきり残っている東頸城郡を歩いてみるよ。地図の上で見ると、松之山温泉というのがある。鄙《ひな》びた所らしいから、ぼくはゆっくり温泉にでもつかりながら、その辺一帯の川を調べてみるよ」

　といった。

　結局、三人は、各自の考えどおりに行動することにした。そのとき、出発してから一週間目には、必ず、東京に帰って落ち合い、報告し合うこと、成果がなかったら、もう一度出発すること、もし、少しでも手がかりがあれば、今度は三人で協力して重点的に探査することなどを決めた。

「愉《たの》しいな。川底にぽっかり目の覚めるような碧《あお》い石が見つかったら、どんなに素敵だろう」

　岡村がいった。

「おいおい。翡翠《ひすい》は碧い色のままに落ちているとは限らないよ。ぼくは調べてみたんだが、自然石は表面が酸化していて灰色だ、と書いてあったよ。こいつは厄介だぞ。なにしろ、灰色の石は、谷川ならごろごろしてるからな」

　杉原はそういって眼を愉しそうにした。

「しかし、石が見つからなくても、ぼくには別な希望があるんだ。そんな谿流を歩いていると、珍しい植物を採集出来るかも分らないからな」

「なるほど、君には、そんな妙な趣味があったね」

今岡がいった。

「まあ、そんなものに惹かれるのもいいが、肝心な石のほうを頼むぞ。うっかり見逃すということのないように、危険な沢などに気を付けてほしい。なにしろ、今度は植物採集ではないからね」

岡村が忠告した。

「ああ、分ってるよ。大丈夫だ。ただ、ぼくの場合、翡翠が見つからなくても、それほど失望しない、といったまでだ」

杉原は弁解するともなく答えた。

三人はリュックサックを担いで出発した。

彼らはその出立《しゅったつ》前に、八木助教授のところに揃《そろ》って立ち寄った。

「いよいよ、行くのかね？」

助教授は愉しそうだった。

「が、いちどきに見つかるとは思えないから、じっくりとやって来てくれ給え。今年が駄目だったら、来年もある。深い谷に入ってゆくのだから、気を付けることだね。とにかく、ぼくは君たちの吉報を待ってるよ」

三人は、新宿駅から長野行の遅い列車に乗った。ホームまで、芝垣多美子が見送った。多美子は、今岡ばかりでなく、杉原や岡村とも共通の友人だった。

「行ってらっしゃい。駝鳥《だちょう》の卵みたいな翡翠をお土産《みやげ》に持って帰って来てね」

彼女は、窓から首を出している三人にいった。

「そんな大きなやつをどうするんだい？」

岡村が冷やかすように訊いた。

「指輪の石に素敵なのを少し取って、あとは銀座の宝石屋に売りに行くわ」

「そいつでひと儲《もう》けして、今岡との結婚費用にするつもりかい？」

杉原が大きな声を出した。近くにいる乗客が、その声で多美子を見たので、彼女はちょっと赧《あか》くなった。今岡は照れ臭そうに笑っていた。

登山姿の若い人ばかりを詰め込んだ、中央線のこの夜汽車は、間もなく、線路の彼方《かなた》に赤い尾灯をすぼめて消え去った。

芝垣多美子は、今岡たちの帰りを一週間待った。一週間目に一度、東京で落ち合う約束になっている。晴れた暑い日がつづき、その間に雨の日がはさまった。多美子は、今岡三郎が谷川の細径《ほそみち》をひとりで汗を流して歩いている姿を想像した。もちろん、今岡だけではない。杉原も、岡村も、それぞれ自分で見当をつけた土地を歩いているのだった。

杉原は、最初の主張どおり、東頸城郡奴奈川村の谿谷に分け入っていることであろう。岡村は、今岡と同じ西頸城郡ながら、狙《ねら》いをつけた川は別だった。だが、三人はばらばらでも、あまり人の入らない谿谷を歩いてゆくことに変りはなかった。三人とも、それぞれに個性が違う。多美子は、今岡は今岡なりに、杉原や岡村はその人間なりに彼らの背景に相応《ふさわ》しい山間の風景を想像した。

一週間経った。——

陽焼けして越《こし》の国から戻った三人は、打ち合わせた通り、一週間目に新宿の喫茶店に集った。多美子も、その場所に時間どおりに行った。三人の男は、やはり憔《しょう》悴《すい》していた。

「まだ成果は上らなかったよ」

杉原は、多美子を見て一番にいった。

「思ったよりもひどい所でね。なにしろ、炭焼きぐらいしか入らないような径のない所を、川伝いに歩くんだ」

「こっちも同じさ」

と岡村がやはり多美子にいった。

「それに、石を調べてゆくのだからね。なかなか、歩くのに捗《はか》がいかない。小っぽけな川だと思ってバカにして行ったが、どうして、なかなかの激流なんだ。杉原がいったように、村の者も殆《ほとん》ど歩いていない径だから、どうかすると、全く径のない所もある。桟道は崩れたままになっていたりして、四つん匍《ば》いに渡る場所が幾つもあるからな」

「その代り、水が冷たいね。脚を漬けると、一分も我慢が出来ないくらいなんだ」

今岡が話した。

「谷水が冷たいのは、白馬や乗鞍《のりくら》の雪が解け込んでいるんだな。指の先まで痺《しび》れるくらいだよ」

「行って見たいわ」

多美子は眼を輝かして聞いていた。

「歩くだけならね」

と今岡がいった。

「だが、今度は登山やハイキングじゃないからな。ちょっと変った石だと思うと、つい、拾って打ち割ってみたくなる。それに、枝川や、その先の沢まで入ってゆくとなると、こいつは大変だ。一年や二年じゃ済みそうにないね」

「沢を登ってゆくの？」

多美子は訊いた。

「ああ。どんな所に石が転がってるか分らないからね。それに、翡翠だと、そうやたらに露出してるわけではないだろうから、やはりそんな所に入って見たくなる」

「危険でしょう」

「まあね。断崖《だんがい》絶壁になってる所が多いから、うっかり脚を辷《すべ》らせると、えらいことになる」

「怪我《けが》をしても、すぐに見つけて助けてくれる人は居ないし、どうなるんでしょう？」

「そのときは、世間から失踪《しっそう》のまま、当人だけはひっそりと谷間で骨になってるんだな」

岡村が多美子の心配を冷やかすようにいった。

しかし、この言葉が本当になったのである。

4

二日の休養ののち、三人の学生は、また夜の新宿駅のホームを歩いていた。リュックサックの中には、嵐《あらし》のために谿谷の中に閉じ込められる危険を考えて、食糧も三日分備えたし、缶詰《かんづめ》など一ぱい詰め込んだ。だから、登山者なみの重装備になっていた。

この列車は登山客で混み合う。乗客たちはホームから地下道の入口まで一列に坐り込んで乗車を待った。ほとんどが若い人ばかりで、リュックの上に腰掛けたり、新聞を下に敷いて本を読んだりしていた。三人の学生は、その行列のほぼ中ほどにいた。今夜も芝垣多美子が見送りに来ていたが、彼女は今岡三郎の傍《そば》にしゃがんでいた。

準急松本行の発車時刻は、二十三時五分で、まだそれまでに一時間もある。

この列車は、松本着五時二十一分で、五分後に信濃大町行に連絡する。大町着六時十九分、それからは大糸線の七時四分に連絡し、終着駅新潟県糸魚川には九時三十一分に着く。

途中、松本で杉原だけが長野方面に乗り換え、今岡と岡村とは小滝でばらばらになる。

岡村は、北陸本線を糸魚川で乗り換えて西に行き、青海に降りる。それから青海川に沿って奥地に入るのだった。この川を択《えら》んだのは、「青」の名が翡翠《ひすい》の暗示となったのかもしれない。彼の歩く谿流の水源は、黒姫の麓《ふもと》になる。

杉原忠良だけは、篠ノ井《しののい》線、更に信越本線に乗り、途中から十日町方面に行くいわゆる飯山《いいやま》線に乗って、越後外丸に降りる。これからバスで松之山温泉方面に行くが、奴奈川はその八キロ先だった。

新宿駅での乗車は容易に開始されなかった。

「ああ、ああ、待ち永いな」

と杉原が欠伸《あくび》をした。

「汽車に入ったらトイレにも行かれないから、今のうちに行って来るよ」

と彼は起《た》ち上った。

「その場所を見といてくれよ」

彼は、今岡ともなく、岡村ともなく、また見送りに来ている多美子へともなくいって、地下道を上る階段のほうへ立ち去った。

「そうそう。今岡さん。あなたのために、わたし、何か買ってくるわね。汽車の中で、皆さんで召し上ってよ。何がいい？」

「そうだな。どうせ、今夜はろくに睡《ねむ》れないだろう。何でもいいから、雑誌を四、五冊買って来てくれ」

「いいわ」

多美子は、そこを離れて、地下道の階段を上り、売店のほうへ歩いた。

すると、待合室からちょっと離れた所で、杉原忠良が十五、六ばかりの少年と立ち話をしている。少年はハイキングからの帰りでもあるらしく、小さなリュックサックを背負っていた。

多美子は、それをちらりと見ながら買物に向った。

手当り次第に雑誌を買って帰りかけると、少年と杉原とはまだもとの場所で話している。少年は、そのとき、白い紙包みを杉原に手渡していた。杉原が今夜の汽車に乗るので、知り合いの少年が菓子でも包んで渡しているのかもしれない、と多美子は思った。

元の場所に戻ってしばらくすると、杉原もひとりで帰って来た。このとき、乗車が開始されたとみえて、退屈そうに坐り込んでいた連中が急に生き返ったようにぞろぞろ起ち上った。

二十分ののち、芝垣多美子は、中央線のホームから再び三人を見送った。

「行ってらっしゃい」

彼女は、許婚者の今岡三郎の窓を見上げていった。

「今度こそは、でっかい翡翠を持って帰って上げるよ」

今岡は白い歯を出して笑った。

「でも、あんまり無理しないでよ。危険な場所は、近づかないほうがいいわ」

彼女は頼んだ。

「大丈夫だよ、多美ちゃん。こいつは悪運が強いからな」

岡村が今岡の横からいった。

「今度、帰るときは、駝鳥《だちよう》の卵の二つ分ぐらいの翡翠を見つけて帰るかもしれないよ」

と杉原も、多美子を見下ろして眼で笑っていた。

その窓から見えていた多美子の姿が、ホームと一しょに流れ去った。

東京の郊外の灯が切れて、窓が真黒になると、車内もそろそろ睡りの姿勢に入っていた。通路は人で一ぱい塞《ふさ》がっている。それに、リュックサックが到る処を塞いでいた。

今岡、杉原、岡村の三人も、多美子が買って来た雑誌などを読んでいたが、一時間もすると、まず、岡村のほうが腕を組んで眼を塞ぎ、すぐに寝息を立てた。つづいて、今岡も首を投げ出しはじめた。

「おい、今岡」

杉原は小声で今岡三郎を呼んだ。

「何だい？」

まだ睡っていないとみえて、今岡三郎は眼を小さく開けた。

「君のほうは、ほんとのところ、どうだい？　目鼻がついたかい？」

杉原忠良が低い声で訊いた。

「いや、さっぱりだ。君のほうこそどうだ？」

「おれのほうもおんなじだ。しかし、やりかけてみたが、えらいことだな」

「大変だな。頸城郡といっても、西と東とではうんと離れているから、厄介だ。こんな広い場所をいわないで、ちゃんと古典にここと決めてくれていたら世話はないがね」

「その代り、翡翠が埋まっていたら、疾《と》っくに無くなっているよ」

「それもそうだな」

「実をいうとね。おれのほうは、少々、目ぼしがついたんだ」

杉原忠良は、ポケットを探って、もそもそと折りたたんだ五万分の一の地図を出した。それは、彼の受持区分である東頸城郡の奴奈川一帯が入っている部分図だった。

「ここなんだよ」

と彼は山間の小さな川を指で教えた。

「この辺がちょっとおかしいんだ。石の恰好《かっこう》がまるで違っていてね。一つ二つ叩《たた》き割ってみたが、普通の石英だった。しかし、なんだか、こっちのほうが有望な気がするよ」

「そうかい。そりゃ愉しみだな」

「君は、今、どっちを探してるんだ?」

杉原は、もう一枚持っている西頸城郡の「小滝」という五万分の一の地図を上に重ねた。それは今岡の受持区域だった。

「ぼくはね、ここなんだよ」

今岡三郎は、地図の一点を指した。それは姫川の上流になっていて、途中、西に岐《わか》れ、小滝川という名になっている。この川の上流は、犬カ岳（一五九三メートル）から出ていた。

「なるほどね」

杉原は、その地点を仔細《しさい》に覗《のぞ》き込んでいた。

「そこにはね」

と今岡がいった。

「天然ワサビがあるんだよ。この沢一帯に、そういうものが生えている。だから、水はとても冷たいんだ。今度はひとつ、この谿谷を歩いてみたい。この間は、この辺まで来たんだけどね。今度は、これから先を歩く計画だよ」

今岡三郎は、指で川の上をなぞっていた。岡村は前で寝込んでいた。

「なるほど。まあ、お互、早く玉を発見したいものだね」

杉原は顔を地図から離し、急に背中をうしろに倒すと、小さな声で、

「求めて得まし玉かも。拾いて得まし玉かも……」

と勝手な節をつけて歌っていた。

八王子を過ぎると、車内の客は殆ど睡りに落ちていた。軽い鼾《いびき》が前後から聞こえる。睡れない者は、黙って雑誌などを読んでいた。

こうして夜汽車は、甲府、韮崎《にらさき》、上諏訪《かみすわ》と闇《やみ》のなかを走って行った。その暗い空に夜明けの光が射し込むころに、列車は松本駅に入った。車内は俄《にわ》かに騒々しくなる。

ほとんどが大町行の電車に乗り込むため、登山の若者たちは駅の長いホームをわれ先にと走っていた。一刻も早くいい席を取るためだった。

「ご機嫌よう」

と今岡が、ここで長野方面に行く杉原に微笑《わら》って声をかけた。

「頑張ってくれ。一週間経ったら、また東京で遇《あ》おうぜ」

岡村も今岡と肩を並べて、気忙《きぜわ》しくホームに降りた。杉原もつづいて降りたが、篠ノ井線に乗り換えるため、別のほうへ歩き出した。

「おい、怪我をするなよ。気を付けて行けよ」

今岡と岡村とは手を振っていたが、忽《たちま》ち、その後姿は、群衆に揉《も》まれながら跨《こ》線橋《せんきょう》の階段の上に消えた。

杉原忠良だけは、ここで長野行に乗り換え、長野から信越本線に乗って、豊野でまた乗り換えて飯山線で行く、という面倒なコースを取るのだ。

この松本駅では、その間に、約三十分間の待ち合わせ時間があった。

しかし、杉原忠良は、長野方面行の列車には乗らなかった。彼は、今、今岡と岡村が乗車した大町行の五時二十六分発の次に出る電車に乗ったのである。それから更に大町で乗り換え、糸魚川方面へ向っていた。彼は、今岡と岡村の後を一列車ずつ遅れて追っていた。

5

杉原忠良は、その日、ある場所で、ある行為をした。

彼が東頸城郡松之山温泉の旅館に現われたときは、日の昏《く》れどきだった。

彼は落ち着かない様子をしていた。顔色も普通ではなかった。その顔を宿の者に隠すようにして部屋に通った。

彼は、女中が退《さが》ると、自分の着ていたシャツとズボンを脱ぎ、それを電燈の下で叮嚀《ていねい》に点検していた。

彼は、シャツの袖《そで》に一点の斑点《しみ》を見出した。それは赤錆《あかさび》色をしていた。形は、恰度、！のような模様が逆についていた。彼は、それを見つけると、大急ぎでナイフを取り出し、その部分を叮嚀に切り取った。そして、マッチを擦《す》ると、部屋の縁側に出て燃した。一センチ四方ばかりの切片《きれ》は、キナ臭いにおいを上げて忽ち黒い灰になった。

杉原忠良は、今度はポケットを調べ、次に、それを逆さまにして振った。ズボンの折返しから、小石混りの砂が畳の上にこぼれ落ちた。このズボンは、下半分がいったん濡《ぬ》れて陽に乾いた痕《あと》があった。

彼がそのズボンを振ったときだった。ポケットから、ばらばらと畳の上に新しくこぼれたものがあった。それは、薄い白い羽根みたいなものが僅《わず》かに付いた小さい黒い粒だった。

杉原忠良は、ちょっと思案する顔になったが、今度は、自分で手をポケットの中に差し入れた。彼はその中から紙に包んだものを取り出した。が、その紙はポケットの中で皺《しわ》くちゃになっていて、一部分が破れていた。掌に拡《ひろ》げると、今、畳にこぼれ落ちたと同じ黒い粒が十二、三個ばかり出て来た。杉原忠良は、次に、ポケットの中に手を突っ込み、指で底のほうを探っていた。その指にも同じ粒が四、五個取り出された。これは、杉原忠良が昨夜新宿を発《た》つとき駅で少年から貰《もら》ったものである。

杉原忠良は、その粒をしばらく点検するように見ていたが、首を傾《かし》げた。彼の眼は、その粒をかぞえている。

ちょっと不安な表情が泛《うか》んだようだったが、その心配げな顔色はすぐに普通のものに戻った。なに、大丈夫だ、といったときの、あの安堵《あんど》の顔つきに似ていた。

「お風呂《ふろ》の御用意が出来ました。どうぞ」

女中が不意に後ろに入って来て声をかけたので、杉原忠良はあわててその黒い粒を隠した。

「ああ、すぐ行くよ」

彼は声だけは平静に応《こた》えた。

「御案内いたしましょう」

女中はたたんだ浴衣《ゆかた》を畳の上に揃えて置いた。

「いや、ちょっと一服して行くからね」

「さようでございますか。それでは、よろしいときに、呼鈴《ベル》を押して下さい」

「分った」

女中はそのまま部屋を出て行った。

その跫音《あしおと》が廊下に消えると、杉原忠良は、また黒い粒を自分の前に拡げた。そして、しばらく凝《じ》っと眺めていたが、やがて、それを叮嚀に集めて、紙に包み、上から捻《ひね》った。

彼はマッチを持って、その部屋の裏に出た。そこは中庭になっていた。植込みが茂っている。

彼はしゃがみ込むと、包んだ紙の端にマッチの火を点《つ》けた。捻られた紙は、炎が伝わるにつれ少し緩んだ。が、すぐにその形のままで燃え上って行った。

杉原忠良は、その全部が燃え切って了《しま》うと、そこに落ちていた小さな木片《きぎれ》で灰を崩し、それから、両手で浴衣の前を叩き、座敷に上った。

ゆっくりと煙草《たばこ》を吸った。

ふと、何かを思いついたらしく、今度はリュックサックを取り出した。袋の口を開け、手を突っ込み、もそもそ捜していたが、やがて、手をリュックから出した。握っているのは、一個の石だった。

彼は電燈のすぐ下にそれを持って行き、まず、全体の形を鑑賞するようなふうをした。石は拳《こぶし》の二倍大ぐらいだった。色は灰色を帯びて白っぽい。

だが、彼は、その石を両手で開いた。これは最初から割れていたのだ。

彼は、その石の割れ目を電燈の光に翳《かざ》した。すると、外側の白っぽい色とはまるで違ったように、断面には深い透明な碧《みどり》色が塗ったように付いていた。その碧色のなかに、疎《まば》らな縞《しま》となって白い筋が入っていた。

彼の眼は満足そうだった。碧色は艶《つや》こそないが、深海の底を覗いたように、濃く黒味がかっていた。これは翡翠《ひすい》の原石だった。

飽かずに彼が眺めていると、突然、卓上の電話のベルが鳴ったので、彼は狼狽《ろうばい》した。咄嗟《とっさ》に、石をリュックサックの中に押し込んだ。瞬間の速さだった。しかも、それは叮嚀《ていねい》に扱われていた。

受話器を取ると、宿の帳場からだった。早く風呂に入ってくれ、という請求なのである。

「すぐ行く」

彼は受話器を置いた。

今度は、ようやく落ち着いた様子になって、煙草を灰皿に揉《も》み消すと、手拭《てぬぐい》を取った。が、ふと気づいたように、リュックを手で抱え、押入の奥に大事そうに蔵《しま》った。

そこへ、さっきの女中が彼を迎えに来た。

「すみません。今、団体さんが入りましたので、混み合わないうちに、お客さんを先にお入れしようかと思いまして」

女中はいった。

「そう。そりゃどうも有難う」

杉原忠良は快活に応えたが、

「君」

と気づいたようにいった。

「この辺でワイシャツを売ってる店《うち》あるかい？」

「はあ。小さな雑貨屋さんがございます」

「悪いけど、どんなシャツでもいいから、明日までに買っといてくれないか」

「かしこまりました。お洗濯でしたら、今夜出しといて頂けば、明日までに洗っておきますが」

「いや、いいんだ。いま着てるワイシャツはね、山で転んで、岩の角で裂いたものだから、新しいのを着たい」

「おや、さようでございますか。山歩きは危のうございますね」

「ひどい目に遇ったよ。怪我だけはしなくて済んだがね」

杉原は手拭を提げて、女中の後から浴場へ降りた。

それから一週間あとだった。

指定の喫茶店に集ったのは、岡村と杉原だけだった。それに芝垣多美子が来ていた。

「どうしたんだろうな？　今岡のやつが来ないが」

岡村は、約束の時間を過ぎてもいつまでも現われない今岡三郎を気にしていた。

「おい多美ちゃん。今岡はどうしたんだね？」

「わたしにもよく分んないわ。あの人、東京に帰ったら、ちゃんとわたしの家に電話してくれるのよ。今度だけそれがないの」

「おかしいな」

杉原はいらいらしたようにいった。

「まさか、時間を間違えたんじゃないだろうな」

「そんなことはないわ。この間と同じ時間ですもの」

「そりゃそうだな。しかし、変だな。汽車に乗り遅れたわけでもあるまいしな」

岡村がいった。

「べつに颱風《たいふう》や嵐《あらし》があったわけでもない」

「変だわ」

芝垣多美子は岡村の顔を見た。

「ねえ、岡村さん。あなた、今岡さんとどこで別れたの？」

「今岡のやつは、糸魚川の二つ手前の、小滝という駅で降りたよ。そっちが今度は近いといってね。ぼくはそのまま、糸魚川から青海のほうに行ったんだ」

「山で遭難してそのまま、ということはないだろうな？」

杉原が呟《つぶや》いた。

「いやだわ」

多美子は気忙《きぜわ》しそうに両手を落ち着かなく組んだ。

「もし、そんなことになったら、どうしましょう？」

「大丈夫だよ。そんなにベソをかかなくても。やつは、やあ、今晩はって、すぐここに現われるよ」

杉原が冷やかすようにいった。

しかし、その折角の冗談も、多美子にはうつろに聞こえた。岡村も笑わなかった。

「奇妙だな」

岡村は頰杖《ほおづえ》を突いた。

テーブルの上には、疾《とう》に空《あ》けたアイスクリームのコップが並んでいた。

多美子は、店の入口のドアが開くたびに眼を走らせていた。

――しかし、今岡三郎は遂に姿を現わさなかった。それは、その日だけではなかった。三日も、四日も、五日も、彼は戻って来なかった。いや、一週間経っても、十日経っても、彼は東京へ帰らなかった。

大騒ぎになった。消息もないし、連絡も跡切《とぎ》れているのである。もう、誰《だれ》が考えても今岡三郎が遭難したとしか思えなかった。

今岡三郎は、危険な沢登りをしているといっていた。その言葉から、あるいは深い谷底に転落して死体となっているか、急流にそのまま押し流されて途中の岩に張り付いているか、どちらかであった。

その大学では救援隊を作った。ただ、この場合、当時、今岡三郎がどこを歩いていたかが不明なのである。姫川の上流という推定は、岡村と杉原との話で判断が出来たが、それだけの言葉では摑《つか》みどころがなかった。

それでも、捜索隊は土地の村民の協力も得て、心当りの谿谷を捜し回った。この辺はV字型の谿谷になっていて、川が谷を鋭く掘っている。そのときの捜索は失敗した。

その翌年の春休みに、再び捜索隊を組織した。このときも手がかりはなかった。

最後に、夏休みを利用して、また捜索隊を出した。恰度《ちようど》今岡三郎が行方不明になって一年目だった。

しかし、それも死体の発見が出来ず、空《むな》しく捜索隊はひき上げた。も早、今岡三郎の遭難は確定的となった。捜索隊は三度目を最後として解散した。

6

秋になった。――

芝垣多美子は、今岡三郎の死をようやく信じるようになった。行方不明になってから一年以上にもなるのだ。その間に消息も知れない。一応、捜索願を出しているが、各地の変死人にも、その該当者がなかった。

多美子は、岡村忠夫にも、杉原忠良にも逢《あ》わないで、家に閉じ籠《こも》った。今岡三郎を失ってしまうと、その友達の岡村や杉原に逢うのも意味がなかった。彼らに逢うと、今岡の顔が泛《うか》ぶのがやりきれなかった。

今ごろは、岡村がいったように、人の行かない深い谷間に、ひっそりと骨になっているのかもしれなかった。彼女は、今岡三郎の骨の上に谷水が流れ、落葉が掠《かす》めて落ちるさまを想像した。朝には霧が立ちこめ、午後には白雲が上を往《ゆ》き過ぎる。もし、それが水の中でないとなると、冬には雪が骨の上に積もることであろう。

芝垣多美子は、短歌を以前からやっていた。今岡三郎を失ってからは、その歌を以前より熱心に作るようになった。自然に、亡き許婚者への感傷が歌に出ていた。

ある日のことだった。

芝垣多美子は郵便で配達された「花影」という短歌雑誌を何気なく読んでいた。この雑誌には、同人のほかに、各地の会員から寄せられた歌が載せてある。選者が評を書いていた。

その中に、ふと、次の一首が彼女の眼をひいた。

「越《こし》の山はろか来にけり谷川に　のぞきて咲けるフジアザミの花」

作者は、藤沢市南仲通り二〇五番地桑原《くわはら》みち子《こ》という人だった。

選者の評は、次のように出ている。

「作者は、越後の山を歩いて、はしなくもそこに咲いているフジアザミの花を見つけ、思わず眼を瞠《みは》ったのであろう。フジアザミは、主として富士周辺を中心とし、中部一帯に分布しているキク科の植物である。花は普通のアザミよりも大きく、六センチから九センチまである。色は濃い紫で、目が覚めるような鮮かさをもつと植物図鑑に書いてある。富士周辺に多生する花が新潟県の奥地に咲いているのは不自然だが、多分、これは作者の虚構であろう。蕭条《しょうじょう》とした深山の谷川と、そこに咲いた濃い紫の大輪のフジアザミとの対照が、この作者の心に泛んだ情景美であり、詠嘆なのである」

芝垣多美子は、これを何気なく読み過した。

――またひと月経《た》った。

すると、翌月の「花影」には、藤沢市の桑原みち子さんから選者に対して、先月号の自作の歌の批評への反駁《はんばく》が載っていた。

「先生は、わたしの詠んだフジアザミが新潟県の奥地にはないと書いておられましたが、わたしは、確かにこの眼で見たのでございます。虚構でも何でもありません。この夏、白馬山から糸魚川のほうへ下りたことがございます。そのとき、小滝川という谷を通りました。それはV字型谿谷でしたが、ひどく水が冷たく、野生のワサビが繁殖していたのを憶《おぼ》えています。危ない径《みち》を歩いていると、ふと、河原の近くに、目も覚めるような濃い紫色のアザミが数本咲いておりました。この歌は、そのときの感動を思わず文字にしたのでございます。フジアザミの花は、わたしも先生の御批評を読ませて頂き、植物図鑑その他参考書を調べましたところ、仰せのように、これは富士山を中心として、山梨県、長野県の南部、静岡県一帯に咲く特殊な花だと知りました。このような花が、どうして白馬山麓《さんろく》の小滝川谿谷に咲いていたのか不思議ですが、とにかく、わたしは見たままを詠み込んだだけで、決してフィクションでも何でもございません」

芝垣多美子は、これを読んだとき、はっと思った。

小滝川は、姫川の中流から岐《わか》れた支流の名前だった。今岡三郎が歩いていた谿谷がこの辺なのである。

芝垣多美子は、しばらく眼を据えて、彫像のように動かなかった。彼女は、自分の頭に泛んでひろがってゆくものを整理するのに懸命だった。

彼女には、ほんの瞬間だったが、一つの場面の記憶がある。いつぞや、新宿駅で雑誌を買いに行ったとき、杉原忠良がリュックサックを背負った子供から紙包みのようなものを貰っていたのを目撃したことだった。そのときは、それが何か分らなかった。多分、菓子だろう、ぐらいに思っていた。

しかし、杉原忠良は植物に興味を持っている。だから、あの子供も同じ植物好きの少年なのかもしれない。その関係で、杉原と子供とは親しいのであろう。

少年はリュックサックを背負っていた。あれは、これから出発するのではなく、他所《よそ》から汽車で帰ったばかりという印象だった。植物好きの少年は、植物を求めてどこか地方に行っていたに違いない。

今岡三郎が消息を絶ったとき、つまり二度目の探査行には、杉原忠良は今岡三郎と岡村忠夫とに松本駅で別れ、東頸城郡の奴奈川へ行っていた、と話していた。岡村のいうところによると、松本駅で別れたのはその通りだという。杉原のいうことは岡村の確言でも間違いはないのだ。

だが、果してそうだろうか。

多美子は、新宿駅で杉原が少年から貰ったものは植物の種子《たね》ではなかったかと考える。新宿駅は中央線の発車駅で、途中、大月駅から富士山麓方面へ電鉄が出ている。少年は、あの日、そこから帰って新宿駅に着いたばかりではなかろうか。そして、偶然に杉原と出遇ったのだ。

少年は富士山麓で植物の種子を採集して帰っていた。同好者の杉原を見つけて、少年はその種子を彼に与えたとしても不思議ではない。

今岡三郎は、独りで小滝川の谿流に入って行った。杉原は、いったん松本駅で降りたと見せかけ、あとの列車で今岡三郎の後を追ったのではあるまいか。

何故《なぜ》か。

答は簡単である。杉原は東頸城郡の奴奈川に絶望していたのだ。そして、次第に、今岡三郎の見当をつけていた姫川の上流が彼には有望にみえて来たのだ。

では、杉原は、何故、今岡にそのことをいって同行を求めなかったのか。

それは、探している石が翡翠《ひすい》だからである。高価な値段だ。もし、そこに翡翠の原石が発見されたら、それだけでも大そうな金だし、その原石から辿《たど》って原産地が分れば、莫大《ばくだい》な財産の発見である。もちろん、その山を所有している村人は、そのことに無知である。

杉原は直観で、今岡三郎が探している場所が最も有望な翡翠の在処《ありか》だと考えたのであろう。もっとも、そのときに、杉原に独占の野心があったかどうか分らないにしても、とにかく、自分が探している所よりも、他人の探している場所のほうがずっと有力に映ったに違いない――。

多美子は、自分で恐ろしい場面を想像して掌で顔を蔽《おお》った。


八木助教授をはじめとして四度目の捜索隊が新潟県西頸城郡小滝川谿谷に向ったのは、北の国に雪の積もる直前だった。その中には、芝垣多美子の頼みで、藤沢市の桑原みち子も案内役として加わっていた。そして、今度の捜索隊のもう一つ変っていることは、その中に数人の警察官が参加したことだった。

山峡の晩秋は、紅葉も殆《ほとん》ど散り果てて、山林も裸の梢《こずえ》が多かった。一行は、桑原みち子の後から険しい山道を辿った。

長い時間歩きつづけた揚句、桑原みち子がある地点に立ち停《ど ま》った。

「ここですわ」

彼女は枯れたアザミの茎を指さした。フジアザミは、秋には咲いて冬の訪れる前に枯れる。彼女のさしたアザミのギザギザの葉は、枯れ凋《しぼ》んでいた。

警察官をはじめ皆は、その花を中心にして辺りを捜した。すると、一か所だけ柔かい土が盛り上っている場所が見出された。人びとは、そこに集った。皆は叮嚀《ていねい》にスコップで土を剥《は》がしはじめた。やがて茶色の靴の先が土の中から現われて出た。

芝垣多美子は、その靴の上に泣き伏した。見憶えのある今岡三郎の登山靴だった。彼女が何度も磨いたことのある靴だった。

杉原忠良は東京で逮捕された。彼は、多美子が想像した通りのことを自白した。フジアザミの種子を少年から貰って、ポケットに入れたまま今岡三郎と格闘したのだが、つい、三粒か四粒地上にこぼれ落ちたのを知らなかったのである。

この頃、杉原忠良は、親戚《しんせき》や知人の間を駆けずり回って金策の最中だった。それは、この山一帯を彼が買い占める準備だったのである。

「ぼくが後から追い着いてみると、今岡は川の中から石を拾っていました。後からぼくが追い着いて来たのを見てびっくりしましたが、彼はうれしそうにその石をぼくに見せました。普通の石英の転石と同じでしたが、石の円味が違います。普通の石だと、水のためにすべすべと円くなりますが、翡翠は硬度が高いため、同じように水のため浸蝕《しんしょく》されても、まだどこかごつごつしたところが残っています。これだ、と今岡は私に石を見せていいました。われわれは、リュックサックの中に忍ばせた金槌《かなづち》で翡翠を割ってみたが、どうしても割れません。硬度が高いために、金槌のほうが弾《はじ》き返って来るのです。しかし、古代人は、それで細工をしている。これも今岡の発案で、われわれはそこで火を起し、一度、それを焼いて、縮度が生じたところを金槌で割りました。この原始的な方法で石は二つに割れ、その断面に、あの透き通るような碧《あお》い色が出て来ました。今岡とぼくは驚嘆しました。このとき、ぼくに邪念が起ったのです。この辺こそ、古代にいう翡翠の産地に違いないとするなら、以後、記録にも現われていないから、誰も採取していない筈だ。厖大《ぼうだい》な翡翠の産地が此処《ここ》にある。もし、これが自分ひとりで独占出来たら、という考えがむらむらと起ったのです。夢のような財産です。ぼくは大金持になります。そのために、今岡の後頭部を金槌で叩かねばならなかったのです」

杉原忠良はそう自白して頭を抱えた。

新潟県西頸城郡小滝川谿谷は、古代の翡翠の産地として、それ以後新しい発見地となった。も早、古代翡翠が中国南部やビルマ北部などからの輸入品のみでないことは、考古学者の間でも異論が少くなってしまった。

第四話　鉢植を買う女

1

上浜楢江《かみはまならえ》は、A精密機械株式会社販売課に勤めているが、女子社員としては最年長者である。彼女はまだ独身で、それに金を溜《た》めていた。社員たちにはこっそり高利で金を貸していた。

上浜楢江がこの社に入社したのは、終戦直前だった。旧制の女学校を出て、すぐに就職したのだが、当時は男子が不足で、かなりの女子社員がどこの社でも採用されている。

しかし、二、三年後、出征した社員がぼつぼつ帰社するようになってから、この社でも女子社員の整理問題が起った。

このとき残されたのは、上浜楢江ほか二人だった。三人ともタイピストだったためである。

終戦後はどこの社にも民主化運動というのが起り、男子社員も女子社員も給料の差別がなくなってしまった。爾来《じらい》、ベースアップごとに、彼女ら三人は男子と同じ条件で昇給した。

A精密機械が男子社員と新入女子社員との間に待遇の落差を設けたのは、昭和二十五、六年からである。このときも、以前からいる三人はその対象から外されていた。つまり、前に入社した女子社員はひどく幸運だったわけである。

十八歳の年に入社した上浜楢江も、昭和二十五年には二十三歳になっていた。この頃までが、彼女の気分の最も明るい時期であった。

上浜楢江は、三人の女の中で一番体格が良く、一番縹緻《きりよう》が悪かった。彼女は、一《ひと》重《え》皮の鈍い眼と、肥えた鼻と、大きくて厚い唇とをもっていた。二十歳《はたち》前後のしばらくの間、彼女の顔の皮膚は、内側から透き通って見えるくらい清純で、澄明なバラ色が浮んでいた。眼、鼻、唇、それぞれその欠点を、きれいな皮膚が一時に補っているかのように見えた。

彼女の声は嗄《しわが》れていた。声だけは少女の頃から若さがなかった。姿を見ないで声だけ聞いていると、まるで年増女のように聞こえた。

二人の同僚、A子とB子とは、彼女の側からいえば、不幸にして美人だった。A子は、細い顔に、大きな眼と、小さな唇をもって、可愛い感じを与えた。B子は、豊かな肉体に、派手な眼鼻で、近代的な印象を与えた。

当時、若い社員たちは、三人のタイピストが並んでいる場所に、隙《すき》をみては油を売りに来たものだった。その一郭だけは、普通の事務室から衝立《ついたて》で隔離されていたのである。

社員たちが関心を寄せているのは、もちろん、A子とB子だったが、そこに上浜楢江がいると、その場の都合上、どうしても彼女に話しかけねばならない。だが、どう考えても上浜楢江に賞《ほ》める言葉はなかった。

上浜楢江は、A子やB子に倣《なら》って、男の社員たちに甘い言葉づかいをした。そのときの彼女の鈍い眼は、精いっぱいに開かれ、広い口は、できるだけ愛嬌《あいきよう》を見せた。

タイピストの席には、若い社員の出入りが絶えなかったから、長い期間、そこではそこはかとない恋愛めいた交渉が繰り返されたが、それはA子とB子の二人だけに限られ、上浜楢江はいつもそれから外されていた。

二十三、四くらいになると、輝くように見えた彼女の皮膚も次第に濁り、光沢《つや》を失いはじめた。そうなると、一重皮の鈍い眼、肥えた鼻、厚い唇は、容赦もなくその欠点だけを拡《ひろ》げて行った。

若い社員は上浜楢江を賞めないでもなかったが、それはいつもほかの二人のついでにいわれることだった。男社員たちは、次第に彼女を賞める言葉に窮してきた。義理にも可愛いとか、きれいだとかいうわけにはいかない。彼女がきまって賞讃されるのは、小肥りの体格だけだった。

上浜楢江には、母と兄とがあった。兄もどこかの会社に勤めていたが、収入は遥《はる》かに楢江に及ばなかった。それで、一家の生計はおもに楢江に頼っていたことになる。

しかし、彼女にも縁談がなかったわけではない。これまで、彼女が一番美しかった時代に、五度の見合があったが、ことごとく相手側から断わられた。

彼女の友達は大てい恋人をもっていた。しかし、誰《だれ》も彼女を誘ってくれなかった。彼女は、二人の美しい同僚のところに何かといいかけてくる若い社員の言葉に、次第に耳を塞《ふさ》ぐようになった。こんなとき、彼女は懸命に仕事に精を出した。

彼女が結婚ということに諦《あきら》めをもつようになったのは、二十八、九歳の頃からである。もっとも、この頃になると、後妻の話が彼女のところへ来ないわけではなかった。

しかし、さすがに彼女もその侮辱には耐えられなかった。二、三度断わると、もう、誰も後妻の話すら持ち込まなかった。楢江が金銭の値打ちを信じるようになったのは、その頃からである。

A子は、二十三歳のとき、社内結婚をした。相手は社内で一番の美貌《びぼう》をもっていた。実は、上浜楢江が秘《ひそ》かに慕っていた男である。

彼は背が高く、外国人のように眼が窪《くぼ》み、鼻が秀《ひい》でていて、ひどく近代的な容貌をもっていた。動作もきびきびしているし、話し方も知的だった。彼ははじめからA子を狙《ねら》っていたのだが、首尾よく一年ののちに結婚した。

その男は、十五年経た今ではすっかり痩《や》せてしまった。近代的な翳《かげ》りのあった容貌は、窪んだ眼と、凋《しぼ》んだ頬のため骸骨《がいこつ》のような顔になり果ててしまった。潑剌《はつらつ》としていた彼の動作も、出世から取り残されたその境遇で、鈍重な動作に変っていた。身だしなみに気をつけていた青年も、今では風采《ふうさい》を構わない中年男になっている。

その男の妻になったA子も、ときどき、社に姿を見せた。しかし、彼女は決して社内には入って来ようとはしなかった。夫との面会も、隠れるようにして裏口に立つのだが、それはきまって給料日に限られていた。

A子のふくよかだった皮膚は殺《そ》げ、眼だけが異様に大きくなっていた。

「酒ばかり呑《の》んで、ほとんど給料を持って帰らないのよ」

A子は上浜楢江に行き遇《あ》うと夫の愚痴をこぼした。

「やっぱり結婚するんじゃなかったわ。あなたが羨《うらや》ましいわ」

それはまんざら彼女の世辞ではなかった。出世の道を絶たれた夫は、半分、自暴自棄になって酔って回っている。有能だと見られた彼も、今では平凡な社員でしかなかった。

お洒落《しゃ》れだったA子が、今では同じ着物ばかり着ている。たまに服装が変っていても古い流行《はやり》のものばかりだった。

「ねえ、上浜さん」

あるとき、彼女は羞恥《しゅうち》を押して頼んだ。

「少し、お金貸して下さらない？　今月、とても足りないのよ」

上浜楢江は、このとき、何年来かの復讐《ふくしゅう》をした気持になった。彼女は即座にA子の眼の前で財布を出した。その中には、五千円札が何枚も折りたたんで重なっていた。

A子はさもしそうにその中をのぞいていった。

「あなたが羨ましいわ。そんなにお金があったら、何でも欲しいものが買えるわね。やっぱり独身《ひとりみ》がいいわね」

やっぱり独身がいいわね、といった言葉にはA子の実感と反感とがあった。

「あなたも独身だったらよかったのに」

上浜楢江は鼻をうごめかしていった。

「ほんとに、そう思うわ。失敗だったわ」

化粧のよく映えるキメの細かかったA子の顔には小皺《こじわ》が深まり、老けた額には雀斑《そばかす》のようなうすい汚点《しみ》が浮んでいた。

2

B子も二十四歳のときに社を辞め、華やかな結婚をした。

彼女の場合は社内でなく、外の青年だった。

B子は、その眼鼻立ちが派手なように性格もかなり奔放だった。

彼女が勤めている間、社内にも二、三人の青年が彼女との恋愛沙汰《ざた》を噂《うわさ》された。

しかし、彼女が結婚したのは、ある建築技師だった。

上浜楢江は当の相手を二、三度見たことがある。彼はやさしい顔と、ほっそりとした身体を持っていた。当時、B子から路上で彼に紹介されたとき、上浜楢江は思わず顔を真赧《まっか》にした憶《おぼ》えがある。

五年の後、B子はその夫に死に別れ、子供を抱えて実家に戻った。現在では彼女はどこかのバーで女給に出ているということだった。それは社員たちの噂から知ったのだが、なんでも新宿方面の小さなバーで、薄汚ない恰好《かっこう》でグラスを運んでいると聞かされた。

上浜楢江は、いよいよ金銭の貯蓄価値を信仰するようになった。金さえあれば、如何《いか》なる不幸も、ある程度は防げるものだと信じた。

そのころになると、上浜楢江も後から入った若いタイピストに席を譲って、販売課の庶務係に移っていた。タイピストはいつも若い女に限ると、上役のほうで考えた結果かも知れない。彼女は男社員の並んでいる末席に机をもらい、一向に映えない雑務をやらせられていた。

彼女の給料はよその会社に比較してもよかった。後から入ってきた男子社員が上浜楢江の高給を羨ましがったくらいである。終戦前から勤めていた関係上、女子の新しい定年制度にも彼女は抵触《ていしょく》しない。男子社員と同じように五十五歳までは頑張れるのである。だから彼女は金輪際《こんりんざい》この会社を辞めまいと思っていた。

彼女は給料分だけを働けばよかった。精出してやったところで、主任や係長になれるわけではない。休まず働かず、の信条を守り、病気をしないように健康にはひたすら気をつけた。

彼女がかなりの金を溜めているらしいことは、いつか社内に知れ渡った。

A子も、その後何回となく彼女を呼びだしては、金を借りた。

「まあ、いいものを身につけていらっしゃるわね」

A子はその度に上浜楢江をほめた。わざと地味な服装はしていたが、目立たない装身具に彼女は意識して金をかけていた。それをA子が手放しで羨望《せんぼう》するのだ。曽《か》つてのA子は隣の席にいた上浜楢江を軽蔑《けいべつ》し、己の美しさを誇った驕《おご》り高い女だった。

「利子は戴《いただ》くわよ」

上浜楢江はA子に金を貸す度に一割の利子を天引した。

そんなとき、A子はかなしそうな笑顔を浮べ、頭を下げて表通りに小走りに出て行く。上浜楢江は何ともいえぬ爽快《そうかい》さを感じた。

彼女はできるだけ倹約をした。兄夫婦が彼女の金を当てにしはじめると、実家を出てアパートを借りた。

ここでは、できるだけ立派な調度を備えた。食べ物には金を惜しんだが、部屋を豪奢《ごうしゃ》にすることが、彼女の生き甲斐《がい》の一つだった。埃《ほこり》っぽい会社から帰って、この部屋の中に身を置き、ゆっくりと見回す。どの調度も買ったばかりのように光っていた。A精密機械にいるどの高級社員も、この豪華さには及ばないようにみえた。彼女の眼はひとりでうっとりとなる。ひとりで浸るガス風呂《ぶろ》も、木造りだったが、社の共同浴場からみれば専用の故に贅沢《ぜいたく》だった。

少女のころから自分の顔に愛を感じなかった代り、自室の調度に彼女のナルシシズムが乗り憑《うつ》ったかのようだった。そして、これらの調度のほとんどは、彼女が回転した金の利子で生まれたのだった。そこに、えもいわれぬ爽快さがあった。

月一割という彼女の作業は、実は退職した警備課の老人から教わったのである。

「いや、金というものは面白いですよ。上浜さん」

とその老人はいったものである。

「われわれは、社員たちからみると、まるで屑《くず》みたいな人間ですがね。詰襟を着て玄関に立っていると、あの人たちはパリッとした背広で颯爽《さっそう》と出勤してきます。そういう連中が、わたしにこっそりと金を借りに来るんですよ。おもしろいですな。日ごろわれわれに見向きもしないような人が、愛嬌を作って頭を下げるんですよ」

老人が黄色い歯を見せて笑った。

「もう少し定年が先だったら、わたしも相当溜め込めるんですがね。そりゃ、確実ですよ。始終社で顔を合わせているので、借りる方だって踏み倒すわけにはいきません。なに、三か月や四か月の期限はすぐ切れます。それさえ保《も》てなくて、また借りにくる人がいるんですからね」

老人は、容貌の醜い老嬢に同情していたのかもしれない。或《あ る》いは、金を溜めているという同じ境遇に共感をもっていたのかも分らなかった。

「借用証などは要りません。名刺の裏にサインしてもらうんです。気軽に貸すというのが条件ですよ。これが、借りる方の魅力ですな。なに、期限が切れそうなころになると、向うから目にみえてわたしにおべっかを使ってきます」

退職した警備課員の言葉を上浜楢江は忠実に守った。彼女のハンドバッグの中には、係長、主任などの名刺もまじって、社員たちの「証文」がいつもカードのようにしまわれていた。

歳月とともに彼女の髪は縮れ、額が広くなってきていた。眉毛《まゆげ》も薄くなり、一重皮の眼の縁《ふち》や、肥えた鼻の両脇《りようわき》に皺が深まってきた。

彼女は仕事の上では、男子社員に極めて不親切だった。彼女は経験で事務には熟達していたから、意地悪をしようと思えば、どのようなことでもできた。規則を夕テにとればいかなる横車でも押せた。融通の利かないという非難は、社務に忠実だという名分で防衛できる。

たとえば、彼女の仕事の一つに、社員の出張旅費の精算があった。彼女は、こと細かに提出された伝票内容を調べる。経験で、数字の水増しなどはすぐ見破れた。そんなとき、彼女は人前で容赦もなく対手《あいて》をやり込めた。下級社員が客を招《よ》んで接待するときも、その伝票は一応彼女の手もとに回り、金額を調べられる。それも、上役からみるとほとんどが侘《わび》しい会食だ。それすらも、彼女は眼を光らし、少しでも余分な散財を認めると、身分不相応だときめつけて、片っ端から削った。

彼女より古い社員はもう大てい役付きになっていた。だから、彼女を憎むのも、恐れるのも、彼女よりあとから入社した社員だけだった。彼女には、若い社員たちのアラを探し、いじめることが社内での生き甲斐の一つだった。

3

かげでの金銭の貸借関係以外には、誰も上浜楢江を相手にしなかった。

しかし、彼女は平気だった。永い間、そう習慣づけられてきたのである。彼女は帳簿の陰でペンを動かし、ソロバンを弾《はじ》きながら、社員たちが交している小声に耳を傾け、内緒話を盗み聞いた。

だが、彼女は決して乾枯《ひか》らびた女ではなかった。

彼女は、昼休みになると、自分の机の前で折鶴《おりづる》を作り、紙人形をこしらえた。週刊紙の漫画を見ては声を挙げて笑い、子供のグラビヤを見ては、可愛いわ、と独りで叫んだ。漫画は彼女が笑うほど面白くはなかったし、子供の写真も彼女が感動するほどのものでもなかった。

彼女は、せめてこういう動作で女らしさを見せようとしているのかもしれなかった。彼女がひとりで笑っても、誰も相槌《あいづち》をうってくれなかったから、いつも独言独笑になった。

上浜楢江は、そんなやさしい面をひけらかそうとする半面、ひどく気が強かった。あるとき、営繕係の主任が、彼女の机を外して古いものと替えようとしたことがある。

彼女は机の上に両手をひろげてしがみ付き、身体を震わせて、これはわたしの机です、と喚《わめ》いた。

彼女は、知人の恋愛、結婚、出産を冷笑した。

金だけが彼女の頼りだった。いかなる結婚も、彼女の知る限りでは女を不幸にするだけの結果でしかなかった。

彼女はまた、定年で社を辞める連中の末路を自分の身に引き較《くら》べて見つめていた。社に勤めている間は安泰だった彼らも、外に追い出されると哀れなことになった。ある者は商売を試みて失敗し、ある者は職を求めて得られずに転落し、ある者は遥《はる》かにみすぼらしい仕事についたりした。

上浜楢江は、五十五歳の定年まで社に頑張るつもりでいた。彼女の最終の希望は、アパートを建てることだった。それもわりと高い家賃の入る中級のアパートが理想だった。

彼女についてこんな話が社内に伝わった。

彼女の母親が死んだとき、兄夫婦は楢江に金を出すようにいった。このとき、彼女は葬式代その他一切を受け持ったのだが、ちゃんと天引に一割の利子を取ったというのだ。以後、兄夫婦のところとは交際せず、給料日だけ兄の会社に押しかけているというのである。

それに、彼女の最大の愉《たの》しみは、つぎつぎと入る女子社員が結婚したり、ほかの会社に移ったりして辞めてゆくことだった。そのたびに彼女の頭には、去りゆく者の不幸がありありと描かれ、嘲《あざけ》りの眼で見送るのだった。

上浜楢江は三十四歳になっていた。

「一体、あの女、セックスをどう処理してるんだろうな？」

というのが社員たちの陰での話題だった。

「ヴァージンであることは確かだ」

と一人が断言した。

「そりゃもちろんさ。あんな女、どんな物好きな男でも、ちょっと手を出す勇気が起らないからね」

「誰か、チョッカイをかけてみる者はいないか」

と、その噂のたびに大ていー人はいう。

「案外、あれで情《じょう》が厚く、可愛がってくれるかもしれんぞ。第一、金に不自由はない」

「金だけ貰《もら》えるのだったら、一晩か二晩ぐらいおつき合いしてもいいな」

「とても、まともには出来ないね。男妾《おとこめかけ》にでもなったつもりで、眼をつむって我慢するほかはないだろう」

「そのあと、適当に口直しをすればいいさ」

　こんなことをいい合ったが、それを進んで行動に移す社員は一人も現われなかった。このようなひそひそ話は、彼女が金を溜め、金貸しをはじめてから数年の間、絶えることはなかった。

「なにしろ、男を知らない女だからね。一度味を知ったら、悪女の深情けで、どこまで追っかけられるか分らないぞ」

　冗談でなく事実、そう思われているところに篤志家が現われない理由《いわれ》があった。

「あの女、ワイ談には平気だぜ」

　という者がいた。

「ちっとも羞《は》ずかしがらないんだ。その顔つきを見ていると、まるで男を知り尽した水商売の女みたいだ。処女も年を喰うと、あんなふうになるのかな。ほかの若い女より、そのほうにはずっと好奇心があるんだな」

　と説明する者がいた。

「若い女たちは、いずれ恋愛をしたり、結婚をしたりするチャンスが将来に残されている。だからワイ談から逃げてゆくんだ。好奇心は将来にその満足が約束されているからね。だが、上浜楢江の場合は違う。あいつは死ぬまでそんなチャンスにめぐり遇わないだろう。だから、せめておれたちのワイ談でも聞いて愉しんでいるんだろう」

「そういえば、平気な面《つら》をしているが、眼の色が潤《うる》んでくるよ」

「いやいや、あれで男は警戒しているんだぜ」

と、もっともらしいことをいう人間が必ず一人出た。

「なにしろ、あれくらいになると、金のほうがセックスより大切だからな。うかつな男と関《かかわ》り合って、せっかくの金を取られては、という懸念《けねん》がある。おれたちがいま話してるように、本気であの女の金を目当てにチョッカイを出した奴が、必ずいると思うよ。ただ、知らん顔をしてるだけだ。そいつは、必ず失敗してると思うよ。あの女ときたら、金銭的被害妄想《もうそう》の塊りだからな」

「じゃ、セックスのほうは、どう処理してるのだ?」

と、話は元に還《かえ》った。

「そりゃ適当にやってるさ。女ってのは、男の子に負けずオナニーをやってるそうだぜ」

ここで、女子の自慰行為について必ず詳細に講義する者が現われた。

「よく観察してみろ。上浜楢江が蒼《あお》い顔をして出て来るときがあるだろう。ぼんやりして顳顬《こめかみ》などを揉《も》んだりしてさ。あれは、きっと前の晩にその行為をやってるからだよ」

「そういえば、彼女には同性愛はないね。あのくらいの年になると、そういう相手を必ず択《えら》ぶもんだがね」

「いや、それもやっぱり金さ」

と、その結論が出た。

「そんな相手が出来てみろ。小遣いぐらいはやらなくちゃいけないからな」

そんな悪口をいう社員の中には、上浜楢江から金を借りている者が、必ず一人や二人はいた。いや、金を借りているからよけい悪態をついた。

彼女から金を借りる相手は、よその部の者が多かった。さすがに同じ販売課の者は遠慮した。製作課、会計課、管理課、などの人間が、彼女を廊下の目立たない隅に呼び止めた。

彼女が借り手に金を手渡すとき、地下室の更衣室の中が択ばれた。時間中は、誰もここには来なかった。ドアを閉めると、誰にも金の授受を見られることはない。

しかし、借り手の男は、密室の中に二人だけでいると、妙な気分が起きた。彼女が不縹緻《ぶきりよう》な女だけに、かえってそれは実感をもった。

4

会計課の杉浦淳一《すぎうらじゅんいち》も上浜楢江から金を借りる常連だった。

会計課の課員が彼女に借金するのは妙に聞こえるが、数えているのは他人の金ばかりだから、彼が貧乏でも不合理ではなかった。

杉浦淳一は二十五歳だった。いつも軽口をたたいて回る剽軽《ひょうきん》な男だが、彼は飲み屋の借金に追われていた。受付の女の子は借金取がくるたびに、彼の不在を告げるのに苦労した。

杉浦も三か月期限の金が返しきれないうちに、あとの借金を申し込むことが多かった。

「あんたなんか、伝票の操作でちょっと誤魔化せば、いくらでも融通がつくじゃないの?」

彼女は冗談めかしていった。

「そんなことをしてみろ。すぐ見つけられて、これだからな」

杉浦は頸筋《くびすじ》を叩《たた》いてみせた。

「それだけはおれは固いよ。札束をどんなにみても、人の金だと思うと、ちっとも欲しいとは思わないからね。紙屑《かみくず》を見ているようなものさ」

「それにしては、いつもシケてるようね。飲み屋で使い過ぎるんじゃないの？」

「なに、飲み屋で使うくらいは、しれたものさ」

「じゃ、何に金が要るの？」

「これだよ」

杉浦は、両手を前に出して競輪選手の真似《まね》をした。

「いまに大儲《もう》けをして、一遍に返すからな。利子も倍にしてあげるよ」

杉浦は楢江に眄《なが》し眼をくれた。

杉浦は持ち前の剽軽さと軽口とで、飲み屋の女たちにはもてていた。彼は絶えずどの女かと関係をもっていた。それだけの自信が彼の白い顔にあった。

彼から見ると、上浜楢江などは手を出しさえすればすぐ落ちて来そうに思われた。

杉浦の借金が溜《たま》り、利子もろくに払えなくなった。

彼はそれを棒引きさせるため、上浜楢江を陥れることを思い立った。

ある晩遅く、杉浦は上浜楢江のアパートのドアを叩いた。

彼女がドアを開けると、杉浦は赧《あか》い顔をして、おどけた恰好で入って来た。

「まあ、何の用で来たの？」

彼女はきっとなって咎《とが》めた。

「借金だ、借金だ」

と、彼は両手を泳がせるようにしていった。

「君から借りてる金が気になってね。今日、少し入ったから、早速、返しに来た
……ああ、苦しい。少し休ませてくれないか」

借金を返しに来たというのは彼の口実だった。しかし、これが上浜楢江に彼を戸口から追い返す理由を失わせた。

「早く金を出しなさいよ。近所の手前があるから、払ったらすぐ帰ってね」

杉浦は勝手に靴を脱いで、どんどん中に入って来た。彼は台所の蛇口を見つけると、いきなり水を出して口で受けた。

彼女は顔をしかめたが、杉浦の仰向いた鼻や口は水びたしになった。

「うまい」

彼は水を止めると、ハンカチも出さずに袖口《そでぐち》で顔を拭《ぬぐ》った。

「随分、酔ってるのね。早く金を払いなさいよ」

「いま払うよ……ああ、苦しい」

杉浦はよろよろしながら、板の間から奥の六畳に進んだ。

六畳の間には、楢江がすでに床をとっていた。彼女はあわてて低い二つ折りの屏風《びょうぶ》を取り出すと、蒲団《ふとん》を男の視線から囲った。

「ほう、もう、寝支度かい」

彼は酔った眼でそれに一瞥《いちべつ》した。

「今晩は随分飲まされてね……これで女の子にもてるものだから、つい、呑んでしまう。ああ、酔った」

「ふん、いい気なもんだわ」

楢江は彼から離れて立ち、畳の上に崩れようとする男を睨《にら》みつけた。

「さあ、そんなにもてるのだったら、早く帰りなさいよ。金なんか明日でもいいわ」

「いいよ、払うよ。払うといって来たんだからな」

彼は財布を出すようにポケットに手を入れたが、その自由が利かないままに、身体を捩《よじ》るようにして畳に突っ伏した。

「上浜君、悪いが、もう一度、水を持って来てくれないか」

「勝手に飲みなさい。いやだわ」

不思議なことに、上浜楢江はこの男の図々《ずうずう》しさが憎めなくなってきた。彼女がこのアパートを借りてから、今まで一度も男の来訪はなかった。杉浦は、いきなり酔って闖入《ちんにゅう》し、身体を畳に横たえている。彼女の胸の奥に微《かす》かな痙攣《けいれん》が起った。

杉浦は、いつもきれいになでつけている髪をばらばらに乱し、顎《あご》を突き出して寝ていた。上衣も、ワイシャツも捻《ねじ》れていた。

「しようがないわね。水を飲んだら帰んなさいよ」

上浜楢江は台所に行き、コップの水を汲《く》んで来た。

「さあ、早くしなさいよ」

男の傍《そば》に中腰になって差し出すと、杉浦は大儀そうに身体を起し、コップを握った。

「すまん、すまん」

彼は片肘《かたひじ》を突き、斜めになった身体でコップを口に付けた。水は彼の口もとから胸を伝わって畳にこぼれ落ちた。

「まあ、汚ない」

彼女は台所から雑巾《ぞうきん》を持って来て、まず、畳を拭った。

「おい、上浜君」

杉浦は初めて気づいたように、部屋の中をじろじろ見回していた。

「君の部屋は凄《すご》いんだな」

彼は眼をむいていた。

「へええ、びっくりした。まさか、こんな立派な部屋とは思わなかったよ。君、これだったら、うちの課長の家よりも贅沢《ぜいたく》だぜ。やっぱり君は金があるんだな。こりゃオドロキだ」

彼は全身を起し、今度は反対側に向きを変えて、さらに一そう部屋の全部を確かめるようにした。

上浜楢江は満足だった。

これまで、彼女も会社の誰かを呼んで見せびらかし、自慢したい誘惑に駆られぬことはなかった。が、そうなると、自分の豊かさを知られることになる。それが怕《こわ》いばかりに、誰もここに誘いはしなかった。

それで、いま、杉浦がふらふらと起《た》ち上り、調度の一つ一つを調べるように歩き出すと、彼女もすぐに彼に帰れとはいえなくなった。

杉浦は調度の一つ一つを手でさわり、驚嘆の声を挙げていた。

「おれもこんな部屋に住みたいな」

彼は溜息《ためいき》をついた。

「ほう、ここが風呂だね」

彼は仕切りのドアをあけて浴室をのぞいた。

それはガス風呂で、檜《ひのき》の桶《おけ》も木の香が匂《にお》うばかりだった。

「おれなんざ、いつも汚ない銭湯に入ってる。こういう自家用風呂に入る身分になりたいな。どうだい、ときどき、入浴にこさせないかい？」

杉浦はうしろに立っている楢江に、例の眄《なが》し眼をくれた。

「いやよ。男の人なんか真平だわ。女の友達も呼んでいないくらいだから」

「じゃ、君ひとりが入るのか？」

「もちろんだわ」

「気持がいいだろうな。こんな真新しい桶に入って」

「そりゃいいに決まってるわ。あんたも金を溜めて買いなさいよ。飲み屋にばかり使わないで」

「大きにそうだな」

「そうそう、早く金を払ってよ」

彼女は手を出した。

「まあ、そう、がみがみいうな。払えばいいんだろう」

杉浦はポケットに手を突っ込み、財布を出す恰好をしたが、出た手は何も摑《つか》んでいなかった。その代り、その手がいきなり楢江の首筋に捲《ま》きついた。

「あ、何をするの？」

楢江は男から離れようとしたが、杉浦は自分の顔に彼女の頬を強引に持って来た。酒臭い息が彼女の鼻を噎《む》せさせた。

「上浜君」

杉浦は息の詰った声をだした。

「おれ、前から君が好きだったんだ」

彼は楢江を引きずるようにして座敷のほうへ歩いた。力が強く、酔っている身体とは思えなかった。

「何をするの、放して」

仰向いた顔のままひきずられた。眼の中で天井がうしろに流れた。

彼女は藻搔《もが》きながら、息苦しいほどに震えた。

杉浦は彼女を抱えこんだまま、脚で二枚折りの屏風を蹴倒《けたお》すと、蒲団の上に女の身体を押えこんだ。

5

楢江と杉浦との間の交渉は、秘密のうちに二、三回つづけられた。

会社の誰もこの関係を知っていなかった。杉浦は色男をもって任じているだけに女には面食いのほうだった。それが知れているから、まさか彼が楢江を相手にしているとは誰も想像しなかった。

「ほう、君はやっぱり処女だったんだね」

最初の夜、杉浦は彼女の身体から離れたときその発見に声をあげた。

杉浦がその後二、三回の交渉を行ったのは、そのことの興味からだった。彼女の肉体には、飲み屋の女にない若さがあった。老けた顔と身体とは、まるで別々のものが接着したようだった。

上浜楢江は、杉浦の貸金だけは請求しなくなった。のみならず、彼のたびたびの借金にも応じた。

しかし、彼女は、杉浦が自分に愛情をもって来ているとは決して思っていなかった。いつかは、この男は自分から金を搾り取って遁《に》げてゆくのだと分っていた。最初から損得の勘定がはっきりしていた。

彼女は杉浦によって初めて女の歓《よろこ》びを知った。しかし、それによって杉浦から損をさせられたことを忘れてはいなかった。彼女はこれまで、一度として貸金倒れの被害に甘んじたことはなかった。杉浦の場合も、いつかは、その損を取り戻せると信じていた。

杉浦には自分の情事を他人《ひと》に自慢そうに告げる癖があった。女と床に入ってからの出来事をこと細かに描写し、大げさに吹聴《ふいちょう》して半分は聞き手を羨望《せんぼう》させ、半分は人の嘲笑《ちょうしょう》を期待した。

が、さすがの杉浦も、上浜楢江のことだけは誰にも口外しなかった。これを白状すると、実際に彼が嗤《わら》い者になる。今まで彼の女は、みんな縹緻《きりょう》のいい者ばかりだったので、それが自慢でもあった。上浜楢江によってその誇りを疵《きず》つけられてはならなかった。

杉浦は、土曜の午後と日曜日には、必ず競輪場に行っていた。その気になれば、競輪は年中どこかで開催されている。

その都度、杉浦は上浜楢江を呼び止め、金をせびった。

だが、それはいつまでも続かなかった。杉浦のほうで諦《あきら》めたのではなく、も早、上浜楢江の金だけでは杉浦のやりくりが収拾つかなくなったのである。

しかし、杉浦の外見には少しも元気を失った様子はなかった。彼は相変らず陽気にしゃべり、仲間を笑わせた。


——それは、ある月曜日の朝だった。

会社の会計課に大騒ぎが起った。課長は蒼《あお》い顔をして重役のところに走り込んだ。会議の末、警官が呼ばれた。

杉浦淳一が金庫から八百万円の金を拐帯《かいたい》して逃走したのであった。彼は出納係だったから、現金を金庫から盗み出すのに不便はなかった。

彼の下宿に人を走らせたが、土曜日の朝から出たまま、一度も立ち戻っていないことが分った。うす汚ない六畳の間には、競輪の新聞が散乱していた。

土曜日に金を持ち出したところに彼の計画的な犯行があった。翌《あく》る日は日曜なので、犯罪の発見が一日遅れてくる。犯人は一日だけ余分に逃走時間をかせいだわけだ。警察では、すぐに全国に手配をする一方、土曜日の夕方の杉浦の行動に聞き込みの重点を置いた。

間に日曜日が一日挟まっているだけに、発覚するまでたっぷり三十時間以上の余裕があり、この目的のために杉浦は土曜日を選定したのだった。彼は土曜日の夕刻に東京を去り、発見時の月曜日の朝は遠方に逃げのびているものと推定された。

しかし、問題のその土曜日の夜、杉浦淳一は上浜楢江のアパートに立ち寄っていたのであった。

「よう」

午後八時ごろ、彼は気軽な声をかけて、ドアを開け、いつものように独りで靴を脱いだ。手にふくれたスーツケースを提げていた。

「あんた。どこかに旅行に出かけるの？」

上浜楢江は板の間に立って、男が片手を壁に突き、靴を脱いでいるのを見ていた。明日は日曜日である。

「ああ、ちょっとね」

杉浦は赧《あか》い顔をして楢江を眺めニヤリと笑った。酒の臭《にお》いがした。

彼は畳の上に坐ると、水、といった。

楢江がコップに注いで持って行くと、それをうまそうに飲んだ。持参のケースは無《む》造作《ぞうさ》に横に転がしてあった。

「どこへ出張なの？」

彼女は男の傍に横ずわりして訊《き》いた。

「遠いの？」

「遠い、九州だ」

「長いの？」

「長い」

杉浦は楢江の訊く通りに答えた。

窓のカーテンは閉まり、わずかに開いた隙間《すきま》から暗い空が見えていた。

「何時の汽車で発《た》つの？」

「何時でもいいや。面倒くせえから、明日にしようか。日曜だからな」

「出張でしょ。そんなことでいいの？」

「構わないさ……ね、おれ、今晩、ここに泊っていいだろう？」

杉浦は楢江の顔に、例の通り眄《なが》し眼をくれた。しかし、いつもと違って、眉《まゆ》の間に軽い皺《しわ》が寄っていた。眼は楢江の顔色を窺《うかが》うように変った。

「朝早くここを出なくちゃ駄目よ。近所の手前があるからね」

楢江は承諾した。

「ビールないかい？」

男はいった。

「あら、まだ呑むの？」

「まだ呑み足りないんだ。ここにはビールを置いてないかい？」

「そんなものは無いわ」

「じゃ、悪いけど、買って来てくれないか」

杉浦は財布を出した。珍しいことである。いつもだったら、楢江に命じるだけで、自分は一文《もん》も出さなかった。いや、出せなかったのだ。

楢江は財布の中をちらりと見た。五千円札がたたんで入っていた。

「あら、景気がいいのね。出張旅費を貰ったんでしょ。あまり無駄づかいしちゃ駄目よ」

「いいよ。さあ、これで買って来てくれ」

彼は五千円札を出した。

楢江が近所の酒屋に行って、ビールを三本買って帰ると、杉浦はネクタイを取って、ワイシャツ一枚でごろりと畳に寝そべっていた。頭の下には、スーツケースを枕《まくら》代りに敷いていた。

「買って来たわよ」

杉浦はむっくりと起きた。

ところで、スーツケースは、彼が枕の代りにしていたにも拘《かかわ》らず、あまりへこんでいなかった。内容物がぎっしりと詰って固いからだった。

「随分、いろんなものを入れてるのね？」

彼女はスーツケースに眼をやった。

「ああ、一ぱい詰ってるよ」

「あんたのことだから、洗濯もろくにしてない下着を詰め込んでるんでしょ？」

「下着じゃないよ……おい、これ、何だか分るかい？」

杉浦は面白そうにスーツケースを手元に引き寄せた。

「下着じゃなかったら、何なのよ？」

「当ててみろ」

「分んないわ」

杉浦の眼が異様に光っているのに楢江は気づいた。

「何なの？」

彼女は初めて、スーツケースの中身が普通でないことを覚《さと》った。

6

月曜日がすぎても、杉浦淳一の行方は分らなかった。

警察では土曜日の夜に重点をおいて捜査を行ったが、彼の姿を見たという者はなかった。国鉄の駅や、私鉄、タクシー、バスなどの聞き込みからも消息は摑めなかった。

拐帯犯人は、たいてい最初の夜を温泉地などで過す。全国の観光地の宿を調査したが、そこにも杉浦の足跡は発見できなかった。

杉浦はその性格からして、ごっそりと持ち出した大金を目立たぬよう少しずつ使って暮らすという人間とは思えなかった。もともと、彼が会社の金を持ち出す気になったのは、競輪によってにっちもさっちもいかなくなり、遂《つい》に、ひと思いに拐帯を思いついたらしかった。

杉浦は享楽的な男だ。山の中や、都会の片隅にひっそりと暮らして、倹約しながら持ち出した金をなるべく減らさないように心がける人間とは思われない。だが、当局はこの方面にも捜査の手を伸ばしたが、やはり無駄だった。

杉浦には遠方に友達も縁故先もなかった。彼が大金を持ち出したのは発作的な行動と判断されるから、計画的に潜伏場所を用意しているとも思えなかった。

捜査は二か月経ち、三か月経ちして、遂に諦《あきら》めるよりほかなかった。

「今ごろは、あいつ、どこかに潜んで、いい目をしているだろうな……」

社内では、しばらくの間、杉浦の噂《うわさ》が消えなかった。八百万円というと、平社員にとっては手の届かない大金である。三十年勤めて退職した社員が、この前、百五十万円の退職金を貰ったばかりである。

上浜楢江は、相変らず朝早く社に出勤して、几帳面《きちようめん》に仕事を片づけた。彼女は、男の社員が来ない間に、バケツに水を汲んで、雑巾で自分の机から周りの机を拭《ふ》いてやった。こういうと、いかにも親切そうにみえるが、どこの社でも、女子社員は半分雑役婦を兼ねている。

以前には、古株の上浜楢江がこの雑務にずいぶん不平を鳴らしたものだが、近ごろでは、至極満足げに従った。彼女の横顔にはやさしい微笑さえ見えるようになった。

若い社員に対してあまりずけずけいわなくなったのも、最近の変化だった。彼女は他人《ひと》に憎まれるよりも愛されるほうが得策だと気づいたのかもしれなかった。一重皮の鈍い眼には充《み》ち足りた色さえ湛《たた》えられていた。

性格の変化といえば、彼女が自分のアパートに鉢植をしきりと買い込むようになったことである。

それも小さな鉢植ではなく、まるで喫茶店の床に置いてあるような大鉢のものばかりだった。彼女は、わざわざそれを選択するのに専門店に足繁《しげ》く通ったものだった。

棕櫚《しゅろ》、芭蕉《ばしょう》、フェニックスなどといった亜熱帯植物が、彼女の部屋につぎつぎと植木屋のオート三輪車で運び込まれた。アパートの人が不思議そうにその理由を訊くと、彼女はにっこりして答えた。

「一日中、埃《ほこり》っぽい会社に勤めていると、青い色が見たくなるものですわ。近ごろ、鉢植の植物を見てると、何ともいえぬ愉しい気持になるんですの」

恰《あたか》も、杉浦淳一が大金を拐帯して逃走した直後に、彼女のその趣味ははじまっていた。彼女の部屋は、この大型の鉢植の青い色で充ち溢《あふ》れているように思われた。

しかし、彼女は交際家ではなかった。これまでがそうだったように、その鉢植を買い込むようになってからも、決して他人《ひと》に部屋の中を見せはしなかった。愉しみは独りで味わうに限るとでも彼女は信じていそうだった。

彼女が一割の利子で貸金を社員たちに回していることにも変りはなかった。彼女の生活は、いよいよ平和にみえた。

　あるとき、アパート中のガス管の具合が悪くなり、居住者が管理人に一斉に抗議したことがある。

　管理人はガス屋を伴《つ》れて来て、一室一室を謝って回った。上浜楢江のところにも管理人は顔を出した。

「どうも、ご不自由をかけました。もう、修理が出来ましたから、大丈夫です」

　管理人はいった。

「ところで、ほかの部屋では、ガス風呂の調子がまだ直っていないといいますが、お宅さまはどうですか？」

　管理人とガス屋とは、調子を見るために中に入り込もうとした。

「いいえ、わたしのほうは何ともありませんから結構です」

　上浜楢江は、男二人を遮るように前に立った。

　——そういえば、上浜楢江は、ここしばらく、会社の浴場で風呂を済まして帰る習慣になっていた。彼女がこのアパートに入居したとき、独りで風呂に入る愉しみをしきりと同僚に吹聴していたものだが、どういう理由《わけ》か、近ごろになってその説を枉《ま》げたのだった。これも、ちょうど、彼女がしきりと大鉢の植木を買い込む時期に当っていた。

しかし、このことに気づく他人《ひと》は一人もなかった。もちろん、彼女が会社の風呂に浸かることや、鉢植を買い込むことを知っている人はあったが、両者の時期の合致や、相対関係に考え及ぶ者はなかった。もっといえば、杉浦淳一が行方不明になった直後にその習慣がはじまったということにも、誰《だれ》も気づきはしなかった。

彼女が大きな鉢植を買った数は、結局、十個以上にも達したであろう。狭いアパートの部屋は、まるで亜熱帯植物のジャングルになっているようにも想像された。

しかし、その後、植木屋が会社にいる彼女に電話をかけても、

「もう、結構よ。間に合っていますから」

と断わった。

彼女は、いかなる人間も自分の部屋の中に引き入れはしなかった。用事があれば、昼間、会社に電話をかけてくれ、といっていた。

それから一年が過ぎた。

A精密機械の社内にその後、べつに変化はなかった。勤めている上浜楢江の様子にも、さして変りはなかった。彼女は以前通り小金を回し、一割の利子を几帳面に

取り上げていた。

彼女の顔は年取ってはきたが、柔和そのものだった。

ただ、目立たないことといえば、彼女がこっそり住宅雑誌を毎月本屋からとっていることである。

次に、彼女は不動産屋を回り、恰好な土地の出モノがあったら世話してほしいと頼み込んでいた。彼女は、そこに自分の家を建てたいと話した。


彼女はアパートを出て、別の家を一軒購《あがな》った。最終希望のアパート設立よりも一足先に一軒の家に住むことになった。しかし、これは彼女が体裁や自由を求めて移転したのではない。彼女には目算があったのだ。

買った家は、中央線の郊外地だった。将来、土地の値上りを予想して、思い切って溜め込んだ金の全部をはたいたのである。地主との交渉で、一千万円で約束が成立した。彼女は現金を即座に払った。土地の値上りで、待望のアパートが建てられそうだった。

会社の者は誰もそれを知らなかった。一千万円もの大金をどうして彼女が溜めていたか、知れば誰でも驚嘆するに違いなかった。彼女がたとえ一割の高利で小金を社員たちに回していたとしても、貯蓄額は知れたものである。それとも、合理的な計算を超えた不思議な貯蓄才能が彼女に備わっているのであろうか。

新しい家は庭が広かった。

彼女は、早速、家の周囲に花壇を作った。花壇は古びた黒い陶器の破片で縁を飾った。その破片の陶器には、釉薬《うわぐすり》がつややかに光っていた。

もし、好奇心を起して、その飾りの破片を手に取る者があれば、それが鉢植の鉢の破片であることを知ったに違いない。青っぽい色、茶っぽい色、黒っぽい色、さまざまな燻《くす》んだ陶片が花壇の縁を彩った。

彼女は、花壇に埋める土を近くの畠《はたけ》や山からあまり運びはしなかった。移転のときに、その土まで何個かの木箱に詰めて持参して来たのである。それは古い土だった。わざわざアパートから運んだところをみると、特別な土かもしれない。足りないところだけを彼女が近くの畠から補塡《ほてん》した。

移転の荷物といえば、妙なものが二つあった。

一つは、ガス風呂の木桶《きおけ》だった。彼女は管理人に、永い間馴染《なじ》んだ桶だからといって、彼女にしては思い切った値段で買い受けた。実はその桶の内側には、ある臭いがしみついていたのだ。さらによく調べると、同じく桶の内側には土が一ぱい付着していた。つまり、一度は、この風呂桶の中が土で一ぱいに満たされ、さらに移転のとき、その土を掻《か》い出して、ほかの容器に移し変えた痕《あと》があった。

もう一つトラックで運んだのは、亜熱帯植物の枯れた植木だった。棕櫚、芭蕉、フェニックスなどが、うらぶれ果てた幹を縄で括《くく》られていた。

「やっぱり家の中では駄目ですよ」

と、彼女は見送りに来た近所の人にいった。

「鉢植は、外に置くに限ります。アパートの中では育ちませんわ」

今度、移るところはガスの設備がないから、この木を焚《た》きものに使うのだ、と彼女は説明した。

新しい家は会社に通うに便利が悪かったが、環境はひどく良かった。近くには田園が展《ひろ》がっている。赤い屋根や青い屋根の文化住宅も、森を背景にして建てられていた。団地が城砦《じょうさい》のような白い壁を朝陽に照らしていた。夕べは――夕陽が畠の木をあかく照らした。

彼女はこの家に移ると、すぐ、二つの処分を行った。言葉通り、枯れた亜熱帯植物は焚きものになり、土のついた風呂桶も叩き崩されて、同じように焚きものの仲間入りをした。

彼女が運んだ荷物の中に、豪華な洋服ダンスがあった。中が開かぬように厳重に鍵《かぎ》を掛けていたが、さらにその上を彼女が何重にもロープで縛っていた。新しい家に運んだときに、その荷造りを解いたのも彼女ひとりだった。その際、中でカラカラと微《かす》かに骨でも鳴る音がした。

杉浦淳一が大金を拐帯して逃走して以来、二年経った。会社ではそろそろ昔語りになりかけている。どこでどのような生活をしているか、彼の姿は誰の眼にも触れなかった。

なかには、信州の温泉地で似たような男を見たという者もあり、九州でニコヨンをやっているという噂を撒《ま》く者もいた。

春になって、上浜楢江の庭園は見事な花盛りとなった。また、別なところに作った彼女の畠は、野菜がひときわ見事に成長した。

近くの人びとがその栽培の見事さに惹《ひ》かれて訪ねて来た。彼らは、このような見事な栽培をするには、どのような秘訣《ひけつ》があるのか、と彼女に訊いた。

「秘訣なんてありませんわ」

と、彼女は美しくない顔にやさしい微笑を湛《たた》えて答えた。

「やっぱり肥料ですわ。土に肥料を充分に滲《し》み込ませることです」

その土には動物性の脂が充分に滲みこんでいた。

その年の暮、彼女の家から一キロばかり離れた雑木林の中で、男の白骨死体が発見された。白骨はあたかも死体が土葬にされて骨に化した状態に似ていた。

この白骨の身元は分らず、犯人も挙らなかった。

第五話　薄化粧の男

1

三月三日の午前五時半ごろだった。

夜明けの光が雑木林の向うに蒼白《あおじろ》く射している。あたりはまだうす暗かった。朝靄《あさもや》が林の裾《すそ》や遠い家なみの屋根の上に立っている。畠《はたけ》も、道も、白い霜が降りていた。郊外なので、まだ住宅地よりも田圃《たんぼ》が多い。

牛乳配達人が自転車に乗って、その道を走っていた。ハンドルに掛けた袋の中で、詰った牛乳壜《びん》が微《かす》かに鳴っている。配達人は一軒ずつ壜を置いていた。

その住宅地を離れると、次の町に移るまでは両側が広い田圃になっていた。まだ藁《わら》屋根の百姓家が残っていて、霜はその上にも雪のように載っていた。歩いている人はいなかった。

鶏が鳴いていた。

牛乳配達人は、十七歳の少年だった。田圃道に降りた霜に自転車のタイヤを転がしていると、前方に小型の自動車が一台停《とま》っているのが眼についた。

妙な場所に自動車がある、と思った。近ごろの自家用車族は車庫ももたないのが多いので、車を雨曝《あまざら》しにしているのをよく見かける。この自動車もその口か、と思ってみたが、それにしては、人家よりずっと離れた道の真ん中にぽつんと置いてあるのが妙だった。自動車の屋根の上にも白い霜が被《かぶ》っている。

配達人は、なぜ、こんな所に自動車が停っているのか、と思って、ふと見ると、車の中の運転台では、一人の男が俯向《うつむ》きにハンドルに凭《よ》りかかっていた。恰度《ちようど》、居睡《いねむ》りをしているような恰好《かつこう》だった。

しかし、牛乳配達人は、この自動車がここに停っている理由をすぐに発見した。自動車から一メートルと離れていない前面の道の真ん中に、「工事中　通行止」の標識が出ているのだった。つまり、この自動車はここまでやって来たが、黄色と黒との太い線に塗り分けられたこの立札を見て停車したのであろう。

牛乳配達人は、はてな、と思った。

昨日までは、この工事中の標識は出ていなかったのである。道はずっと先に伸びて、新しい住宅地に入って曲っている。従って工事場はここから見えない所にあるのだ。

近ごろ、東京都の道路は到る処が掘り返されている。昨日まではその気配もなかったものが、今日になって道がほじくり返されていることは多い。

牛乳配達人は、しかし、自動車がそこに停ったままでいるのを不審に思った。この工事中の立札を見て停ったのならば、バックしそうである。それが、恰度、その立札と睨《にら》み合っているような恰好で停車しているのだった。

牛乳配達人は、このとき、大へんいいことに気がついた。自動車の屋根の上に載っている霜もそうだったが、ふと振り返ると、道に降りた白い霜の上には、自分の自転車のタイヤの跡が刻まれている。しかし、この自動車のタイヤの跡は霜の上にはついていなかったのである。

そうなると、この自動車が前夜からここに停っていたことは、十七歳の少年にもすぐに合点がいった。

当然、居睡りしている運転手に不審を抱いた。少年は車の窓に顔を寄せて、しばらく、その姿を見つめた。

男はハンドルに顔を伏せているので、人相は判《わか》らないが、髪の毛は少ないようだった。それが乱れて、べろんと前に垂れかかっている。

日の出前のうす暗さだから、細部のことは判らないが、この恰好だけはよく見える。

少年は、ふた通りの想像をした。一つは、自動車の中の人物がいつまでも居睡っていることと、一つは、この男が殺されているのではないかということだった。

牛乳配達人は白い息を吐きながら、二分間ばかり、眼を皿のようにして見つめていた。この間に運転台の男は微動だもしない。もし、睡っているのだったら、肩のあたりが呼吸ごとに少しは動く筈《はず》である。

少年は、急に自転車を廻すと、一散にもと来た道に走り出した。交番がその方角の近くにあることを知っているからだった。

行政区分からいえば、この場所は、東京都練馬区春日《かすが》町二の一〇五番地の路上であった。

交番の巡査の急報で、一時間後には、警視庁から捜査一課の人びとが現場に到着した。

自動車は、緑色ルノーの自家用車だった。

被害者は、なるほど、ハンドルに凭《もた》れかかるようにして俯向いている。しかし、少年が暗くて発見出来なかったものがそこにあった。男の頸《くび》には麻縄が三重に捲《ま》きついて、うしろで括《くく》られていたのである。被害者は、かなり上等のオーバーと洋服を着ていた。検屍《けんし》のとき、その洋服を調べると、財布が無かった。

車は自動的に停ったものである。つまり、ブレーキをかけて停車したままだった。

被害者は、年齢五十二、三歳くらい。髪は薄いが、黒ぐろと艶《つや》があった。縁無しの洒落《しゃれ》た型の眼鏡を掛けていたが、これは足下に飛んで、一方のガラスが壊れていた。

男に加えられた攻撃は、麻縄による絞殺だけではなかった。仔細《しさい》に見ると、後頭部にうすく血が滲《にじ》んでいる。そして、外から見ても明らかに判るように強く殴られた痕《あと》がある。

その攻撃の武器が何かは、この検証のときにすぐ判った。うしろの座席、つまり運転台のすぐ背後と後部座席との間に落ちている一個のスパナが発見されたのである。スパナにはうすい血と毛髪が二本ねばりついていた。また、被害者のものと思われる鳥打帽子も運転台の下に落ちていた。

鑑識係が座席から被害者を外に出し、検屍を行った。死後推定九時間乃至《ないし》十時間、つまり前夜の九時から十時の間の犯行と推定された。致命傷は、麻縄による絞殺である。犯人は、まず、運転台に坐っている被害者の帽子を叩《たた》き落すと、後頭部に一撃を与え、意識を失わせて、麻縄を捲き、止《とど》めを刺したと思われる。

なお、当然この場合見逃してはならないのは、ルノーの停っていた前方に立っている「工事中　通行止」の都の標識だった。

調べてみると、その道には道路工事は行われていなかった。従って、犯人はどこからかその標識を持ち出して、その道路上に置き、車を停めてから兇行を行ったものと見られた。

ルノーが自家用車であることから、自動車番号によって被害者の身元はすぐに確かめられた。いや、そういう煩しい手間をふむ前に、上衣のポケットからも被害者の名刺が出たのである。

それによると、本人は東京都中央区京橋二の一四　小田護謨《おだゴム》株式会社庶務課長草《くさ》村卓三《むらたくぞう》、五十四歳と判った。自宅は練馬区高松町二の一五八番地であった。つまり現場と自宅とは一キロとは離れていなかったのである。

死体現場からすぐに警視庁監察医務院に廻されて、解剖に付された。

そこでの所見も、大体、検屍のときと同じで、兇行時間は前夜の九時から十時の間にほぼ間違いないことが判った。ただ、ここでは被害者の胃の内容物が判った。カキフライに野菜の煮つけを食べている。消化の具合からみて、この夕食を食べたあと一時間ぐらいして殺害されたと推定された。これは、すぐあとに、被害者の妻や近所の人の目撃談から、大体、間違いないことが証明された。

もう一つ解剖のときに判ったのだが、被害者の黒い頭髪は、実は白髪染によるものだった。

被害者草村卓三の家族は、妻淳子《じゅんこ》四十歳と二人きりの生活だった。子供はいない。

警視庁の捜査員が草村宅に行ったのは、その朝の九時ごろだった。

このとき、妻の淳子は、顔を洗って、朝の化粧をしていた。

主人が昨夜から外出したままになっているのに、随分、落ち着いた奥さんだ、と捜査員は思った。

しかし、その事情はやがて判った。

捜査員が主人の災難を妻の淳子にいうと、彼女は、瞬間に顔を歪《ゆが》めた。

「あの女が殺《や》ったのかもしれませんわ。あの女を調べて下さい」

2

妻の淳子が、あの女を調べて下さい、と口走った理由は、すぐに判った。

その女というのは風松《かざまつ》ユリといって、被害者草村卓三の愛人だった。彼女は豊島区椎名《しいな》町三の一九五に一戸を借り受けて住んでいる。二十三歳で、草村卓三とは二年前からの交際だった。もっとも、この家に住まわせられたのが半年くらい前になる。元は銀座のキャバレーの女給をしていて、そこに遊びに来ていた卓三と出来合ったのである。

ユリは今でも、卓三の来ないときは、退屈凌《しの》ぎに友達が開いている池袋のバーで気儘《きまま》な手伝いをしていた。

淳子がユリのことを知ったのは一年前である。つまり彼女がまだキャバレーに働いているときから、夫卓三との間を嗅《か》ぎつけたのだった。

卓三が妻の反対を押し切って椎名町に一戸を構えさせてからは、淳子のユリに対する憎悪がさらに加わった。

警視庁の捜査員が卓三の変死を報《し》らせに行ったとき、あの女が殺《や》ったのかもしれませんわ、と淳子が口走ったのは、そのような因縁があったからだ。

もう一つ、彼女にそういわせた理由がある。卓三は、ユリを椎名町に囲ってからは、一週間に二晩ぐらいはそこに泊って来ていた。

しかし、現場検証や被害者についての調査が進むにつれ、妻の淳子が口走ったことは根拠のないことが判明した。

まず、卓三は財布を奪われている。妻の淳子に財布の中身はよく判らないが、卓三は平常二、三万円は持っていたから、そのときもそれくらいの金は入っていたでしょう、と答えた。小田護謨株式会社は大きくはないが、景気のいい会社だ。そこで庶務課長をしている草村卓三は、機密費もあって、かなりな収入があった。彼が以前からキャバレー通いをしていたのもそのためである。

その日の草村卓三の行動が、いろいろな調査の結果判った。彼は京橋の会社を午後六時前に出ている。いつもルノーに乗って自宅から通勤していたので、そのときもルノーで帰っている。

彼が練馬区高松町の自宅に帰ったのは七時二十分ごろだった。すでに暗くなっているが、ルノーで帰ったことは近所に目撃者がある。京橋からちょっと時間がかかっているようだが、折からのラッシュアワーで、それくらいはかかったであろうと見られる。

「夫が帰ったときは、わたしは家を留守にしておりました」

と妻の淳子が係官の質問に答えている。

「わたくしは、夫が必ず帰るとは限っていないので、その日、見たい映画があったので、六時ごろ家を出て、池袋に行き、××劇場に入りました。夫はそのあとに帰宅したのです。家を出るとき、わたしは戸締りをして出ますが、夫は合鍵《あいかぎ》を持っています」

この証言も付近の目撃者のいうことと一致した。

ルノーで帰った卓三が、自宅の玄関の戸に鍵を廻してごとごとといわせていたのを見た人がある。

「わたしは、昼食《ひる》のおかずにカキフライと白菜の煮つけを作りました。それを食器棚の中に入れて外出したのです。帰って見ると、食卓が出され、昼間に作ったおかずが食い散らされてありました。多分、帰宅した夫は、それを食べて、ふたたび出かけたものと思います」

この証言も被害者の解剖所見と一致した。被害者の胃袋からは、カキフライと野菜の煮つけとが出て来ている。

一旦《いったん》、家に帰った卓三は、妻もいないので詰らなくなったのか、それとも、チャンスだと思ったのか、一時間半ばかりして、つまり九時ごろに家を出かけている。

このとき、そのルノーと出遇《であ》った人がある。その人は近所の主婦だったが、卓三の家から十メートルぐらいの所で、彼の運転するルノーとすれ違った。眩《まぶ》しいヘッドライトが過ぎた瞬間、帽子を被《かぶ》っている卓三の姿がうす暗い外燈の光に見えたそうである。

卓三は、その時間、どこに行こうとしたのか。

それは、彼の車が停っていた方向によって大体の察しはついた。つまり、その道をまっ直ぐに行けば、愛人風松ユリのいる豊島区椎名町へ出るのである。

ここで彼は急に自動車をストップせねばならなかった。なぜかというと、発見当時にあったように、東京都道路工事の標識が立っていたからだ。ヘッドライトに映し出された標識を見た瞬間、彼はブレーキを踏んだのであろう。

むろん、この道には道路工事などはなかった。その標識は、調べると、そこから約七十メートル離れた別の道に立てかけてあるものをいつの間にかそこへ運んで来ていたのである。

卓三は、始終、自宅からその道を通って椎名町に行くので、彼とても前から道路工事があると判っていれば、そこに来る気遣いはなかった。だから彼は、突然、ヘッドライトに映し出された標識におどろいて車を停止させたのであろう。

待ち伏せた犯人は、その瞬間に車内に躍り込んで来たのだ。

こう推測すると、犯行はいかにも計画的であった。

問題は、犯人が果たして草村卓三を目標にしていたかどうかである。その道を通

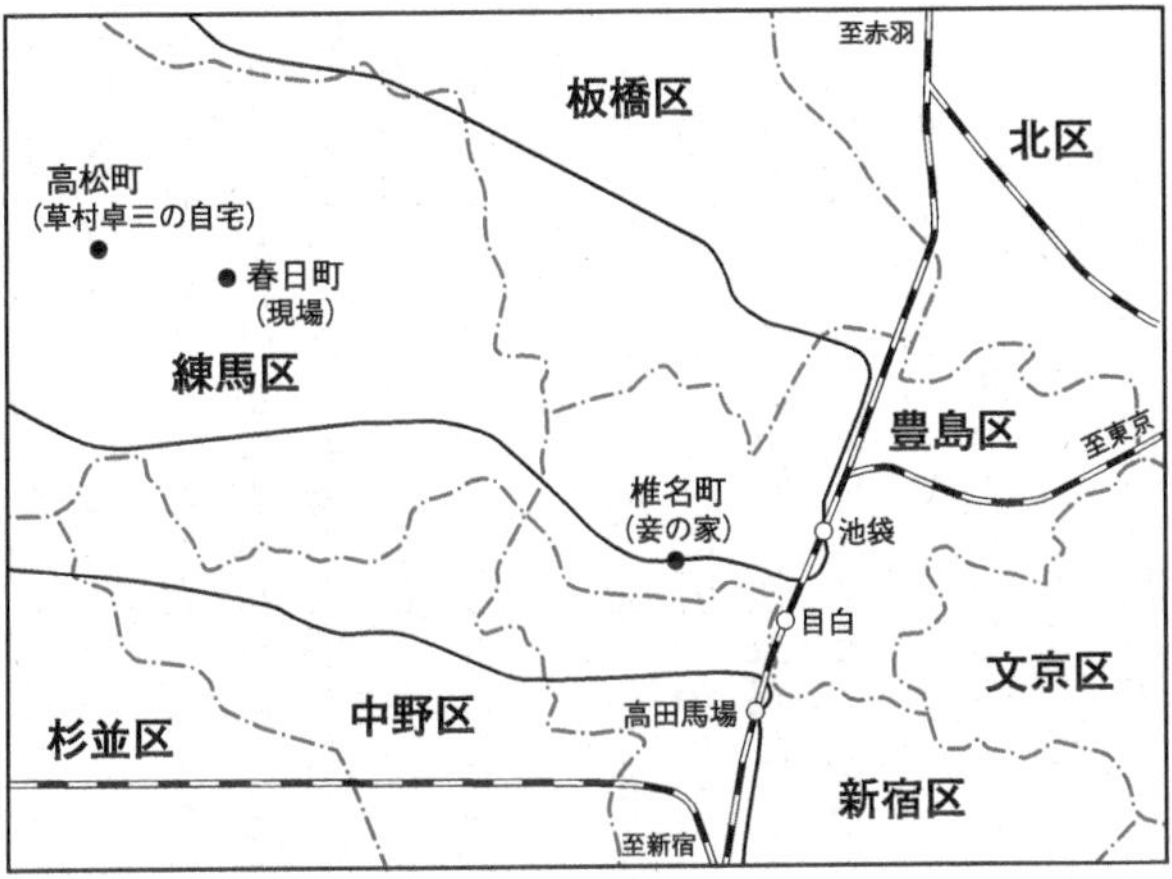

るのは草村だけとはかぎらない。だから、わざわざ道路標識をそこに運んでも、ほかの人間を止めることにもなるのだ。
この点を重視して、刑事は付近一帯の車の所有主を捜した。すると、午後八時半前には、その道路にそんな標識など出ていないことが判った。現に通過した車もあった。すると標識が持ち出されたのは八時半以後である。
これだと草村卓三を狙ったことになるが、卓三がその晩必ず椎名町の愛人宅に行くとはかぎらないから、これを計画的と呼ぶには、ちょっと差支えが生じる。卓三は家に帰ったが、妻が不在のために、偶然、椎名町に行く気を起しただけなのだ。
すると、犯人は、八時半以後通りかかる

自動車だったら何でもいい、それを停めて強盗を働くつもりだったのであろう。たまたま、卓三がそれに引っかかり、推定二、三万円は入っていたと思われる財布を強奪された結果にいたったのであろう。

指紋の点は厳重に調べられた。ところが、通行止の標識には指紋は一ぱい付いていたが、いずれも現場の工事の人夫のものばかりだった。従って、工事人夫が一番に取調べを受けた。しかし、そのいずれもが完全なアリバイをもっていた。

指紋といえば、犯人が殴ったと思われるスパナにも、自動車の車体にも、指紋は付いていなかった。

これで見ると、結局、犯人は手袋か何かを持って、まず、七十メートル離れた所から標識を運び、それに引っかかった自動車を襲ったということになろう。

しかし、刑事は単純な強盗説だけを取ったのではなかった。何といっても、被害者には複雑な婦人関係がある。被害者の妻が池袋の映画館に入っていたという裏づけも取らねばならない。

ところが、映画館に入っていたことは証明されたが、そのあとの淳子の行動はちょっと面白かった。これは逆に愛人風松ユリを取調べてから判ったことである。

風松ユリは、係官の質問に次のように答えた。

「わたくしは、その晩、カゼをひいて、早くからやすんでおりました。その晩は草村さんも来ない日でしたが、頭が重いので、いつも手伝いに行く池袋のバー『ハバナ』にも出ず、床に入っていました。ところが、あれは七時半ごろでしたでしょうか、突然、草村の奥さんが見えたのです。

お恥ずかしい話ですが、わたくしが草村の世話を受けるようになってからは、あの奥さんは物凄《ものすご》いヒステリーを起して、何度となくこの家を襲いました。はじめのうちは、わたくしのほうが悪いので謝ってばかりいましたが、それにしても、あの奥さんのいい方はあまりに酷《ひど》いので、しまいにはわたしも腹に据えかね、売言葉に買言葉というのでしょうか、つい、二人の間に口喧嘩《くちげんか》をはじめるようになりました。この家にも、わたくしが入ってから、たびたび襲って来て、犬だの、畜生だのといって罵《ののし》り、早くこの家をおん出て行け、これはお前のような女を飼っておく家ではない、などといい出す始末でした。あの奥さんはちょっと変っていて、大喧嘩をして帰ると、二、三日はおとなしいのですが、また思い出してくやしくなるのでしょう。押しかけて来ては、前の通りの大喧嘩になるのです。わたしたちの間にはときには、取っ組み合いをはじめることもありました。その晩も、奥さんは、いま申しましたように、七時半ごろに来て、十時過ぎまで、たてつづけに喚《わめ》いたり、罵ったりして帰ってゆきました」

3

草村の妻淳子は、はじめはいいにくいと思ってか、彼女がユリの所に押しかけたことは黙っていた。ただ、映画を見た、といっていたのだが、映画館には一時間といなかったわけである。

彼女は、七時ごろには映画館を出て、三十分後に池袋から近い椎名町の風松ユリの家を襲撃したわけである。この時間に淳子が訪問していた事実は、第三者によって確認された。

というのは、ユリの近くに住んでいる人が、午後七時半ごろ、玄関の戸を叩いている淳子の姿を通りがかりに見ている。

なぜ、近所の人が近くでもない淳子のことを知っていたかというと、淳子とユリとの喧嘩は、この近所で大評判になっていたからだった。

もともと、ユリがそこに越して来た当時から、彼女が囲い者であることは判っていた。草村卓三が三日にあげず、ルノーを横づけにし、ときには泊ったりしている。

次には淳子が押しかけて来て、ユリとの間に口汚ない喧嘩となる。その声がしばしば家の中から外に洩《も》れて、思わず立ち聞くような結果もあった。

ときには草村卓三も一緒に居合わすようなこともあり、女房の淳子を殴りつける音まで道に聞こえたりしたものだった。それに交る女の喚き声や泣き声は凄《すさ》まじいものだった。これは近所の評判にならずにはおかなかった。

だから、当夜七時半ごろ、淳子がユリの家の戸を激しく叩いていたのを目撃した人が、ははあ、またか、と思ったのである。またかと思うのにも理由《わけ》がある。ここ十日間ばかり、淳子の襲撃は一段と激しくなっていたのだった。

これを風松ユリの言葉でいうと、次のようなことになる。

「草村の奥さんは、十日前から、殊にわたしの家に押しかけて来るのが激しくなりました。そして、この間の晩などは、五万円ばかりをわたしの前に投げ出して、これを手切金にやるからすぐ出て行け、というのです。五万円の金も金ですが、これが草村さんから出されるのならば、わたくしも理窟《りくつ》が判ります。でも、逆上したあの奥さんから、乞食《こじき》にでもくれるように投げつけられては、わたくしも承知はできません。すぐに、その金を叩き返しました。その晩は、また大喧嘩です。そして、間一日は休みましたが、その次には、また形相《ぎょうそう》を変えてやって来ました。そして、草村と別れなければお前の顔に硫酸をぶっかけてやる、とか、毒を食べ物の中に入れておく、とかいって、それはそれは怕《こわ》い顔をして喚くのです。わたくしもこんな気性ですから、負けてはいません。つい、それにやり返す。向うはその言葉でいよいよ逆上《のぼ》せる、といった具合で大喧嘩がはじまるわけです」

係官は聞いているうちに、女二人のものすごい相剋《そうこく》の場面を想像した。

これを本妻の淳子に対して確かめると、言葉は違うが、その一切を認めた。但し、自分のほうに有利なように述べたのは当然である。

「あの女は草村を騙《だま》したのです。草村は、以前には、きちんとわたしに給料袋をくれていましたが、あの女が出来てからは、ろくに家に金も入れません。ほとんどユリに取られているんです。わたしはやっと食うや食わずのような状態でした。それに草村は、ゆくゆくはあの女と一緒になるつもりらしく、女もまたその気でいるから、わたしに対《むか》っても横着《おうちやく》な口の利き方をします。これで腹が立たずにおられましょうか。草村の帰りが遅いときや、帰って来ない晩など、じっと坐っていても、自分のむらむらとした気持を抑えることができません。それで、あの女の所へ押しかけて行くという始末になります。いいえ、凄い女ですよ。ちっともわたくしに負けていないんですから。かえってどちらが本妻か判らないような剣幕なんです」

さて、当夜、つまり三月二日の晩の七時半ごろ、淳子が押しかけて行き、ユリの家で二時間余に亘《わた》って口喧嘩を行っている。淳子が来ると両人の間の口論はいつも長い。時には三時間もつづくことがある。当夜も十時過ぎにやっと淳子がユリの家を出たのであった。

淳子がユリの家を出たときも、目撃者がある。これも、恰度、前を通りかかった近所の主婦が、おそろしく大きな音をさせて戸を閉めて出て行く淳子の後ろ姿を見ているのだった。

その人が呆《あき》れて淳子を見送っていると、一旦、閉められた戸ががらりと開いた。その主婦があわてて遁《に》げようとすると、ユリが戸締りか何かをするために開けたらしく、その主婦と顔をいやでも合わせる結果になった。そのとき、ユリは体裁悪そうに、また半分はくやしそうにいったそうである。

「ああ、あ、うるさい女《ひと》だわ。あんな奥さんだったら、草村でなくても、どんな亭主でも嫌いになるでしょうよ」

近所の主婦が挨拶《あいさつ》に困って、その捨台詞《すてぜりふ》めいた言葉を耳にしたまま遁げて来た、と訪ねて来た刑事に答えた。

とにかく、これで淳子が兇行の時間には敵《かたき》の風松ユリの所に行っていたことは確かとなった。

ユリの側からいえば、同じ時間に自宅で本妻とわたり合っていたわけである。つまり、二人は期せずしてアリバイが証明されたのであった。

警視庁では、所轄署に本部を置いて、この事件の犯人究明に全力を尽した。まず、第一は強盗殺人である。

このために、付近一帯の不良を対象に洗うことになった。流しという説もあったが、例の通行止の標識を持ち出している手口から見て、この辺の地理に明るい者という想定をつけ、ただ単に草村卓三を狙ったというのではなく、そこへさしかかった自動車なら何でも狙う計画だった、との見込みをつけてみたのである。

第二は、万全の策を取って、一応、草村卓三をめぐる痴情関係を洗ってみた。これは、すでに彼が風松ユリという女を囲っていることでも判る通り、ほかにも女関係があると推定された結果である。一人の女を囲った男は、ほかにも情事関係が考えられたからであった。

4

刑事たちは、草村卓三の勤めている小田護謨《ゴム》株式会社の社員について聞込みを行った。

そこでは十数人の人たちから事情を聴取したが、大体、皆のいっていることは一致していた。

草村卓三は、庶務課長としてそれほど有能な男でもなかった。彼がその地位に就いたのは、永い間勤めていたためのいわばトコロテン人事であった。しかし、草村卓三には妙な才能があった。

それは、彼が金の点についてひどく細かいことだった。当人が死んでいるので、会社の者も歯に衣《きぬ》を着せずに述べている。つまり、草村は、仕事の面はあまりぱっとしないが、金を取込むのに妙な才智をもっていた、というのだ。機密費と称するものも、半分以上は巧妙に草村が懐《ふところ》に捻《ね》じ込んでいたものらしい。これは会計のほうでいうことだったが、草村の切る伝票にも相当な誤魔化しがあった、と見ていた。

彼にユリという二号があることは、会社の誰《だれ》もが知っていた。社長も、風紀上、また金銭的な面から、それは面白くないので、そのうち当人に戒告し、それを聞かなければ退職させるつもりだった、といっていた。

とにかく、あまり評判はよくない。それに、こういう妙な貯蓄心のある男にかぎって、自分が出す金のほうは極度にしまっていた。庶務課長ともなれば、部下に十数人の人間がいる。これは、社の守衛だとか、雑役係だとか、掃除婦だとか、女給仕だとかいうのが包含される。

何かがあれば、こういう部下をいたわるためにも課長のポケットマネーが出るのが普通だが、草村卓三はめったにそんなことはしなかった。けちんぼう課長として、女給仕たちや守衛たちの間にはひどく評判がよくない。

もう一つ、草村卓三について変った特徴があった。

それは、彼がひどくお洒落《しやれ》なことである。事実は、髪がもう半分白くなっているのだが、彼はいつも白髪染を用いて、つやつやした黒髪を装っていた。それもポマードをつけて、いつも櫛目《くしめ》をきちんと見せている頭髪なのである。

草村は、昔は相当な美男子として騒がれたものだった。現在五十四歳になるが、そのときの名残《など》りがまだ残っている。

しかし、若いときの美男子が年を取って衰えたときほど哀れなものはない。曽《か》つての美貌《びぼう》には皺《しわ》が波立ち、皮膚がたるみ、衰弱が到るところに顕《あら》われている。

ところが、草村卓三自身は、まだ自己の美貌に自信をもっていた。これは滑稽《こっけい》な話だが、頭髪を黒く染めただけではなく、彼は淡い色の着いた眼鏡を掛け、ときには己れの顔に薄化粧を施したりした。

彼は、自己の顔にまだ自信満々であった。金銭については吝嗇《りんしょく》なくせに、まだ女事務員や女給仕たちをからかう。それも自分の美貌を信じ込んでいるのだから、彼女たちの表現によると「鼻持ちならなかった」のである。

こんなわけで、刑事たちは会社のなかで草村卓三の情事関係は発見できなかった。

彼は、また、妙なところで金を惜しむくせに、バーなどによく廻る。もっとも、金の使い方はそれほど派手ではない。

あるバーに行くと、そこでは、草村さんは一度もチップを置いたことがない、といっていた。女の子をテーブルに集めたがるくせに、女の子にハイボール一杯おごったことがない。呑《の》んでいるものもスコッチなどではなく、安物が多かった。

草村が金を惜しむくせに、そういう場所に行かざるをえなかったのは、彼の恃《たの》んでいる美貌を有効に利用するためだったようである。実際、若いころは、いろいろと女たちのほうから騒がれたらしい。その華やかな記憶がいつまでも彼から離れない。彼は、まだ、その気分が忘れられずに、バーを徘徊《はいかい》しているらしかった。

刑事たちは、草村が行くバーを四、五軒廻ったが、そのどれもがあまり高級な店ではなかった。そこでの草村の評判を訊《き》くと、女給たちの口はさんざんだった。

「いやらしい人だわ」

という一語が結論だった。

「あの人がニヤニヤしていると、寒気がするわ。あれ、一体、幾つだったの？　顔に化粧なんかしたりして、まるでゲイボーイの化物みたい」

「あの眼鏡だってナニよ。うす茶色の、変な色気のあるレンズをはめたりなどして。そして、あの眼鏡の奥から、いつもモノ欲しそうな眼つきでわたしたちをじろじろと見ていたわ」

モノ欲しそうに見ていただけではない。草村卓三は、どのバーでも女の子を口説《くど》いていた。そういう若いときの習性がまだ彼から離れなかったのであろう。どの店の女も口説かれない者はなかった。

「だれがあんな人を対手《あいて》にするもんですか」

と女給たちはせせら笑っていた。

「あの人が隅っこで色男ぶって坐っているのを見ると、妖気《ようき》が立ち昇ってるみたいだったわ」

という女の子もいた。

それなら、ユリは一体どのような気で草村卓三と結ばれ、彼の世話になるようになったか。

「ユリさんの気持が判らないわ」

とユリを知っている者は異口同音にいった。

「わたしだったら、どんなに攻められても、あの人の二号なんか真平だわ」

では、ユリは、曽ての朋輩《ほうばい》たちに草村のことをどのように洩らしていたか。刑事の問に彼女たちは答えた。

「あれが好きずきというんでしょうね。わたしたちは嫌《いや》で嫌でしようがないが、ユリさんはまんざらでもなさそうでしたわ。そりゃ自分から一緒になった人ですから、いまさらこぼしても仕方がないし、また、あの女《ひと》にだって見栄があったでしょうから、弱気を吐かないのでしょうよ。けれど、ユリさんはわたしたちほど草村さんを嫌っていないのだから、蓼《たで》食う虫というんでしょうね」

草村卓三もユリだけには財布を緩めていたらしい。でもなければユリがおとなしくいる筈《はず》がない、というのが曽ての朋輩たちの一致した意見だった。

なお、草村の妻の淳子がユリと物凄い喧嘩をしていることは、女たちも知っていた。

「ユリさんも、あの本妻には参っていたわ。物凄いヒステリーですってね。まあ、わたしたちからは鼻もひっかけたくない草村さんですが、奥さんにしてみれば、大事な旦那《だんな》さんですから、よその女に寝取られてくやしいんでしょうね」

「わたしだったら、そんな機会に、あんな男なんか、すぐ別れてしまうわ」

「でも、奥さんからすれば、何かいいところがあったんじゃない？　ユリさんにしたってそうよ。奥さんに押しかけて来られても草村さんから離れなかったところをみると、あれで、わたしたちに判らない、いいところがあるんでしょうね」

草村にはユリ以外に出来合っている女はいないのか、と訊くと、女の子はいずれも、とんでもない、という顔で失笑した。

「よっぽどの物好きでないと、あの人《ひと》のいうことを聞く者はいないでしょうよ。わたしたちの知ってる限りでは、そんな女は一人もいませんわ」

要するに、刑事たちの聞込みでは、草村卓三は、男からも、女からも、好感をもたれない人物だった。彼には第三の女がいるような形跡は全くなかったのである。

しかし、刑事たちは入念だった。草村卓三の財産や生命保険についても調査した。すると、草村卓三にはさしたる財産はなく、ほとんどの金を風松ユリに入れあげているらしいので、これといって残っているものはなかった。唯一の財産といえば、淳子が住んでいる彼の家と土地だけである。それも時価にすれば、せいぜい二百万円足らずの程度であった。

生命保険は、高額な保険会社のものには契約していず、ただ、郵便局の簡易保険だけであった。

5

捜査本部では最初、強盗説を取って極力洗ったが、何の手がかりも無かった。付近の道路工事の標識を動かして自動車を停めたところは、なかなか知能犯である。これはただの流しとは考えられなかった。しかし、極力、捜査を強盗説に集中して努力したが、本部は遂《つい》に、容疑者すら発見することが出来なかった。

刑事たちの間には、家庭の不和なところから妻の淳子を疑う者もいた。

ところが、彼女は、当時、午後六時ごろに自宅を出て、七時半ごろにはユリのところに行き、二時間半ばかり喧嘩をして、十時過ぎにその家を出ている。まず、時間的には犯行と一致しないのだ。即《すなわ》ち、次のような表となる。

六時ごろ、淳子、自宅を出る。池袋で一時間足らず映画を見る。(当局確認)

七時半ごろ、淳子、映画館から風松ユリの家に行く。(目撃者あり)

七時二十分ごろ、草村卓三、ルノーで帰宅。(目撃者あり)このとき、淳子留守。家で昼食の残り物のカキフライ等を食う。

九時ごろ、卓三、ルノーで外出。(目撃者あり)

九時から十時の間、卓三が殺害さる。

十時五分ごろ、淳子、ユリ宅を出る。ユリ見送る。(目撃者あり)

だが、ここに一つの仮定がある。

淳子が七時半ごろユリの家に行って、十時過ぎにその家を出るまでの二時間半、彼女が途中から抜けてユリの家を出た、という仮説である。

これだと淳子の犯行はあながち不可能なことではない。つまり、彼女がユリの家を八時ごろ出て急いでタクシーを拾って、椎名町から高松町の自宅に取って返す。それはまだ夫の卓三が家に居るときだった。彼女はこっそり車の中からスパナを取り出し、家の中に忍び入り、いきなり卓三の後頭部を殴る。そして、麻縄で首を絞める。……

いやいや、それは駄目だ。殺す手段はそれでいいとして、卓三がルノーを運転して、九時ごろ自宅付近を通過しているところを近所の人が見ている。卓三は生きて家を出たのだ。

それなら、表に停っている自動車に彼女がこっそり忍び入り、運転している卓三の後頭部を、あの現場にさしかかって来たときに殴りつけたとしたらどうか。その前にあの標識を彼女が運んで置いたとする。卓三は、標識を見て車を停止させる。その瞬間を淳子が狙《ねら》うのである。

犯行を済ますと、ふたたびほかの道に出て、通りがかりの流しのタクシーを拾い、椎名町のユリの家に取って返す——という方法である。

しかし、この場合は、偶然性に頼らねばならない。つまり、問題は道路工事の標識である。これを仮りに淳子があらかじめよそから運び移して現場に立てたとしておく。すると、彼女は、夫が九時ごろに家を出てその道を必ず通るということを想定していなければならないのだ。

だが、刑事たちの調査によっても、日ごろ、卓三の帰宅はひどく気まぐれであった。彼は夕方の六時に社から帰ることもあれば、九時に帰ることもあり、夜中の二時、三時に帰ることもある。

また仮りに、七時半に帰って九時に家を出かけることが予見されたとしても、彼がルノーをその道に必ず運転して通るとは限らないのである。ユリの家に向う道は、必ずしもそこだけとは限らない。

そうなると、淳子は夫とある約束をして、夫が七時半に帰宅するようにさせ、さらに九時ごろ家を出かけるというような、必然的な手段をあらかじめ講じていなければならないことになる。

しかし、どうもそれは無理だ。淳子と夫卓三との仲は極めて悪い。そんな都合のいい約束を卓三が承知する筈はないのである。また、どのような理由を考えても、そのような約束の口実はちょっと見つからない。例えば、卓三は家に帰って昼の残りのカキフライで晩飯を食っている。これなどは卓三に外出の意志のなかったことを思わせる。彼が九時ごろにルノーで出かけたのは、妻がたまたま不在なのを知って、気を変えて外に出る気になった、と解釈したほうが自然なのだ。

さらにこの仮説の欠陥は、もし、淳子がユリの前から一時中座したとなれば、ユリがそのことを刑事たちにいわぬ筈がないのだ。憎んでも余りある淳子が途中で外出したとなれば、それこそ彼女に夫殺しの嫌疑をむける絶好の告げ口ではないか。

しかも、ユリは係官に、「十時過ぎまで淳子にねばられて困った」と述べているのだ。

一方、ユリの犯罪として考えてみる刑事もいた。

草村卓三の殺されたのは、九時から十時の間である。従って、その前後の時間は、一応、除外して考えてみる。

この九時から十時の間は、ユリも淳子の執拗《しつよう》な襲撃に遭って座が立てなかった筈だ。しかし、その刑事は妙なことを考えた。淳子に出した茶碗《ちゃわん》の中に軽い睡眠薬を入れておくことだ。淳子はそれを飲んで睡《ねむ》る。そのすきに、ユリはこっそりと外出する。

そして、淳子が眼を醒《さ》ますまでに帰宅するという方法だ。

これだと淳子はユリの外出を全然気づかず、自分がついうとうとと睡ったという程度に済むのではなかろうか。

淳子が睡っている間に脱け出したユリは、あの現場にあの時間に来るように、卓三と前もって約束しておく。そして、卓三の車が予定通りに来たとき、当然、卓三はユリを認めて自動車を停める。ユリは、卓三の車に乗り込み、後部座席に坐る。

そして、発車前に一撃を喰わすのだ。卓三が、気を失ったところを後ろから麻縄を頸《くび》に捲《ま》き、止《とど》めを刺す。

問題の工事中の標識は、そのあとで彼女が自動車の前に運び、あたかもそのために車が停車したように見せかける。それから、急いで椎名町の自宅に帰ったときは、まだ淳子は睡っているという寸法だ。——

なるほど、車がそこで停止することと、卓三がその時間その道に通りかかることの必然性は、それで解決がつく。だが、何といっても、淳子が睡っていることを自身で覚えぬわけはない。刑事の質問の際、あの女《ひと》から睡眠薬を飲まされて一時睡っていた、と申し立てる筈なのだ。

さらに、もう一つの不合理がある。車に乗せたとき、運転する者の心理としてすぐに発車するものだ。スパナでうしろから殴ったときは、すでに車は進行しているとみなければならない。これも現実と合わない。

最後に目撃者の証言で、刑事たちに不審を起させたことが一つあった。

それは、卓三が九時ごろルノーで家を出るときに、近所の人が見かけていることだ。が、その人は正確に卓三の顔を見たのではなかった。薄暗い外燈の光の中で、鳥打帽を被った卓三らしき人物を見たと証言しているに過ぎない。

それも、自動車は走っているのだから、ほんの一瞬の目撃だった。多分、目撃者はルノーが卓三のものだし、卓三の家から出たことだし、運転していた者が鳥打帽子を被っていたというだけで、すっかり彼と決めてしまったのだろう。

ここに罠《わな》があるかも知れない、と刑事たちは思った。つまり、誰かが鳥打帽子を被って、オーバーの衿《えり》を立ててさえいたら、暗い瞬間の目撃では卓三と間違われ易いのだ。犯人はそれを計算して狙ったのかも知れない。もし、それが女だったとしても、鳥打帽子とオーバーの衿が、長い髪毛を隠すであろう。

こう考えて、刑事たちは淳子とユリをこっそり調査したが、二人とも自動車の運転はできないことが分った。だから、この線もつぶれてしまったのである。

さらにもう一つは、第三者を使っての共犯である。しかし、この点は、捜査本部が極力聞込みを行って、その線のないことが判った。結局、本部では、物盗りの強盗説に一致し、犯人検挙に到らず、捜査本部を解散することになった。

話は前にかえるが、殺された草村卓三の葬式には、遂に、ユリは姿も見せなかった。これは、たとえ彼女が来ても、淳子が敷居から入るのを許さなかったであろう。当夜、刑事たちは、参会者のなかに事件に関係のあるような妙な素振りの者はいないかと張込んでみたが、そのことの発見もなかった。

捜査本部は四十日あまりで解散されたが、同時に、そのころ、淳子もその家を他人に売って、どことなく移ってしまった。

また、風松ユリも、ふたたびキャバレーの女として元の店に舞い戻った。

「つまらない目に遇《あ》ったわ。半年の間、バカバカしい夢を見たようなものよ。でも、あの人のために一生を棒に振らなくて済んだのが、せめてもの幸いだったわ」

彼女は朋輩にそう話した。

6

それから二年経った。

その間に、本妻と妾《めかけ》に絡む三つの犯罪事件があった。どれも新聞に載るほど大きな事件だった。

一つは、本妻が妾の家に乗り込んで乱暴を働き、重傷を負わせたことである。

一つは、本妻が同じく愛人のアパートに忍び込んで、折から就寝している夫と愛人とをめった打ちにし、逆に夫から殺された事件である。

あとの一つは、妾が本妻の家に乗り込み、その眼の前で服毒した面当て自殺事件である。

とにかく、本妻と二号というのは、凄《すさ》まじい相剋《そうこく》を演じるものだ。……

風松ユリは、ある早春の夜、ガス自殺をした。

彼女は、その後、新しい愛人を得て、しばらく同棲《どうせい》していたが、その男に捨てられ、世を儚《はかな》んで命を絶ったのである。

自殺となると、警察署の取扱いとなる。所轄署から係官が行って、監察医と共に現場を検証した。このとき、係官の耳に妙な話が入った。

ユリの死体を発見したのは、アパートの管理人だった。それが午後の十一時ごろである。

葬式は、翌々日の午後三時に出棺した。

交番の巡査の耳に入った噂《うわさ》は、この葬式の出る直前のことだった。

管理人の話では、ユリが自殺した翌日の午後十一時四十分ごろ、一人の中年の婦人が訪ねて来て、ユリの遺書はないかと、しきりに訊いていたという。

事実、ユリには遺書があった。それは、捨てられた男に対する恨みに満ちた文句だった。

だが、その女は、ほかにも遺書はないかと、尚《なお》も執拗に訊《たず》ねて、それが無いことを確かめると、安心したように引揚げたそうである。

「わたしはユリさんの親友です」

と、その女は管理人にいい、

「ユリさんはほかに何か遺書を書いてる筈《はず》です」

といってはじめは頑張っていたという。

管理人は、その女をいままで見たことがなかったのだ。

この話は、曽つて捜査本部を置いた所轄署の刑事の耳に伝わった。所轄署の刑事課長は部下の報告を受けて、はっと胸に来るものがあった。

年齢、人相を聞いて、それは間違いなく草村卓三の妻淳子である。

淳子の行方が追求された。すると、彼女は、新宿裏で小さなおでん屋をしていることが分った。彼女には年下の同棲者があった。

なぜ、淳子がユリの自殺を知って執拗に遺書のことを聞いたのか。

ユリの死は、多分彼女の朋輩から逸早《いちはや》く聞いたものであろう。淳子はおでん屋をしているので、銀座のキャバレー帰りの女給たちもその店に立寄る。その中には曽っての彼女の前夫とユリとの関係を知っている者があり、ユリさんは昨夜自殺したわ、というような話を淳子は聞かされたに違いない。

何のために遺書を求めたか。

淳子は、ユリの自殺を感違いしていたのではないか。彼女の自殺の本当の原因は男に捨てられたのだが、淳子にしてみれば、ユリが別の理由で自殺したと取ったのであろう。

これだけのことが推定出来ると、あとは霧が晴れたように何もかも明瞭《めいりよう》となった。

刑事課長は、すぐ淳子に対する殺人罪の疑いで、自信をもって判事に逮捕状を請求した。

7

「何もかも申し上げます」

淳子は蒼《あお》い顔をして取調べの係官の前で供述した。

「夫の卓三を殺したのは、わたしとユリさんの共謀です。二人で一か月前から相談して計画を練っていたのです。

夫の卓三は、わたしの口から申すのは妙ですが、ほんとに嫌な男でした。ああいうのが男の屑《くず》とでも申しましょうか。

利己的で、わが儘《まま》で、そして執拗《しつよう》で、残忍なのです。その上、大そうけちんぼでした。

わたくしは若いときから夫に苦しめられました。始終、女出入りがあって、どれだけ泣かされたか判りません。それが年を取っても一向に改まらないのです。さすがに以前《まえ》ほどではありませんが、しかし、雀《すずめ》百まで踊りを忘れないといいますから、始終、女に手出しばかりしていました。

年取ってるくせに、若く見せるために白髪染をつけるのはもちろん、近眼でもないのに、うすい色のついたしゃれたかたちの眼鏡を掛け、ときには薄化粧をするといった嫌な男です。これはわたしが何度いってもやめなかったのです。

そんなことをするくせに、ひどい吝嗇《りんしょく》なのです。自分はたっぷり金を持っていて、私には僅《わず》かしか生活費を渡してくれません。ユリさんと出来たのは、死ぬ二年前からですが、わたしも当時は腹を立てました。殊に、ユリさんが椎名町に一軒持ってからというものは、わたしも何度かユリさんのところに直接押しかけ、大喧嘩《おおげんか》をしたこともあります。それは嘘《うそ》ではありません。そのときは、本気にそういう喧嘩をしたのです。

ユリさんは、はじめは夫がそれほどうとましいとは思わなかったそうです。金を出して貰《もら》って一軒の家に入ったのも、まるきり嫌な男だったら、そういうことを承知しないでしょう。ユリさんも、夫の性格がどのようなということを知らずに、誘惑に負けたのです。

　もっとも、これはあとで聞いたことで、はじめは気狂いのようにわたしもユリさんに食ってかかり、ユリさんも勝気な女《ひと》ですからわたしに負けてはいませんでした。ユリさんの家の近所の者が外に立って聞耳を立てるほど、大きな声で喧嘩をし、ときには摑《つか》み合いなどいたしました。

　わたしは夫がだんだん嫌になっていました。それなら、すぐ夫と別れたらよさそうなものですが、実は、別れ話を持ち出しても夫はそれを承知しなかったのです。夫は表面ではあのような色男ぶっていますが、あれでなかなか暴力を振うのです。わたしが別れたいといっても、絶対にお前とは別れない、ユリとも別れない、おれから離れてみろ、どんな仕返しをするか判らない、といって、わたしを殴ったり蹴《け》ったりするんです。あれで物凄《ものすご》い力を持っていました。そして、そういう男に持ち前の執拗な陰険さも隠し持っていました。

　実際、夫の心理になったらどういうのか、解釈がつきません。わたしが遁《に》げたら、堂々とユリさんと一緒になれるので、これほど本望なことはないと思われますが、夫にはそういう気がないのです。といって、夫はわたしをそんなにしてまで引き止めるほど可愛がってるわけではありません。ああいうのは一種の気狂いとでもいうのでしょうか。

わたしは、何度、黙って家を出ようかと考えたかしれません。しかし、その都度、夫の恐ろしい眼つきが眼に泛《うか》び足がすくみます。あの男は、どこまでもわたしの隠れ先を突き止めねばおかないような、そんな執念を持っているのです。そして、一旦《いったん》、見つけられたら最後、自分がどんな目に遇うかもよく判っていました。実際、夫はわたしを威《おど》かすつもりか、匕首《あいくち》など取り出して、わたしの頬《ほお》に当てたりするようなこともありました。いえ、威かしではありません。実際、そんな目に遇った者でないと判りませんが、そのときの夫の眼つきは、本気にそれをやりかねないような狂気じみたものが光っていました。

ユリさんにしてもそうです。わたしとの喧嘩でもいい加減クサクサしてるところに、だんだん夫の嫌な性格が判ってきたのです。ユリさんのほうから、たびたび、別れ話が出たに違いありませんが、夫はそれを許しませんでした。ユリさんの場合は、わたしよりももっとそれがひどかったと思います。なにしろ、年も若いし、わたしよりきれいだから、夫が許す気遣いはありません。

と、いって、ユリさんに金をたっぷり渡すというのでもないのです。毎月、ほんのわずかしか与えていないのです。ああいうのが根っからのケチン坊でしょう。これで若い女が辛抱できる筈はありません。私は以前に、夫がユリさんに金を捲き上げられているというようなことを述べましたが、あれはユリさんと仲の悪いところを誇張するためにいったのです。実際はホンの小遣い銭程度にしかユリさんにはやっていないのです。

ユリさんも、何度遁げ出そうかと思ったかしれないと、あとでわたしにうち明けました。が、やはり夫が怕《こわ》くて遁げ出すことも出来ず、いやいやながら辛抱をつづけていたそうです。

こういうことは世間の人には判りません。世間から見た目では、夫を間に、わたしとユリさんとが、始終、争ってばかりいるように映ったことと思います。

そのうち、ユリさんには新しい愛人が出来たようです。ところが、夫はそれをうすうす感づきだして、余計にユリさんに執念を持ちました。そして、おれのところから出て、ほかの男と一緒になってみろ、二人とも命はない、と威《おど》かしたそうです。どんなに隠れてもきっと探し出して、恐ろしい仕返しをする、といいつづけていたそうです。実際、それもあの夫の眼を見ると威かしでも何でもなく、本気にそれをやりかねないと思わずにはおられません。

ある日、ユリさんがわたしをこっそり訪ねてきて一切をうち明けました。愛人が出来たことも、そして夫のところから別れたいことも。このときです。わたしも夫から遁げたいという気持が猛然と頭を擡《もた》げました。不思議なものです。ユリさんが愛想をつかすぐらいだから、自分だってとうに愛想をつかしているのだ。ユリさんだけが遁げて自分だけがいやな夫の傍に残るということに、悩みを感じたのです。

これが、ユリさんがあのまま夫の傍に辛抱していたら、わたしも夫から是が非でも離れるという決心はしなかったでしょう。けれど、対手《あいて》の女が遁げるとなると、なにもわたし一人があの嫌な男のところに居残る必要はない。いえ、それよりも、取り残される自分ひとりにやりきれなさが起ったのです。いわば、相棒がうまく遁げ出したから、わたしも地獄から遁げたくなった、とでも説明出来ましょうか。

わたくしだってまだ四十です。このまま、ずるずるとあの男の傍にいて年老いてしまえば、それこそ取返しがつかなくなります。遁げるなら、今のうちです。ユリさんが遁げるなら、わたしも一緒に遁げよう、という気になったのです。こう申しますと、もう、ほぼ、お分りでしょうが、わたしにも新しい生活に入りたい動機があったわけです。それが夫ひとりのために封じ込められて、みすみす残りの人生の希望を踏みにじられるかと思うと、たまらなくなってしまいました。ユリさんにしても同じことです。夫がいるばかりに、自分の前途が塞《ふさ》がれているわけです。

こんな気持に二人とも同時になったといいましょうか。とにかく、それでは、二人で夫の卓三を殺してしまおう、ということになりました。

その場合、よほど綿密に計画をしなければなりません。それに他人を入れては、いつ、破綻《はたん》が起るか判らないので、計画はあくまで二人だけでやることにしました。といって、わたしたちは女です。それに、卓三は人一倍力が強いので、万一、やり損えば、どんなことにならぬともかぎりません。二人は、それこそ、薄氷を踏むような思いで計画を進めました。

ただ、どちらがやったということがバレてはならないので、幸い、いままで二人が仲が悪かったことを利用し、一緒にやったということを誰にも気づかせないように工夫しました。

あのことの起る一か月前から、わたしはユリさんのところに押しかけるのが多くなりました。ユリさんもわたしが行くと、大きな声を出して罵倒《ばとう》をはじめます。わたしはヒステリーを装って、気狂いじみた声で喚き散らす。その辺にある物を手当り次第に取って投げつける。まあ、そういったお芝居をはじめるようになりました。世間の人は、少しもそれを疑いませんでした。もともと、はじめは本気に仲が悪かったのですから、途中でそういう計画になったとしても、誰が気づきましょう。本妻と二号とは、もともと、犬猿《けんえん》の間なのは当然です。この心理の盲点を利用しようと思ったわけです」

8

淳子の供述。——

「この夫を殺さねば、わたしたちは二人とも遁げることが出来ません。遁げたとしても、どこまでも彼に追いかけられ、見つけられたときこそ、いよいよ、本当の破滅です。

わたしたちの計画は、いきおい真剣にならざるを得ませんでした。

当日のことを申し上げます。

その前の日、わたしとユリさんは、ユリさんの家で例の大喧嘩の芝居をしながら打合わせを進めました。その結果、これはユリさんの知恵ですが、まず、夫を殺すには自動車《くるま》の中でやろう、ということになりました。

はじめは、ユリさんの家か、わたしの家かで、二人がかりで不意に襲おう、ということを決めましたが、力の強い夫のことですから、ちょっとやり損えば、かえってどんなことになるか判りません。それに近所のことがありますので、大きな音がしたり、呻《うめ》き声が起ったりすると、これもすぐに気づかれそうです。結局、車の中だったら、夫は運転台に対《むか》ってうしろ向きになっているので、そこを背中から襲撃すれば造作《わけ》はないだろう、ということになりました。

さて、それからどうするかということになりますが、結局、夜の暗い道に行動を取ることにしました。幸い、わたしの家の近所は畠が多く、少し人家を離れると外燈もなく、真暗です。殺すにはこういう場所以外にない、と決めました。

夫の帰宅は決まっておりません。前にもお訊ねのときに申しましたように、六時に帰ることもあれば、また、夜中に帰って来ることもあります。それで、この夫をどのようにして捕えておくかが、まず難問でした。

それには、ユリさんが一役買うことになりました。つまり、ユリさんが、前の日、夫と打合わせをして、七時半ごろ、必ずわたしの家に帰って来るように仕向ける、というのです。

その工夫というのは、わたしとユリさんとの間のゴタゴタがつづくので、ユリさんが、この際、すっきりした解決をしよう、それには三人で話し合おう、という相談を夫に持ちかけたことです。夫の卓三は、はじめのうちは、そんなことはどうでもいい、といっていたそうですが、結局、ユリさんのいう通りになりました。まず、話し合いはわたしの家で行うことになり、ユリさんが七時半まではわたしの家に来るということになったのです。

このことは、翌朝、夫が早速わたしにいいました。今夜、ユリがここに来るから、お前もちゃんと家にいろ、おれも七時半ごろまでには必ず帰って来る、そして三人でこの際話し合おうではないか、というのです。もとより、わたしも喜んでそれを承知しました。こうして、夫は必ず七時半に帰るということが決まりました。

わたしは六時ごろから家を出ました。そして、池袋に行って一時間ばかり映画を見て、それからユリさんのところに廻ったのです。わたしがユリさんのところの戸を叩くのを、近所の人が目撃しています。これは、殊さらわたしが大きな音を立てたので、通りがかりの人が気づいたわけです。七時半にはわたしがユリさんのところに行ったという証言を作ったので、あとになってずっと有利になりました。

夫は、多分、わたしがいるものと思って帰宅したのです。けれども、案に相違して留守なので、合鍵《あいかぎ》を使って中に入り、しばらく、わたしの帰りを待ったことと思います。そのうち、腹が空《す》いたのか、昼に作ったカキフライをおかずに御飯を食べたようであります。

一方、ユリさんは、わたしと話してる途中にこっそりと家を脱け出して、高松町のわたしの家に行ったのです。それから三十分ばかりして、わたしもユリさんの家を出ました。女二人で出ると目立つし、ばらばらに行ったわけです。幸い、暗い裏口から出たので、誰にも見咎《みとが》められずに済みました。

ユリさんが人眼にかくれてわたしの家に着いたとき、卓三は、ユリさんやわたしの帰りを待って、新聞か何かを読んでいたそうです。ユリさんは、そこで夫と話をはじめました。夫の卓三は、女房のやつがどこかへ行っていないからこうしているのだ、といいました。すると、ユリさんは、とんでもない、奥さんは今わたしの家に来て、がみがみと、いつもの調子でどなっています、あなたは三人でここでおとなしく話をすると約束しておきながら、奥さんだけ寄越すのはどうしたわけか、と難詰したそうです。

すると、卓三も怒って、よし、それなら、早速、これからお前の家に行こう、女房をとっちめてやる、といって、すぐ出る支度をしました。

こうして家を出た夫は、ルノーの運転台に乗り、ユリさんは後部の座席に乗りました。幸い、二人が車に乗るところは誰にも見られませんでしたし、ユリさんは座席に身体を横たえて窓の外からは分らないようにしました。

このことが幸いして、出発して十メートルばかり行ったところで近所の人が自動車に遇ったとき、運転している夫だけを見たというわけです。

わたしはユリさんと打合わせをして、春日町の例の場所に立っていました。ユリさんが夫にその道を行くようにいったのです。こうして何も知らない夫は、ルノーをわたしの立っている地点まで走らせて来ました。

わたしはヘッドライトの前に飛び出しました。夫もわたしの姿を見てあわててブレーキをかけ、停車をしました。

その瞬間がかねての打合わせの実行のときでした。

ユリさんは用意して持っていたスパナで、停車と共に夫の後頭部を力いっぱい殴りつけました。夫は、がくりと倒れました。しかし、完全に意識を失ったというほどではありません。ふらふらになりながらも、物凄い形相《ぎょうそう》で運転席から起《た》ち上ろうとしました。そこへ乗り込んだわたしがライトを消し、ユリさんと一緒に麻縄を夫の首に捲き、二人がかりで力いっぱい絞めつけたわけです。さすがの夫も、五、六分くらいで完全に呼吸が止りました。それを見届けたうえで、ハンドルの上に夫の顔を俯伏《うつぶ》せにして、わたしたちは車を降りました。これが大体九時過ぎだったと思います。

そのとき、一つの小細工をしました。それは、自動車がそこに停っているのは、あとで不自然な印象を与えます。そこで、これも前から考えて計画に入れていたことですが、その地点の近くで道路工事をやっていて、通行止の標識が出ております。これを車の前に置いたのです。すると、誰が見ても、その標識のために車が停止したと思います。それから、死んだ夫の懐《ふところ》から三万円入の財布を取出したのです。こういうふうにすると、自動車強盗がわざと標識を使って通行中の車を停め、財布を盗《と》って遁げたと、誰でも考えます。これは思う通りに行きました。警察でも強盗説を有力な線にして捜査をされました。

なお、このとき、二人とも指紋のことを考えて手袋をはめておりました。それから、ユリさんの使ったスパナは他所《よそ》のものですが、夫のルノーに付いたものと取替えて現場に残し、本物は途中の川の中に捨てました。あとで、私は兇器のスパナを見せられたとき、夫の使っていたものだと証言しておきました。

わたしたちはまたばらばらになって、目立たぬようにユリさんの家に帰りました。

家に入るときは、二人は近所に気づかれないように、二分位あいだをおきました。二人ではじめて明るいところで顔を見合わせましたが、あのときは何ともいえない気持でした。ユリさんも眼を吊《つ》り上げて真蒼《まつさお》です。わたしも身体がふるえていました。

それは、いま人殺しをして来たという怕《こわ》さと、もし、万一、夫が息を吹き返したら、という惧《おそ》れもありました。

とにかく、計画どおり、十時過ぎにわたしはユリさんの家から出ました。このとき、近所に聞こえるように、ことさら戸をガタピシと大きな音を立てて怒ったようにして出ましたが、幸いにも通行人があってそれを見られたようです。

その晩は、まんじりともしないで床の中で起きていました。いまも申しました通り、いつ、夫が生き返って戻って来るかしれない、という惧れでぶるぶるふるえていました。夜が明けたときは、本当にほっとしました。いままでに帰って来なければ、もう、大丈夫なのです。

朝の九時過ぎでしたか、お巡りさんが来て、お宅の主人が殺されている、と聞かされたとき、わたしは、ユリさんが殺《や》ったのではないか、とわざと口走りました。こうしておけば、二人の共謀とは見られないわけです。そして、世間では誰もが、わたしとユリさんとの間が仇敵《きゅうてき》のように憎み合っているので、お互が対手の有利な証言をする筈《はず》がないと思い込んでいます。ですから、犯行の時間、二人であの家でいがみ合っていたということが、自然に二人とも完全なアリバイになったというわけです。これも初めから計画の中に入っておりました。

それからあと、わたしたちは慎重に行動しました。当分の間、決して二人では逢《あ》わないこと。そして、いつまでも憎み合っている状態をつづけることを決めたのです。ですから、夫の葬式のときにもユリさんは来ませんでした。

そのユリさんはしばらくして、希望どおり、新しい愛人と別な生活に入りました。わたしも夫の三十五日が過ぎると、その家を売って、新宿のほうに引越したわけです。女ひとりですから、そんな因縁つきの家に永くいなくても、誰も怪しむ人はありません。

新宿ではおでん屋を開きましたが、そのときの気持のなんとせいせいしたことでしょう。ほんとに、永い間の憑《つ》きものが落ちたような気持がいたしました。嫌で嫌で仕方のない男からようやく離れて、自由な空気が吸えたわけです。人を殺した罪の意識はないではありませんでしたが、それにも増してこの自由の歓《よろこ》びは大きくございました。

わたしは小さなおでん屋をはじめました。それは、あの家を売った資金ではじめたのですが、そのうち、かねてわたしに好意をもっていた年下の男と一緒になりました。ほんとに以前のことを思い出すと、あのときは地獄でした。新しい生活に入ると、余計にそれを感じるのです。夫を殺したことは少しも後悔をしていません。

　ずっとあとになって、ユリさんとも二、三度は逢ったと思います。わたしの店は新宿で、夜遅くまで営業しておりますので、午後十一時半までがカンバンの規則《きまり》となっている銀座のバーやキャバレーの女の子が、帰りがけに店に立ち寄ったりします。そのなかで、わたしの亡夫とユリさんのことを知っている女の子が何人かいたわけです。女の子も、まさかわたしたち二人があの大《だい》それた犯行をやったなどとは夢にも思いません。ただ共通の知り合いとして、ときどき、ユリさんの話が出ておりました。

　すると、あの晩のことです。その女の子が店に寄って、おばさん、ユリさんが自殺したのを知ってる？　と訊きました。わたしはびっくりしました。えっ？　といって、思わずその女の子の顔をのぞき込みました。あら、知らないの？　ユリさんはね、昨夜十一時ごろ、睡眠薬を飲んで自殺したわ、なんでも、明日が葬式だそうよ、というのです。何で自殺したの？　とわたしはふるえそうな声で訊きました。

それは女の子にはほんとに判らないらしいんです。さあ、そうなると、わたしも気が気ではありません。ユリさんが突然自殺したのは、てっきり、卓三を殺したことを苦にしたのだと思ったのです。

いや、そうでないかもしれない、という気持もありましたが、やはり、気になるのです。なぜかというと、もし、そうだったら、ユリさんは遺書を書いているに違いありません。遺書には卓三を殺した顚末《てんまつ》を書き遺《のこ》し、懺悔《ざんげ》の文章を書き綴《つづ》っていると思ったからです。そうだとすると、わたしのことも当然に書かれています。いえ、わたしの名前が書かれなくとも、その遺書が警察の手に入れば、当然、わたしにも疑いがかかって来ます。いろいろな矛盾から、ユリさん独りで犯行をやったのではないことが警察にも判るわけです。

わたしは、何とかしてその遺書を取り返そうとしました。一刻も猶予はできません。もし、他人にその遺書が読まれたら、もう、それでおしまいです。いても立ってもいられなくなったわたしは、その場から早速ユリさんのところに駆けつけたのです。ユリさんのアパートはその前に逢ったときに聞いておりました。

けれど、あの事を書いた遺書はありませんでした。ユリさんは男に捨てられたことを恨んだ遺書だけを遺していたのです。

わたしがあんな不安を起さずに、死んだユリさんの枕元《まくらもと》を騒がすようなことさえしなかったら、わたしたちの犯罪は誰にも知られずに済んだでしょう……でも、あのときは、どうしてもそうせずにはおられなかったのです。ユリさんが一切を告白した遺書を残したような気がしてならなかったのです。他人の眼のふれないうち、一刻も早くそれを奪い取りたかったのです。心配で心配でたまらなかったのです」

第六話　確　証

1

大庭章二《おおばしょうじ》は、一年前から、妻の多恵子《たえこ》が不貞を働いているのではないかという疑惑をもっていた。

章二は三十四歳。多恵子は二十七歳だった。結婚して六年になる。

多恵子は、明るい性格で、賑《にぎ》やかなことが好きである。これは、章二が多少陰気な性格だったから、妻がかえってそうなったのかもしれない。人と逢《あ》っても、章二は、他人がちょっと取りつきにくいくらい重苦しい雰囲気を持っていた。人と逢《あ》っても、必要以外には話をしない。自分では他人の話を充分に聞いているつもりだが、相槌《あいづち》もあまり打てないので、対手《あいて》には気難しそうに見えるのだった。何人かの同僚と話し合っていても、彼だけは気軽に仲間の話の中に入ってゆけなかった。また、好き嫌いが強いほうだから、嫌な奴だと思うと、すぐ、それが顔色に現われる。

多恵子のほうは、誰《だれ》にも愛嬌《あいきょう》がよかった。それほど美人ではないが、どこか笑い顔に人好きのするようなところがあって、それなりの魅力を持っていた。

夫婦の仲は、悪いほうではなかった。が、特別睦《むつま》じいというほどでもなかった。

結婚後六年になるが、章二は妻に積極的に愛情を見せる、あのちょっとした細かな技術も知らなかった。面倒なのではなく、性格として、それが出来ないのである。だが、妻の明るさには実は彼も救われていた。自分では、この性分はどうにもしようがないと思っている。一方、妻の朗かさに秘《ひそ》かに満足していた。

第一、多恵子は他人《ひと》に会うのが好きだった。だから、家に客があるのをひどく悦《よろこ》んだ。章二が会社の者を連れて来ると、ことのほか歓迎する。

そういうときの章二は、いつの間にか霞《かす》んでしまい、座は多恵子を中心に興が盛り上るのだった。事実、彼女の客あしらいは巧《うま》かった。もともと、郷里《くに》の大きな呉服屋の娘で、育ちも悪くはなかったから、客を上手にもてなすなかには、どことなくその躾《しつけ》の良さも現われていた。

彼女の笑い声がまた客の好感を得た。それを聞くと、誰の心もが愉《たの》しくなるような声だった。だから、少しでも彼女が座を外すと、急に部屋の光線がうすくなったような寂しさになる。

章二の仲間が遊びに来ても、よく多恵子は賞《ほ》められた。ことに、同僚の片倉政太郎《かたくらまさたろう》は、会社でも章二に多恵子のことを賞讃した。

「君の奥さんは素晴らしいね。ぼくはいろいろと奥さんがたに会うが、まず、ほかに見当らない。ぼくのワイフも、せめて君の奥さんの半分でも愛嬌があるといいんだがな」

もっとも、それは片倉だけではない。章二は、同じ意味の言葉を何人かの人物から聞いた。

だが、章二は、妻を賞めてくれるその連中が、半面には章二の陰気な性格を嘲笑《あざわら》っているような気がした。

実際、交際下手というのか、社交性がないというのか、章二は、自分の孤独癖を自覚していた。だが、どんなに融合に努力しても、長つづきはしなかった。無理をしてやれば、自分がいかにも柄《がら》にないことをしているような感じがして、気が射《さ》すのだった。

大庭章二は、関西のほうにある大きな陶器会社の、東京での一手販売をしている商会に勤めていた。それは陶器会社の同系資本で作られた子会社のようなもので、営業所は田村町のほうにあった。従業員は三十人くらいだが、そのほとんどが販売課に属していた。

販売課は、直属の扱店を都内に数軒持ち、また、問屋とも数十店の取引があった。都内に限らず、近県にも販売網を持っている。こういう関係で、販売課員は絶えず外廻りをしていた。また、本社のある関西にも出張があったりする。

章二が多恵子に疑惑を持ったのは、特にこれという根拠があるからではなかった。感じとして、漠然とそんな気がしているのだ。

だが、それは根の深い、直感めいた信じ方を章二に持たせていた。といって、多恵子の章二に対する態度に変化があるというのではなかった。章二がそんなことを考えなかったら、結婚直後と同じ状態の継続で、少しも違ったところはないのだ。

多恵子は、いわば世話女房型で、章二の世話には細かいところまで行届いた。普通は、そろそろ馴《な》れてきて面倒がるところだが、彼女は少しも手を省かない。例えば、冬の朝など、湯を沸かして、章二が顔を洗うのを待っている。歯磨のチューブもブラシに塗って差出す。清潔なタオルは、彼が顔を洗うや否やすぐに差出す。

下着は、三日と同じ物を着せないで出す。髪の手入れも、彼女がポマードまで頭に塗ってくれる。ワイシャツのボタンを掛けることから、靴下を穿《は》かせること、ネクタイを締めることまで、多恵子がやってくれた。このような動作の間にも、章二は不機嫌そうな顔をしているのだが、多恵子は、その間にも絶えず夫の気持を引立てるように、明るい話をしかけるのだった。

料理にしてもその通りで、章二は食べ物に好き嫌いが多いから、彼の好むものを心がけて用意する。例えば、章二は魚も野菜も嫌いで、どちらかというと、肉類を好むほうだった。すると、肉の料理には、多恵子は絶えず変化をつけてくれる。

そのためには、近くの牛肉屋から肉料理のできる主人を呼んで来ては、ステーキの焼き方、タレの作り方などを教えてもらったりする。この牛肉屋は、店の半分がビフテキ、スキ焼きなどを主に出す割烹《かっぽう》店になっていた。

要するに、多恵子は普通の女房以上の世話振りだった。この点は、章二が彼女に疑惑をかけて以来も、ちっとも変っていない。

章二が妻の不貞を何となく嗅《か》いだ原因を強《し》いていえば、一年ぐらい前から妻に外出が増えたことからだった。もっとも、それまで、まるきり彼女が外出しなかったのではない。増えたといっても、急激にそうだというのではなかった。

多恵子は、前からのつづきで、茶、花などを習いに行っていた。買物のついでに、映画にもときどき行っていた。これも前から好きなほうだった。だから、彼女の外出が気になるというのはおかしなわけだったが、ひとたび、疑いが起ってみると、いちいち、それが気にかかる。茶を習いに行っていても、帰りが随分と暇どるような気がする。

もともと、多恵子はそんな性質だから、誰からでも好かれて、茶の師匠のところに行っても、同じ仲間に誘われて、いっしょに銀座などに行ったりしているようだった。これも前からあったことで、近ごろ、特にそうなったのではない。

章二は、出張のない日は、大抵、六時ごろには帰宅する。多恵子もそれは心得ていて、稽古《けいこ》ごとがあっても、必ず家にいた。

もちろん、日曜日などは、多恵子は決して外には出ない。

章二は一日中家にいるときに思うのだが、多恵子は近所の誰とでも実に仲よく話をしている。彼女の明るい笑い声が、家の近くの垣根や裏口などから聞こえていた。近所の者ばかりでなく、御用聞きなども、多恵子に遇《あ》うと、つい、話し込んでいるようだった。実際、彼女の多少軽口めいたいい方は、御用聞きなどを愉しませているようだった。保険会社の若い外交員など、いつまでも坐り込んで面白そうに彼女と話し合っている。

ところで、その連中が章二に遇うと、こそこそと避けるようにして立ち去るのだ。近所の人など、彼と道で出遇っても、何かぎごちないお辞儀をするだけで、向うから隠れるようにするのだった。

章二が多恵子に疑惑を持った、ただ一つの根拠らしいものといえば、彼が何かの用事で途中で会社から帰宅したとき、妻の留守に三、四度出遇ったことだった。それも、ここ一年の間だから、彼女が茶や花などを習いに出た留守だったとしてもふしぎではない。事実、その後で帰った多恵子は、今日は花を習いに行って友達に誘われた、といい、今日は銀座へ買物に出た、といったりした。

そんなことは何でもないことかもしれない。が、ふいと疑いが起ってみると、自分の留守の間に黙っていた妻の外出が意味合いを持ってくるような気がする。

それまで、多恵子は外出の予定があると、大抵、彼が出勤の前に話すとか、前夜のうちにいったりしていたが、それがなくなったことも、彼の疑惑を起させる一因にもなった。

もっとも、茶だとか花だとかいうのは日常的なことで、いちいち、断わることもないのだ。その集りから派生した友達との銀座廻りも予定にないことだし、前もって夫に断わるはずもなかった。そんなことを咎《とが》めている自分の気持が、章二にも神経質に思われぬでもない。が、漠然とした深い疑惑は、どのような細かなことも神経に引っかかってくるのだ。

章二は、そんな疑いが起ると、夜の行為に寄せて妻を観察するようになった。

多恵子は、それほど身体が丈夫ではなかった。そのせいか、夫の愛撫《あいぶ》をときどき拒絶する。それも結婚直後からのことで、近ごろそう変ったというのではなかった。

ところが、彼女が拒絶する日が、最近、どうも彼女の外出した日に多いのだ。

床に入って睡《ねむ》る前、彼女は枕許《まくらもと》のスタンドに灯を点《つ》けて、いつまでも本や雑誌などを読む癖があったが、外出した日の夜は、本を読んでもいつもの半分ぐらいの時間で伏せて、寝入ってしまう。章二が妻の足に触れても、疲れているから、といって夫の手を払い除《の》けた。

だが、仔細《しさい》に気をつけて見ると、ときには、それが全く逆のことがあるのだった。これもかえって章二の疑惑を起させた一つになっている。

というのは、ときたまだが、昼間外に出た日に限って、彼女のほうが刺激《しげき》的に夫の身体を求めるのだった。

章二は、何となく、そこに妻の策略を嗅ぐような気持がした。

2

章二が妻への疑いを成長させたのは、彼自身の出張が多いことだった。

社の販売課の性格として、都内はもとより、近県の直売店や問屋などを歩き廻らねばならない。近県に出れば、どうしてもそこで一泊することになる。ことに、月末の集金とか、決算期などになると多忙だから、日帰りでも遅くなるし、一泊のところは二泊ということにもなる。それに、三か月おきぐらいには、関西の本社にも出張しなければならない。

こういう妻と隔離されたときの状態が、彼の妄想《もうそう》を助長してくるのだった。宿に着いて、蒲団《ふとん》にくるまって、仰向けになっていると、すぐにでも跳び起きて洋服に着替え、東京行の汽車に乗りたくなってしまうことがある。

確かに、妻は自分の留守中に不貞を働いている――この信念は、近ごろいよいよ強くなってきた。

章二は、もし、それが当っているとすると、対手《あいて》は一体何者であろう、と考えた。多恵子は、同性からもだが、特に男から好感を持たれるほうだった。しかし、彼女の対手は、章二の知らない男ではなく、彼と交際のある、もしくは、その顔を彼が何度も見たことのある男のような気がした。女の場合、ことに家庭に入ってしまってからは、その交際範囲が限られてしまう。こういう点から、章二は、妻の対手は自分と共通の交際範囲の中だと思った。

章二は、これまで、自分のその疑惑を確かめるために、多少の策略を考えぬではなかった。例えば、彼女が外出した日には、いろいろとその行先を追及し、さりげなく、その話の矛盾から真実を知ろうとも考えた。また、出張に行くと称して、急に夜中に帰ってみるということも考えぬではなかった。

だが、話のほうは、自分の口下手を知っている彼には柄にないことだった。その点は、多恵子のほうがずっと上である。来客があっても、彼自身は沈黙し、多恵子がいつの間にか彼の代弁をやっているような状態だ。また、策略で確かめようとしたことも、実際に二、三度くらい実行した。今日から関西の本社に行く、といい置いて家を出て、急に取止《とりや》めとなった、と称して、夜の十一時ごろに帰ってみたりした。

が、胸を躍らせてわが家のベルを押すと、その都度、多恵子はちゃんと家にいるのだ。迎える様子も少しも変ったところはない。予定が変って夫が帰宅したのを喜んでくれる普通の妻だった。

章二は、こういう詭計《きけい》も自分の得意でないことを覚《さと》った。あまりこちらの意図が露骨になって、多恵子に覚られては困ると思って止めた。

章二は、こんな素行調査によく利用される私立探偵社に頼んでみようかと思ったこともないではなかった。事実、その建物のすぐ前まで行ったこともある。が、どうしても、その入口のドアを押す勇気がなかった。

結局、多恵子のことは、自分の手で突き止めるほかはないのだ。他人の手を借りて分るよりも、自分で究明したほうがはるかに真実感がある。

章二は、多恵子の対手をいろいろと考えた末に、結局、自分の同僚の中にあると判断した。

章二は、酒を少々呑《の》むので、同僚の四、五人と一種の呑み仲間をつくっている。社が退《ひ》けてから誘い合って、銀座裏や、新宿の馴染《なじ》みの店に行くのだが、それは、割勘になったり、互のオゴリになったりする。また、いつもおでん屋ばかりでなしに、その仲間の家にも、会のあとの流れのように押しかける。

お互がそんなふうだから、章二も義理から仲間を伴《つ》れて家に帰るのだが、そういうときの多恵子は、少しも嫌な顔をしないで、かえってそれを歓迎するのだった。

彼女の父親が酒呑みだったためもあってか、そういう席のあしらいは心得たものだった。これが同僚を感心させている。

ことに、片倉政太郎は、多恵子をいつも賞めている。

片倉は章二より二つ下だが、仕事のほうは切れるほうだった。朗かな男で、酒の席などは、いつも陽気に騒いでいる。しかし、何度か彼の家に行ったことで、章二にはじめて分ったのだが、その女房というのは、痩《や》せて、ひどく陰気な女で、みんなで彼の家に行ったときなどろくに世話もしない。片倉が気をつかってひとりで立ち働くのだったが、これには片倉自身、ひどく参ったようで、女房のことをいつもこぼしている。

「せめて、うちのワイフも、君のうちの奥さんの半分でも、いいところがあったらな」

というのは、彼が章二にいつもいう言葉だった。

章二は、もし、自分の同僚の中で多恵子の対手《あいて》を求めるとすると、片倉以外にないように思った。

片倉の家とは、電車を利用すれば、乗換えなどあって一時間近くかかるが、タクシーだと、三十分そこそこの距離だ。

片倉の夫婦の仲は、うまく行っていないらしい。片倉自身は、どうやら女房と別れたいような気持を持っているように思われる。片倉でなくても、誰でもあんな女房だと別れたくなるに違いない。実際、片倉には、もっといい女が妻になってもおかしくはないのだ。

多恵子も片倉には一番親しさを持っているようだ。片倉は話題の豊富な、如才のない、朗かな話し方をする。自然と、家に来る連中では多恵子の印象に一番強いはずだった。

それと、同じ販売課なので、片倉にもよく出張がある。しかし、それぞれ受持が違うから、章二と片倉とは、絶えず出張の日がズレあうのである。

章二が出張のときは片倉は社に残っているし、彼が出張のときは章二は社にいる。また同時に出張していても、東京に帰るのが互に早かったり遅かったりする。

こういう時間的なズレを考えると、片倉が章二に気づかれないで多恵子に逢《あ》う時間は、充分にあるのだ。また、都内を廻っていても、受持分担が違うため多恵子が片倉と外で逢っていても、章二には分らない。片倉の廻る区域も、仕事の都合も、章二には分らないのだった。

そう考えると、どうも、最近、片倉が章二の家にあまり来なくなったようだ。他の連中は来ても、彼だけは脱けるようにしている。これもかえって彼への疑惑を強めている。

しかし、確証はなかった。もし、二人の間を突き止めようとすれば、章二は、少くとも十日間ぐらいは会社を休まなければならない。

それは出来ないことだったし、妻の後や、片倉の後を尾《つ》けるとしても、動作の鈍い自分に成功はおぼつかなかった。万一、失敗して、こちらの意図が対手に分ったあとは、一そう悪い状態になりそうだった。それに章二は性分として、体面を構うほうである。

彼は、他人の手を借らず、自分の時間も取られず、対手には絶対に気づかれないで、しかも動かせない証拠を握る方法はないかと、いろいろ考えはじめた。

だが、そんなうまい方法は、どうしても泛《うか》んで来ない。彼は、毎日、そのことばかり考えつづけた。何とかして発見しなければならぬ。何か方法はないか。考えると、何かありそうな気がする。彼は、少し大げさにいえば、仕事の合間でも、家に帰って飯を食っているときでも、その思案が心から離れなかった。

もちろん、他人は、章二がそんなことを考えているとは知らないから、片倉は章二に対していつもの態度と変らない。多恵子も何も気づかないで、例によって甲斐《かい》甲斐《がい》しく、彼に細かい世話をするのだった。

章二は、家では多恵子に、社に出ては片倉に逢うわけだった。姦通《かんつう》同士を一人ずつ、家と社で往復して見るのは、妙な気持だった。

一週間も、十日も、一か月間も、彼は考え抜いた。だが、自分の手で、絶対に対手に気づかれず、しかも、自分の時間を割《さ》かれないで目的が果たせる絶好の方法が、どうしても考えつかない。

しかし、彼は、それで諦《あきら》めて計画を拋棄《ほうき》するようなことはしなかった。何とかして考え出して、突き止めずにはおられぬ。

それは出勤途中の或《あ》る日だった。

実は偶然のことから、彼にその方法の発見がもたらされたのだ。といって、他人の知恵や、外からの暗示でそれを思いついたのではなかった。ラッシュアワーの電車に乗って、混み合う乗客の中に包み込まれ、身動き出来ない状態になっていたとき、天啓のように、その理念が閃《ひらめ》いたのであった。

それを考えついたとき、章二は、まさにこれ以外に最良のものはないと思った。それは同時に、姦通者両人への復讐《ふくしゅう》を兼ねていた。

章二はその日、社の帰りに本屋に寄って、通俗的な医学知識の本を買った。

3

章二は、夜十一時ごろ、新宿の暗い電車通りをぶらぶらと歩いていた。其処《そこ》だけは、この地域の盲点みたいに灯が乏しく、その場所を穴のように包んで、ほかの界隈《かいわい》は賑《にぎ》やかな灯が下から夜空に明るく発光しているのだった。

その暗い通りに、人待ち顔に何人かの女が立っている。

章二は、わざと、その女たちの横をゆっくりと歩いた。すると、期待どおりに、彼のすぐ後から女が追いついて来て、肩を並べた。

「今、お帰りですか？」

簡単な洋装をした二十歳《はたち》くらいの女である。

「ねえ。お茶喫《の》みません？」

章二はうなずいた。

黙って従《つ》いてゆくと、女は近くの狭い喫茶店に入った。

「コーヒー頂くわ」

と彼女は勝手に注文した。

明るい灯の下で見ると、二十四、五歳くらいで、眼尻《めじり》に疲れたような小皺《こじわ》が出来ていた。口紅だけがいやに濃かった。

「ねえ。どこかに行きません？」

コーヒーを喫みながら、女は上眼使いにもちかけた。

「泊れないよ」

「奥さんが怕《こわ》いのね。いいわ。時間だけでも」

「幾らだい？」

「ショート・タイムだったら、千円よ」

「高い」

章二はいった。

女は、ふん、と鼻を鳴らした。

章二は、コーヒー代を払って出た。金が惜しかったのではない。この女の顔が案外清潔だったからである。彼の目的は、もっと汚ない感じの女を求めていた。

こういう種類の女は、気をつけて見ると、ほうぼうに、さりげなく立っている。章二は、その女たちのひとりひとりを点検するようにして歩いた。その都度、女たちから誘われたが、彼の気に入った女はいなかった。

章二は、四十分ばかり歩いた末、ようやく適当なのを一人見つけた。三十近い女で、着物だったが、顔も身装《みなり》もうす汚れている。手には、買物籠《かご》みたいな手提げを提げていた。

こんな取引は、ほとんど喫茶店でするものらしい。

女は、コーヒーとケーキを注文し、それをがつがつと食べたり喫んだりした。色の黒い顔に白粉《おしろい》が斑《ふ》になりかかって浮いている。

「あたしの知った家があるわ。そこだと安いわよ」

女は先に立って章二を案内した。

新宿の都電の引込線の横を通って、小さな路地を入ってゆく。この一郭は、すべてが安建築の旅館になっていた。例外なく、看板に「御休憩三百円より」としてある。

女は、何度も路地を曲って、角の家にさっさと入って行った。馴れたものだった。睡そうな女中が出て来たが、女とは馴染みらしく、眼を合わせて笑っていた。章二は、肌が寒くなったが、辛抱した。

狭い階段を上ると、真中に廊下があって、両側に部屋が並んでいる。

女は、まるで自分の部屋のように入ってゆく。

其処は三畳で、うそ寒い朱塗りのチャブ台が一つ置いてあった。それでも、片隅に小さな三面鏡が置いてあるのは、アクセサリーのつもりだろう。そういえば、入口の襖《ふすま》との間に、しみのついたようなカーテンが芝居幕のように引いてある。

女は、女中が安菓子と茶を運んで退《さが》った後、早速、前金を請求した。章二は、千円札一枚を出した。

「これでいいでしょ？　だって、部屋代はわたしのサービスですからね」

女の眼の縁《ふち》には黝《くろ》い隈《くま》が出ている。

隣室の襖を女が開けた。蒲団が敷いてあって、枕が二つ並んでいる。蒲団の裾《すそ》には、格子柄《こうしがら》の浴衣《ゆかた》が糊《のり》を利かせてたたんであった。

女は、さっさと着物を脱ぎ、音をたてて浴衣に着替えた。男の眼も何も意識していなかった。

「早く着替えなさいよ。時間を超すと、それだけオーバーを出さなきゃいけないからね。それとも、ゆっくりするんだったら、それでもいいわよ」

章二はまだ洋服を着たまま突《つ》っ立っていた。

枕許には貧弱な桃色のスタンドが点いている。

女は、章二が上衣を脱ぐのを横眼に見て、勝手に蒲団の中に身を入れた。

章二は眼をつむった。

「病気、持ってるかい？」

彼は女に訊《き》いた。

「心配？」

女は、歯を出して、にっと笑った。

「まあね」

「失礼ね。あんたは大丈夫なの？」

「おれは大丈夫だ」

「そう。心配だったら、予防のものはあるわよ」

女は、ハンドバッグを手繰《たぐ》り寄せようとした。

「いや、いいよ」

「へえ。勇敢なのね」

女は、痩せた手を伸ばしてスタンドを消した。


章二は、本を読んだり、人から聞いたりして、もし感染したら、自覚症状のあるのが、早くて三日後、遅くとも一週間後には出て来ることを知っていた。

彼は、ただ、自分の「異常」だけを待った。もっとも、彼が一番怕がったのは、梅毒だった。これだと潜伏期が長い。しかし、まさか、という気持があった。そう容易《たやす》くは罹《かか》らないだろうと思った。

それよりも、期待している別な病気のほうがもっとも可能性があるように思われる。あの女だったら、いかにも下等な客ばかり対手にしているようすだ。それに、金も無いようだから、治療も行届かないに決まっている。

二日過ぎても、何のことはなかった。彼は通俗医学書を開いて、最初に来る兆候を調べてみた。

〔男子の淋疾《りんしつ》〕〈急性淋菌性尿道炎〉で始まる。淋菌が尿道粘膜に付着すると、二、三日の潜伏期の後に初期の症状が起る。尿道に搔痒感《そうよう》があり、粘液性の分泌物を排出する。数日のうちに分泌物はしだいに膿性《のうせい》となり、第二週の初めにはやや緑色をおびる。この旺盛期《おうせい》（膿漏期《のうろう》）が三、四週つづいてから、炎症はしだいに減退して分泌物はふたたび粘液性となり、粘膜上皮細胞の脱落が増加する。不幸な場合にはこの時期が数か月以上に及ぶことがある。しかし、ペニシリンをはじめ急性淋疾に卓効のある抗生物質が使用されるようになってから、このような経過をとる症例はいちじるしく減少した。炎症のさかんなときは、尿道粘膜が腫張《しゅちょう》して尿道が狭くなり、排尿時に激しい疼痛《とうつう》を感ずる。尿道口は発赤腫張し、炎症の及ぶことがある。局所全体が腫張赤熱し、圧痛があり、局部皮膚のリンパ管はリンパ管炎を起して赤い線状を呈し、かつ触れうるようになる。——

章二は、この医書に書かれた通りの症状が自分に起るのを待った。三日目に、その初期がはじめて彼に自覚された。章二は、心の中で歓声をあげた。もう少しの辛抱だった。まだ、今のままでは効果が期待出来ない。章二は、自分の症状をさとられないように、出来る限り多恵子の前では普通の通りに振舞った。

その間、彼は妻の身体に触れなかった。もっとも、三日ばかり関西の本社に本当の出張があった。

症状は、彼にとって苦しかった。ペニシリンを打てば、この苦痛もすぐ逃れられるはずだが、彼はわざと放任のまま、まるで殉教者のような気持で過した。これ以外に発見の方法がないのだ。彼は旅先の宿の蒲団の中にくるまって、自分の症状が早く、もっと酷《ひど》くなるように願った。目的を達したら、そのときこそ、あらゆる治療をするつもりだった。

一週間経った。

経過は、彼の期待する通りに順調に進んだ。分泌物は膿性となって、彼の眼にも、それが緑色を帯びていることが分った。医学書の教える通り、まさに症状は旺盛期を示していた。この時期が黴菌《ばいきん》の活動が一番活潑《かっぱつ》で、伝染力も強いにちがいない。

多恵子の様子は、前と少しも変らない。彼の疑惑が当っているかどうか相変らず判断がつかない。しかし、章二は、自分が関西に出張した留守に、必ず彼女は不貞を働いていたと信じている。片倉は、その間東京に残って、べつに近県の出張もなかったはずだ。

その朝、出勤する間際になると、台所で、多恵子は例の肉料理の勉強をやっていた。彼女のステーキの作り方は、今では専門店に負けないくらいの腕になっている。近所の肉屋の主人の指導で、めきめきと腕を上げていた。

「今夜もステーキかい？」

章二は、玄関で靴を穿《は》きながらいった。

「ええ、今度また、変った焼き方を覚えましたわ。お帰りは早いんですか？」

「今日は早いだろう」

「だったら、素敵なステーキを作っておきますわ」

相変らず、明るい顔で、朗かなもののいい方だった。他人が見たら睦《むつま》じい夫婦としか思われない。

肉類を食べたら、この病気は亢進《こうしん》するに決まっていた。いいことだ。うんと肉を食べてやる。章二は、機嫌よく家を出た。

出てからすぐ、いつも妻と話をする保険会社の若い外交員に出遇った。その外交員は章二の顔をみて、あわてておじぎをした。

4

章二は、二、三日を過ぎた頃から、多恵子の様子をそれとなく注意深く観察した。

〔女子の淋疾〕男子の場合より少し複雑である。成人女子では尿道と同時に子宮にも感染して、尿道炎と子宮頸《けいかん》管炎とが見られる。膣《ちつ》もおかされるが、これは性成熟期の女子ではなおりやすいのが特徴である。急性淋菌性尿道炎では外尿道口が発赤腫張し、膿漏が見られる。自覚症状としては尿道に掻痒感があり、排尿時に疼痛を感じ、また尿意ひん数を訴える。急性淋菌性子宮頸管炎では、子宮膣部が発赤し、子宮口から膿漏があり、下腹部の不快感を感じる。女子の急性炎症も、放置すると慢性症となり、症状は軽くなるが経過はすこぶる長い。合併症としては男子の部に述べたもののほかに、卵管炎、骨盤腹膜炎などがある。――

三日目になって、多恵子の様子が少しおかしいようにも思われてきた。気のせいか、これまで快活だった彼女の顔が、どことなく心配そうな表情に見えてきた。

章二は、これから起るであろう彼女の変化を、いちいち、医学書の解説するところに従って当てはめようとした。もっとも、女子の場合は、男子と違って複雑で、すぐに伝染症状が起るとはかぎらない、とあるが、多恵子の場合は、彼の思惑がどうやら当っているようにも思われる。章二は、これが自分の願望から神経的にそう見えるのか、とも思い直してみた。彼女の様子はどうも変化があるようだが、まだ決定的なことは判じかねる。

都合のいいことに、章二に、またすぐ二晩ほどの出張があった。

彼は旅先に出ている間、帰ってからの結果が愉しみだった。

今度帰ると、多恵子の症状は、もっと悪くなっているかもしれない。

いや、多分、すぐに医者の所に駆けつけていることであろう。それでもいいのだ。医者に行ったとなると、どこかに、その証拠が必ず発見出来る。どんなに隠していても、そのことは、絶えず観察している自分の眼から逃れることは出来ないのだ。

対手も同様だった。つまり、彼が第一の嫌疑をかけている片倉の様子が、どう変っているかである。

章二は、二日間の出張から帰った。

その日は遅かったので、社に寄らずに、真直ぐに帰宅した。

「留守に、何か変ったことはなかったかい？」

彼は多恵子に訊いた。

「いいえ、べつに」

彼女の顔色が悪い。確かに少し痩《や》せたように見える。すぐ見せるはずの笑い顔も、あまりないのだ。第一、元気がなかった。

「どうかしたのかい？」

章二はわざと訊いた。

「いいえ。どうして？」

多恵子はどきりとしたようだった。

「なんだか、元気がなさそうだな。顔色もよくないよ」

「そうお？」

彼女は、自分の頬に手を当てた。

「少し、疲れてるのかもしれませんわ。なんだか、だるくて仕方がないんですの」

「医者に診せたらどうだ？」

「でも、それほどひどくありませんから」

「気をつけたほうがいいな」

章二は、いよいよ間違いなし、と思った。

彼は、次の試験を行った。その夜、彼は寝ている妻に手を伸ばした。

「駄目ですの」

彼女は、夫の手をものうそうに払い除け、蒲団《ふとん》の中に自分の肩を沈めた。

「疲れているんです」

章二は、もう確かだと思った。

朝になった。多恵子は、自分の異状を夫に気づかれないように苦労している様子である。それは、気をつけて見ていると、こちらによく分るのだ。話をしていても、ふいと、苦痛を怺《こら》えるような顔つきになる。が、すぐ、それを覚《さと》られまいとして、無理に平気そうに振舞うのだった。それに、多恵子は、手洗いに行く度数が多くなったようだった。それとても、彼女が夫の眼を惹《ひ》かないように苦心するさまが、ありありと読み取れる。

しかし、どんなに辛《つら》い自覚症状があっても、彼女はそれを章二に愬《うった》えることが出来ない。普通なら、当然、病気を移した夫を責めるはずだった。それがないのだ。いや、出来ないのだ。

彼女は、その忌《いまわ》しい病菌が章二から感染《うつ》ったのか、対手の男から感染《うつ》されたのか、判断に迷っているのだ。夫にもいえない。対手の男にも訊けない。万一、二人のうちのどちらかでも病気でなかったとき、彼女に破滅が来るからだ。

夫に訊いて、そうでなかったら、彼女は不貞を告白するようなものだし、愛の対手に質問して、その男からの伝染でなかったら、彼女には男への申し訳が立つまい。つまり彼女は双方ともが恐ろしくて詰問が出来ないのである。その悲惨な矛盾に落ち込んで彼女はもがいているのだ。

章二が食事をするころ、彼女はまた蒲団の中に入った。

「すみませんが、おひとりで食べて行って下さいな」

「どうしたのだ？」

「なんだか、寒けがして、頭が重いんです」

「そりゃいけないな。風邪《かぜ》かい？　医者に診てもらった方がいいな」

「ええ。あなたがお出かけになったら、後で行きます」

「出がけに、ぼくが杉村《すぎむら》さんに声をかけておこうか？」

杉村というのは、近所のかかりつけの医者だった。

「いいえ。気分がよくなってから、ぼつぼつ歩いて行きますわ」

章二は、多恵子もさすがに我慢が出来なくなったと思った。彼はひとりで飯を食い、ひとりで出勤の支度をした。

「トーストを焼いて上げようか？」

彼はやさしくいった。

「いいえ。結構です。後で、わたくしが勝手に焼きますわ。今は頂けませんの」

章二は出かけた。自分の留守に妻が医者に行くことには間違いないだろうが、それは婦人科だろう。

ところで、多恵子があんな症状だと、片倉の奴はどうだろう。

章二は、今度は片割れの様子を見究めるために、自分の机の斜め前に坐っている片倉の様子を見戍《みまも》った。

そういう気持で眺めるせいか、片倉もいつもの調子と違っている。もともと、元気な男で、賑やかなのだが、何となくうち沈んでいるのだ。仕事を懸命にやっているようだが、どこか浮かぬ顔をしている。顔の皮膚も冴《さ》えない。

章二は、ことさらに片倉に声をかけた。ところが、それにも彼ははかばかしく返事をしない。仕事に熱中している模様が、どうやら、見せかけとも取れるのだ。或《あ》るいは、自分の苦痛を紛らすためにそうしているのかもしれない。

「どうだ。近いうちに、ぼくの家に遊びに来ないか？」

章二は珍しくにこにこして誘った。

すると、俯向《うつむ》いて帳簿か何かを見ている片倉の瞼《まぶた》が、ぴくりと痙攣《けいれん》したようだった。

「一ぱい呑もう。女房も、君なら歓迎するよ」

章二は追討ちをかけた。

片倉は、また、どきりとしたらしかった。

「何故《なぜ》だい？」

しかし片倉はすぐ立ち直って、さりげなく章二に訊いた。

「君が一番朗かでいい、と女房がいっている」

章二は、彼の顔をじろじろ見て、正面から浴びせた。

「有難う。そのうちに、お邪魔するよ」

対手もさるものだった。この答をよどみなくいった。

片倉の顔には、何か無理をしているようなところがある。今、有難う、といったが、そのとき、ちらりと唇を笑わせた。作り笑いをしているのだ。それに、いつもの彼だったら、じゃ、すぐ今夜にでもお邪魔しよう、というところを、そのうちに、と答えたのもおかしい。さすがに気がさすのであろうか。

それに、片倉も、手洗いに行く回数がどうも多いようだ。章二にはその頻度まで分る。

それに、手洗いから机に戻ったときの彼の顔がまた見ものだった。渋面で帰って来るのだ。それは、痛みを耐えているような、心配しているような、不安とも憂鬱《ゆううつ》ともつかない顔だった。

それから、机に向っていても、片倉は絶えずどこかが気になるらしく、身体をもそもそさせている。も早、あれに間違いはない、と章二は直感した。

一体、片倉は、いつから発病したのであろう。章二は逆算した。この様子から見ると、四、五日から一週目というところだ。するど、伝染の時期は、どうやら、ちょうど、章二が関西に二泊の出張したときに当る。まさに時間的にも合致するのだ。

章二はさらに念を入れた。

彼は、すきを見つけて片倉に話しかけた。

「おい。今夜、一ぱい呑みに行こうか?」

この誘いも、片倉は憂鬱そうな顔で断わった。

「いや、今日は、ちょっと止《よ》そう」

「へえ、珍しいね」

章二は、にやにやして見せた。

「いつもの君だったら、すぐ賛成してくれるんだがな」

「いや、実は、この一週間ばかり、郷里《くに》から客が来ていてね」

片倉は弾まない声で答えた。

「だから、ちょっと、そういうわけにはいかないんだ。早く帰ってやらないとな」

この病気には、むろん、酒が一番悪い。だから、彼が断わるのは当然だった。早く帰るというのも、どこかの泌尿器科の医院に、こっそりと寄るつもりなのだろう。

章二は、片倉がちょっと席を外した留守に、書類を探すようなふりをして、彼の机の上を探し、抽斗《ひきだし》を開けた。すると、奥のほうから、秘密らしく新聞紙に包んだものが出て来た。彼は、それを素早く手に取って開いた。

それは、抗生物質の売薬の函《はこ》だった。も早、疑うところはなかった。こういうものを隠して服用しているからには、完全に確証を得たようなものだった。

章二自身は、一昨日から医者に通っていた。実験が済めば、こちらは一日でも早く癒《なお》さなければならない。

5

章二が家に帰ってみると、妻はいなかった。こんなことは珍しい。玄関の鍵《かぎ》は、二人だけの分る所に置いてあった。裏口の出窓の桟の裏側に隠すことになっている。章二が裏口に廻ると、やはりそこに鍵があった。

時計を見ると、七時だった。妻のいないところに帰るのは、これで珍しい経験だった。どこに行っているのだろうか。いつも、彼が帰って来る前に家にいるはずの妻としては不覚だった。章二は彼女が医者に行って、そこで遅くなっているような気がした。

ちょうど、いい機会だった。

彼は、家の中の、妻が隠しておきそうなあらゆる所を探した。鏡台の抽斗、箪笥《たんす》の抽斗、仏壇の奥、押入れの中の積み重ねた函の内側、そういう場所を思いつくまま、空巣狙いのように捜索した。

すると、小さな仏壇の下に、ようやく目的のものを発見した。平べったい、細長い包みで、レッテルを読むと、淋疾の治療剤だった。彼は中身を出した。すると、綿にくるまった白い錠剤が三粒ほど出て来た。レッテルには二十錠入とある。不足の分は、多恵子が飲んだにちがいない。彼は包みを仕舞って、元の位置に戻した。

これで、姦通者同士の証拠を押えた。こちらの予感に狂いはなかった。両方とも確証が上ったのだ。

それから三十分ばかりして、表に多恵子の急ぐ跫音《あしおと》がした。玄関の戸が開いた。章二が新聞を読んでいると、彼女の着物の裾がすうっと眼の前に現われた。

「お帰んなさい。済みません、遅くなっちゃって」

見上げると、彼女は外出着を着ている。章二は、わざとおとなしい声を出した。

「どこへ行ってたんだい？」

「買物ですわ。そうしたら、市場で近所の方にお逢いしたんです。その方、とても話が長くて、つい、遅くなりました。ごめんなさい」

なるほど、彼女は片手に買物袋を提げていた。

が、それが嘘《うそ》だということは、はっきりと分った。第一、それくらいの買物に行くのに、いま着ているような外出着にわざわざ着替えるわけもない。多恵子は冴《さ》えない顔色で、眼つきも濁っている。それが無理に愛嬌笑いをしているから、かえって暗い不潔を感じる。

「どうした？　顔が蒼《あお》いぞ」

実際、皮膚からは艶《つや》が失《う》せ、血の気がなかった。思いなしか、眼も吊《つ》り上ったようになっている。

「そうかしら？」

「お前、どこか、身体が悪いんじゃないか？」

果たして、多恵子はぎょっとしたようだった。思わず怯《ひる》んだ眼つきになったが、すぐに愛嬌のある眼差《まなざ》しに変った。

「いいえ、べつに。ただ、この間から、なんとなく疲れが来ているんです。どうしたのでしょう？」

章二は思わず、とぼけるな、という声が咽喉《のど》から走り出そうになったが、それを抑えた。まだ早いのだ。もっともっと苦しめて、最後ののっぴきならぬところまで追込んでやる。

「大事にしろよ」

と彼は妻にいった。

多恵子は、夕食の支度にとりかかるように、急いで彼から離れた。それがまるで遁《に》げるような感じだ。

「多恵子」

と彼は後ろから呼んだ。

「近いうち、片倉を家《うち》に呼んで、一ぱいやろうと思ってるがな。いいだろう？」

たいていの女なら、そういえばはっと気がつくと思うのだ。多恵子の声は、すぐ次の間から返って来た。

「ええ、それは構いませんが。でも、もう少し先になすったら？」

やっぱり、そういう返事だった。

「どうしてだい？」

「もう少し、わたしの疲れが癒ってからにして頂きたいわ」

疲れが癒るのではない。医者に通って治療した上で呼びたいのであろう。片倉にしてもそうだ。病気が治らなければ酒も呑めない。それまで、こちらが待つものか、と思った。

章二は、仏壇の下のあの薬を出して、多恵子に突きつけたい衝動に駆られたが、やっと、それも抑えた。まだまだ、一時的な感情で行動するのは早い。もっと計算したうえで、多恵子と片倉とが一番思い知るような方法でやらねばならぬ。もう少し待って、横からこの二人の苦しんでいる様子や、無理な芝居を、知らぬ顔をしてじっと眺めているのも悪くはない。

近ごろ、床に入ってからも、多恵子は、最初から章二を拒むような様子になっていた。何とかして章二に気づかれないように、しかも、自分の身体を彼から防禦《ぼうぎょ》するような態勢に苦心している。それがありありと見えすいていた。

あくる朝も、章二は軽い気持で社に出た。自分のほうは、少し良くなってきたように思える。だから、この二人も、あんまりぐずぐず日を延ばすと癒ってしまう惧《おそ》れがある。もう、最後の方法を考えなければならない。章二は、今後は、その方法の案出に没頭することに決めた。

社では、片倉が相変らずトイレに立つことが激しい。章二は、それを気づかぬふうをして眺め、せせら笑った。そうだ、今日は、もう一発かましてやろう。

昼休みだったが、彼は雑談するようなふうで、ぼんやりと椅子《いす》に掛けている片倉の横に来た。

「どうした？　いやに元気がないじゃないか」

章二は笑いかけていった。

「そうかい」

片倉は、片手でつるりと顔を撫《な》でた。

「だって、昼休みには、いつも、君は散歩に出ていたじゃないか。椅子にぼんやり坐っているのはおかしいよ」

「なんだか、疲れてるからな」

章二は、こいつも多恵子と同じことをいってる、と思った。もしかすると、二人は、この病気に罹《かか》ってから、一、二度ぐらいは逢ってるかもしれない。

「それはそうとね」

章二は、とっておきの言葉をいった。

「こないだ、君の机の抽斗の中を失敬したよ」

片倉は、表情を変えたようだった。

「君に断わらなくて失敬だったが、探しても居なかったのでね。××商会に出す計算書が一枚足りなくて参った。もしか、君の机の中に紛れ込んでいたんじゃないかと思って、無断で開けて見た……なあ、片倉君」

章二は、わざと声をひそめた。

「君は、何か病気に罹ってるんじゃないか？　おい、妙な薬があったぞ」

片倉は、本当に顔色を変えた。それは、恥ずかしいような、怒ったような、愕《おどろ》いたような、複雑な表情だった。

「おい、いえよ……君、安ものを買ったな。あの薬だろう？」

片倉は、それを聞くと、すぐ、激しく首を振った。

「違う、違う。君のカン違いだよ。ぼくは、こないだから、股《また》に性質《たち》の悪いデキモノが出来てね。どうしても癒らないんで、憂鬱なんだよ。それで抗生物質を飲んでいるが、まだすっきりしない」

「そうかい」

章二は抗《さから》わなかった。こいつ、巧《うま》い言訳をいうと思った。が、とにかく、その場は、大事にし給え、といって切り上げた。

章二は、だんだん追詰めたぞ、と思った。もう一息だ。さて、その方法をどうするかだ。むろん、多恵子などは、とっくに追出すつもりだった。が、同じ追出すにしても、痛烈な屈辱の烙印《らくいん》を捺《お》さねば肚《はら》が納まらなかった。

6

その日も、章二は最後の方法を考えながら家に帰った。歩いていても、電車に乗っていても、自分の目的を達する最良の方法を案出するのに懸命になっていた。

帰ってみると、家の中は外から見ても暗い。両隣からあかあかと灯があるのに、自分の家だけは暗かった。妻はまたどこかに出かけて、帰っていないのだ。また医者の所に行っているのかな、と思った。いや、或《ある》いは片倉としめし合わせて、病気の治療の相談をしているのかもしれない。あいつも、自分と一緒に社を出たはずだ。

例によって、多恵子は急いで帰り、口実をいって、遅くなった、と平気な顔で詫《わ》びるだろう。そのとき、どういうふうにこちらが出るべきか。章二は考えながら裏口に廻った。鍵を取るためだった。

が、鍵は無かった。

おかしいと思って、裏の狭い戸を手で突くと、それは自然と内側へすうっと開いた。

不用心な話だ。錠もかけないで出てゆく。よほど急いであわてたのであろう。彼は、すぐ横が台所になっている所から靴を脱いだ。近所の電燈が、ガラス戸越しに淡く家の中を照らしている。

すると、彼の脚がずるりと辷《すべ》った。台所から座敷に行くまでは、板の間になっている。多恵子が水をこぼしたまま、放って出たらしかった。そんなにまで急いで出る必要があろうか。いやいや、彼女としては、もう、必死なのだ。

一体、靴下の底にべっとりと濡《ぬ》れているものは何だろう、と思い、台所の電燈を点《つ》けた。瞬間、章二の眼に映ったのは、血の海だった。

座敷に通じる障子が倒れていて、その上に多恵子の着物がふわりと掛っていた。血は、その着物から、廊下まで、帯のように曳《ひ》いて流れていた。

赤い着物の端に生白い腕を見たとき、章二は眼が眩《くら》んだ。

多恵子を殺した近所の肉屋の若い主人は、警察に自首した。

彼も、自分自身の肉切庖丁《ぼうちょう》で咽喉に傷をつけていた。死にきれなくて、警察へ自首したのである。

警察署では章二を呼び、犯人が書いた遺書を読ませた。

「……(略)一年前から、多恵子と自分とは恋愛におちた。それまで、多恵子にステーキの焼き方など牛肉料理を教えていたが、いつか、自分は彼女に愛を覚えるようになり、彼女もそれを受け容《い》れた。

そういう関係になってから、自分と多恵子との間には、互の家庭(つまり自分にとっては妻、彼女にとっては夫)は、存在しないことになった。自分は愛をひたむきに多恵子に注いだ。以来、彼女への純粋な愛情を持ちつづけるため、自分は妻と肉体上の交渉を絶った。多恵子も同じことを自分に誓ってくれた。男の場合よりも女の場合は、はるかにそのことが困難である。しかし、彼女は、それを自分のために固く守ると約束した。自分としても、多恵子が自分以外の男性（それは彼女の夫だが）に身体をゆるしているかと思うと、ときには嫉妬《しっと》に頭が狂いそうなときがある。だから、彼女の申し出は、自分をひどく喜ばせた。自分は彼女の愛情を信じていたから、その言葉を信じつづけていた。

しかし、それが虚偽であることが、最近になって分った。自分は裏切られたのだ。確証を求めるまでもなかった。自分自身の身体がそれを知ったのだ。一週間前から、自分は忌しい病気に罹った。自分は、この一年間、多恵子以外の女との交渉がない。淋疾を自覚したとき、自分ははっきり彼女の不貞（自分にとっては多恵子の行為は不貞なのだ）を知った。彼女が、これまで、どのように自分を騙《だま》しつづけて来たか。それが、あの忌しい病気をうつされたことで暴露したのだ。彼女自身はそれを彼女の夫から背負わされたにちがいない。

自分は、彼女のために、この一年間、妻との間を絶って、愛情を捧《ささ》げていたのだ。それを彼女は踏みにじった。自分に取るべき手段は一つしかない。この上、多恵子が不貞を働くことはゆるされないのだ。自分は二、三日前から多恵子を責めた。彼女は泣いて詫びたが、自分にはゆるせない。彼女を失うと、自分はこの世に生きている気力もない。自分は彼女と死を決心した。

だが、ここでも自分は裏切られた。いっしょに死んでもいい、と口癖のようにいった彼女が、いざ、そのことを自分が真剣にいうと、自分のもとから遁走《とんそう》にかかったのだ。しかし、自分は彼女を逃しはしない。自分はどうしても、彼女を永遠の所有物とする。あの偏屈な、陰気な夫に再び渡したくないのだ。世間では、自分のしたことを無理心中というかもしれない。しかし、自分としては、あくまで彼女の常からの美しい言葉――死を求めていた彼女の言葉を信じ、いっしょに死ぬだけなのだ。多恵子にこれ以上の不貞を許さないためにも……」

第七話　田舎医師

1

杉山良吉《すぎやまりようきち》は、午後の汽車で広島駅を発《た》った。

芸備線は、広島から北に進んで中国山脈に突き当り、その脊梁《せきりよう》沿いに東に走る。広島から備後《びんご》落合までは、普通列車で約六時間の旅である。

良吉は、この線は初めてだった。十二月の中旬だったが、三時間ばかり乗りつづけて三次《みよし》まで来ると、初めて積雪を見た。

三次は盆地になっていて、山が四方を囲んでいる。昼過ぎに出た汽車もここまで来ると、夕闇《ゆうやみ》のなかを走ることになった。三次駅では大勢の乗客が降りた。白い盆地の向うに、町の灯が見える。汽車から降りた黒い人の群は、厚い雲の垂れ下った黄昏《たそがれ》のなかを急ぐ。

汽車は駅ごとに停《とま》った。その駅名のなかに、良吉が父から聞かされた地名もあった。庄原、西城、東城などがそうである。この辺まで来ると、広島を発つとき一ぱいだった乗客もほとんど降りてしまって、その車輛《はこ》には良吉のほか五、六人が坐っているにすぎない。

窓の外は、暗い山ばかりが流れている。線路のはしの雪が次第に高くなっていった。

この辺は、中国山脈の分水嶺《ぶんすいれい》のすぐ南側に当る。山の深いのも当然だった。汽車は岡山県の新見駅までだが、良吉は、途中の備後落合で木次線に乗り換えるのだった。しかし、時間表を見ると、すでに木次線の連絡はなく、その晩は備後落合で泊ることにした。

良吉の父猪太郎《いたろう》は、七年前に東北のE町で死んだ。若いとき故郷を出てから、各地を転々としたが、一度も郷里に帰ることはなかった。貧乏のために帰れなかったのである。

良吉は、よく、この父から生まれ故郷の話を聞かされた。良吉自身は父の流浪先で生まれたのだが、話を聞いていると、いつしか、自分もそこが故郷のように思えてくる。

猪太郎の故郷は、島根県仁多《にた》郡葛城村というのだった。木次線で中国山脈の分水嶺を越えると、八川という駅がある。そこから三里ばかり山奥が葛城村だった。

良吉は、小さいときから、父の猪太郎から葛城村の話を何度となく聞いている。それは繰り返し繰り返し同じ言葉で語られた。良吉の頭にも葛城村のイメージがいつの間にか確固として出来上っていた。

部落の一つ一つも、良吉の頭に叩《たた》き込まれていた。のみならず、父の猪太郎の親類縁者の名前も、良吉の記憶のなかに刻みつけられていた。その名を聞いただけでも、良吉は、しばらく遇《あ》わない知人のように、その顔つきまで頭の中で描けるのだった。

猪太郎は六十七歳の生涯を終えるまで故郷を忘れたことがない。これほど生まれた土地に執着をもっている人も少かった。それは、一度も故郷へ帰れなかった人間の執念であった。

旅費といえば僅《わず》かなものだった。しかし、その旅費が工面できないばかりに、猪太郎は十八歳の年に故郷を出てから、遂《つい》に葛城村に戻れなかったのである。だから反対に、良吉に聞かせる猪太郎の描写は、山陰の僻村《へきそん》がこよなく美化されていた。

猪太郎が故郷を出奔したのは、彼の不幸な環境による。土地では一、二を争う地主の子に生まれながらも、幼時に他家へ養子にやられ、その家が没落して猪太郎の出奔となる。

猪太郎には三人の兄弟があった。彼自身は長男で、後取りは、次男が死亡したため、三男が継いだ。しかし、この三男も、地方の高等学校を出ると教師となり、ついで東京に出て、或《あ》る事業を起して成功した。この人も十年前に死亡している。

要するに、父の猪太郎は、その人のいい性質のために、終生、貧にまみれていたのだ。良吉には子供のときから、いまにお前を石見《いわみ》に伴《つ》れて行くと口癖のようにいったが、ついにそれは父の夢のままに果てた。

——いまにお前を石見に伴れてってやるけんのう。

という言葉は、恐らく、父の猪太郎が数十年間故郷を夢みて、そこに帰って行く自身を空想し、恍惚《こうこつ》状態になって吐かれたのであろう。

今度、良吉は九州まで出張しての帰り、ふと広島駅で降りてみる気になったのである。用事が早く済んだので、三日間ばかりの余裕ができた。出張するときは、ついぞ、その気がなかったが、帰り途《みち》に、父が生涯望んで果たし得なかった葛城村の訪問を思い立ったのだ。それも岩国あたりまで来てから俄《にわ》かに企図したといってもい、だから、汽車の択《えら》び方も即席だった。

良吉は、窓に映える夜の山国の雪を見て、やはりここに来てよかったと思った。この機会がなかったら、良吉自身、父の故郷を一度も訪れることはないかもしれない。

といって、葛城村には、現在、亡父の近い縁者はいない。彼らはことごとく死亡していたのだが、ただ一人、本家の後取りといわれている杉山俊郎《としろう》という医者がいた。良吉は、父の故郷を訪問するといっても、ただ、幼い頃に聞いた、その山や川のたたずまいを確かめるというだけでなく、やはり誰か、その因縁に当る人間に遇ってみたかった。それなら、父には直接あまり関係はないが、杉山俊郎を訪ねるほかはない。もとより、この人には曽《か》つて手紙も端書《はがき》も出したことはないし、突然の訪問だった。

良吉は、その晩、備後落合で泊った。粗朶《そだ》の燃える囲炉裏の傍《そば》でほかの泊り客と食事をしたのも、ほかの宿では見られぬことだった。言葉の訛《なま》りも、どこか父のそれと似ているのが懐しかった。

翌朝、落合の駅で良吉は汽車を待った。

わびしいホームに立っていると、白い花の咲いているような霧氷の山のふちから、黒い汽車が小さく走って来る。雪原の中だった。

この列車は、中国山脈の分水嶺を喘《あえ》ぎながらよじ上る。トンネルを過ぎると、大きな山が眼の前にあった。隣の客に訊くと、船通山だと答えたのでやはりそうかと思った。この名前も父の口からたびたび聞いている。この辺は、出雲《いずも》伝説につながっている。

左手に渓流が流れ、雪の積もった岩のはしに水が飛沫《しぶき》を揚げていた。流れは速かった。

八川駅というのも懐しい。葛城村から宍道《しんじ》、松江方面に行くには、必ず、この駅に出なければならぬ。父が十八歳のときに飛び出したのも、この駅からだった。貧弱な駅だ。しかし、良吉は、その寒駅に限りない懐しさで下りた。

良吉は、駅前の雑貨屋に寄った。むろん、父の話にはない店だが、良吉自身は、果たして杉山俊郎という医者が葛城村にいるかどうかをここで確かめたかった。良吉がその名前を父から聞いたのは、随分前のことである。絶えず故郷に心をはせていた父は、誰からか郷里の消息を聞いていた。

それと、良吉は土地の事情をここであらまし聞いておきたい気持もあった。

雑貨屋は、種子《たね》屋と煙草《たばこ》屋とを兼ねていた。

2

良吉がその雑貨屋の主人から聞いた話では、医者の杉山俊郎は、間違いなくまだ開業しているということだった。

その話によると、杉山俊郎は四十五歳で、妻は三十八歳である。男の子が二人いるが、長男は大阪の大学に入っており、次男は米子《よなご》の高等学校にいて、現在では夫婦だけだというのだ。それに看護婦が一人いる。医師杉山俊郎の家族については、これだけを知らされた。

医者としての彼の評判は良かった。そこは葛城村でも桐畑というところで、大体、村の中心地になっている。近隣十里四方にわたって医者がいないので、杉山俊郎は村人の尊敬と信頼を受けているということであった。

良吉は、父の分家の話もそれとなく聞いた。出てくる名前に心当りの者が混じっている。父がその村の話と一しょに幼い良吉に聞かせた人の名だった。良吉は、まだ知らぬ父の故郷とはいえ、雑貨屋の話だけでも懐しさがこみ上げてきた。

駅前から桐畑までは十二キロの道程《みちのり》である。バスが出ていた。旧式の、汚ない、小型バスだった。

バスは雪の道を走った。寒々とした風景だ。畠《はたけ》は雪を厚く被《かぶ》り、山は梢《こずえ》だけの山林が白い斜面に黒褐色の斑《ふ》になっていた。部落はところどころしかない。山峡《やまかい》の、いかにも耕作地に恵まれない僻村だった。

傍らに川が流れている。この川の名前にも父からの教授があった。馬木川というのだった。

一時間ばかりでバスは桐畑についた。十軒ばかりの家が道の両側に並んでいる。店は二軒ぐらいあった。

ここで杉山医院を訊《き》くと、すぐ裏手になっていた。道から山までは、それでも一キロぐらいの平地がある。良吉は雪の径《こみち》を歩いた。

畠の中に、医者の家は百姓家と一しょに建っていた。そこが医院であるという唯一の区別は、白いコンクリート塀をめぐらすことで見せているみたいだった。母屋《おもや》の瓦《かわら》は赤かった。

玄関に立って案内を乞《こ》うと、二十四、五ばかりの、顔の円い看護婦が取り次ぎに出た。

良吉が村の者でないことは、彼女にも一目で判《わか》る。良吉が、先生はいますかと訊くと、ただいま往診中ですと答えた。名刺を渡して、奥さんに、と頼んだ。

やがて、痩《や》せた、背の高い、中年の女が出て来たが、それが医師杉山俊郎の妻だった。名刺にある東京の住所を不審がっている様子だった。

良吉は、手短に自分の素姓を話した。分家の杉山重市《じゅういち》の孫だというと、良吉という存在は知らなかったが、分家の名前で通じた。猪太郎のこともうすうす聞いているらしかった。

主人はいないが、ともかく上って下さい、というので、良吉は薬局の横に付いている廊下を渡って母屋に入った。

囲炉裏に火がおこっていた。妻女はそこで赤い座蒲団《ざぶとん》を出し、茶をすすめた。しかし、文通も何もなく、また、事前に手紙も出していないので、この訪問はやはり奇妙だった。妻女のほうも、どこか当惑げな様子がある。いや、当惑というよりもチグハグな感情だった。

姓だけは一応一族なみだが、突然やって来た良吉は一種の闖入者《ちんにゅうしゃ》である。良吉は、主人の俊郎にだけはどうしても会いたかった。自分の父の僅《わず》かな血続きといえば、この人よりほかにない。折角、山陰の奥まで訪ねて来ながら、父の故郷の山だけを見て帰るのは物足りなかった。僅かな時間でもいい、俊郎というのに会ってみたかった。

「あいにくと、往診に出ていましてね」

妻女は紹介のときに、自分の名前を「秀《ひで》」といった。

彼女が都会的な感じのするのは、岡山のほうから縁づいて来ているという駅前の雑貨屋の主人の話を思い出してうなずいた。

「ちょっと、隣村に行くのにも、三里や四里はございますからね」

「こういう雪の日に、どうしていらっしゃるんですか？」

良吉は、二尺も積もっていると思われる、途中の雪を眼に泛《うか》べていった。

「馬で行くんですよ」

妻女は笑った。

「ほんとうに、山の中の医者ですからね。ここでは、自動車も、自転車も、役に立ちません。山越しして行くには、馬よりほかに方法がないんですよ。ですから、わたしの家の横には、馬小屋が付いています」

「大変ですね。あんまり遠いところだと、お断わりになることもあるでしょう？」

「いいえ、それが、事情を聞くと、できないことが多うございます」

秀は話しているうちに、次第に最初のぎこちない気持がほぐれてゆくようだった。

それは、彼女の表情や話し方で判る。

「田舎《いなか》の人は、なるべくお医者にかからないようにしていますから、売薬か何かで間に合わしているんですよ。とうとう、どうにもならないときに往診を頼みに来るので、いつも手遅れがちになります。今日頼みに来ると、もう、明日では間に合わないという患者が多いんです。そんな事情ですから、頼まれると、主人は夜中でも馬で出かけるんですよ」

大変なことだと良吉はまだ見たこともない遠縁の俊郎に同情した。

秀はぼつぼつ話をはじめ、俊郎が岡山の医大を出ていること、結婚して二十年以上になること、主人はせめて医局のほうを手伝えといっているが、その気になれないで、未だに岡山から呼んだ看護婦を同居させていることなど聞かせた。

その話のはしばしには、良吉の父の猪太郎のことにも触れてきた。

今でも親戚《しんせき》は残っているが、良吉が父から聞いていた名前の人物は、ほとんど死んでしまっていた。現在は大ていその子供か孫に当っていて、親戚の血筋が薄くなっている、ただ、本家と分家というつき合いだけだ、と秀はいった。

猪太郎が若いときに出奔して、諸国を放浪していたことも、この村には聞こえていた。秀も俊郎から、良吉の父のことを聞かされていたが、それは、父の消息が曖《あい》昧《まい》なことでしか伝わっていないことが秀の話で判った。

それは、つまり、父という人間が故郷で伝説化していることでもあった。

その放浪児の猪太郎の子供がここに訪ねて来たのだから、秀もびっくりしただろうし、最初の当惑はよく判った。

三時《おやつ》は餅《もち》を振舞われた。秀は、ぜひ、泊ってゆけ、といった。そのうち、主人も帰って来る、今夜は、いろいろと、あなたのお父さまのことも伺いたいから、主人が帰るまではどうしても残ってくれ、といった。その言葉は、まんざらお世辞とも思えなかった。父の猪太郎の不幸は、親類のなかでかなりな同情を買っているらしかった。

馬で往診に出て行ったという医者は、しかし、容易に戻らなかった。

「ほかを二、三軒回るのかもしれません」

秀はそういった。

しかし、夕方になっても、医師は馬に乗って帰らなかった。

九州や広島で乾いた明るい景色を見ている良吉には、窓から見える雪の風景がまるで違った世界に坐っているような感じで映った。

山に囲まれているためか、ここは日昏《ひぐ》れも早かった。白い景色のままに、あたりは蒼然《そうぜん》と昏れてゆく。

「もう、戻るころですがね」

秀は、ときどき、表に出て行って様子を見るらしかった。しかし、その言葉は、良吉を引き留めるというよりも、次第に彼女自身の心配になってゆくようだった。

良吉は思い切って一晩厄介になることにした。医師の戻りが夜中だとすると、バスもなくなるし、宿のあるところにも戻れなかった。

「どうしたんでしょうね？　まだ帰らないんですよ」

秀が実際に憂いげな顔を見せたのは、夜に入ってからだった。

3

八時になった。

「一体、どこまで行かれたんですか？」

良吉は、夫の帰りが遅いのを心配している秀に訊いた。

「片壁という部落に行ったんです。そこに二軒ほど患家がありましてね」

秀は客である良吉に平静な言葉で答えたが、その心細げな様子は蔽《おお》うべくもなかった。

「そこは、どのくらいの道程《みちのり》があるんですか？」

「六キロぐらいはあります」

「馬だとわりと早いわけですね？」

「そうなんですけれど、なにしろ、大変な難所でして、片側は山になり、片側は断《だん》崖《がい》になっています。路幅が狭く、とても嶮岨《けんそ》なところですわ。それに、この雪でしょ。ここよりはもっと深く積もっていると思うんです」

良吉は、山間の雪道をとぼとぼと馬を歩かせている医師の姿を思い泛べた。

「では、こんなに暗くなっては、そこを通るのは危ないわけですね？」

「ええ、それで心配してるんです。崖《がけ》を踏み外すと、二十メートルも下の川に落ち込みますからね。今までも、馴れた村人が二人ほどそこで死んでいます」

「そりゃ危ない」

良吉は想像していった。

「では、治療で遅くなって暗くなり、患者の家で泊ってらっしゃるということは、ありませんか？」

「さあ」

秀はそれに否定的だった。

「そんなことはないと思います。これまでも、どんなに遅くなっても帰って来ましたから」

「患家というのは、御主人を頼りにしてるので、危なくなると、泊めるんじゃないですか？」

「ええ、この辺の人は主人に親切にしてくれますけれど」

「それじゃ、きっとそうですよ。そんな危ない夜の雪道では、患家のほうで引き留めているに決まっていますよ。往診に行かれた患家の名前も判ってるんでしょう？」

「判っています。一軒は大槻《おおつき》という家で、一軒はやはり杉山というんです」

「杉山？　すると、こちらの親戚ですか？」

苗字《みょうじ》が同じなので、良吉はそう訊いた。

「主人の従弟《いとこ》ですわ。杉山博一《ひろいち》というんです」

従弟というと、実は、良吉にも血筋の上で多少の関係があるだろう。よく訊いてみると、やはり俊郎の父とその博一という人の父とが兄弟だった。つまり、両方の祖父は重市の兄弟に当る。すると、良吉とはまた従弟《いとこ》同士に当るわけだ。

「それだったら、なおさら、その博一という人が御主人を泊めているに違いありません」

良吉がいうと、なぜか秀は強く頭《かぶり》を振った。

「いいえ、ヒロさんのところなら、主人は泊る筈《はず》がありません」

そのいい方が強かったので、良吉は思わず彼女の顔を見た。

だが、それには秀は答えなかった。説明をしないのは、はじめての良吉にいいにくい事情があるようにも察しられた。

窓の外を見ると、雪は降っていないが、闇《やみ》のなかにも積もった雪が白々と見える。屋根を鳴らす風が笛のようだった。

それから一時間経った。もう、秀は良吉の前も憚《はばか》らずにおろおろしていた。良吉自身もどうしていいか判らない。秀は別間に床をとってくれたが、彼はのうのうと先に寝るわけにもいかなかった。

良吉自身にも不吉な想像が起きていた。秀から聞いた話で、二十メートルの崖から馬もろともに転落してゆく医師の姿が眼に泛ぶ。山峡の断崖に、細々と一筋ついている白い雪路《ゆきみち》さえ眼に見えるのであった。

急に表の戸を叩《たた》く音がした。睡《ねむ》れないままに奥の間で起きていた良吉は、耳を澄ました。秀が応対に出ているらしい。せっぱ詰ったような男の声がしていた。医師が帰ったのではなかった。いや、医師の変事を報《し》らせる注進だった。

良吉も着替えない姿のままに玄関へ出た。恰度《ちょうど》、報らせに来た男が帰ったすぐあとだった。

秀は、自分の居間のほうへ駆け込むように戻るところだった。

「どうしたんですか？」

良吉は訊いた。

「主人が……」

秀は喘《あえ》いだ。

「主人がどうやら、あの難所から谷へ落ちたらしいんです」

良吉は息を詰めた。秀は蒼《あお》い顔になって眼を血走らせている。

「いま、駐在から使いが来たんです。暗いのでよく判らないけれど、夜が明けたら、すぐに確かめに行くといってきました」

良吉は急に返辞ができなかった。

「わたしは、これからすぐ駐在に行きます。とても、ここでじっとしていられませんわ」

そういってから、良吉が客であることに気づき、

「すみません。はじめていらしたのに、こんな騒動が起ったりして」

と謝った。

「いや、そんなこと……しかし、そりゃ大変ですな。ぼくも一しょに行きましょう」

「いえ、とんでもありませんわ。あなたは、ここで休んで待っていて下さい」

しかし、女の身である秀ひとりを駐在所にやるわけにはいかなかった。この家には看護婦がいるから、留守番はある。良吉も、遠慮して断わる秀を無理に納得《なつとく》させ、一しょに付いて行った。

駐在所は、良吉がバスで降りた近くにあった。ほかの家は戸を閉めて雪のなかに睡っているが、駐在所の窓ガラスだけは電燈が赤々と点《つ》いていた。

良吉が入ると、消防団の法被《はつぴ》を着た男が二人、達磨《だるま》ストーブに当っていた。

「駐在さんは？」

秀は訊いた。

「ああ、奥さん」

消防団の村人は秀の顔を見て、あわててストーブから離れた。

「駐在さんは、いま、ヒロさんと一しょに現場に行きましたよ。われわれもこれから行くところです」

もう一人の消防法被の男は、提灯《ちようちん》にローソクを立てていた。

「ヒロさんと一しょですって？」

秀は怪訝《けげん》な顔をした。

「ヒロさんがどうしたんですか？」

良吉は、ヒロさんが、というのが、先ほど聞いた俊郎の従弟杉山博一だということを察した。医師はその博一のところに往診に行った筈である。

「ヒロさんがね、谷底に誰《だれ》やら落ちているのを発見したんですよ。それで、あわててここに報らせて来たんです」

誰やら、というのは、秀の前を憚《はばか》っていっていることで、明らかに俊郎医師を指しているのだった。

「ヒロさんは、どうしてそんなところを見つけたんでしょうか？」

秀は不思議そうに訊いた。

「なんでも、木炭を田代《たしろ》部落の倉田《くらた》さんのところに運んで行っての帰り、現場を通りかかり、おかしいと思ったそうですな。誰かが谷底に落ちた跡がある。これは大変だというので、すぐ、そこから引き返して駐在に知らせに来たんですよ」

谷へ転落した人間が医師であるらしいことは、まだその正体を見究めないうちに、駐在から秀のところに使いが来たことでも判る。

駐在も、消防団の人も、秀の気持を考えて、転落した人間が医師であるとははっきり口に出さないのだと察しられた。

「わたし、そこに行って見ます」

秀はおろおろしていった。

「あなた方も、これから行くんでしょ。伴《つ》れてって下さいな」

消防団のなかで止める者もいたが、結局、秀の態度に圧《お》されて、同行を承知した。

もちろん、良吉もその一行に加わった。

消防団の人が三人、提灯を持って雪道を急いだ。

良吉はふるえている秀の傍に付いて、まっ暗い雪道を歩いた。

4

現場までは一時間近くかかった。雪は三十五センチぐらいは積もっている。歩き馴れない良吉は、何度か転びそうになった。消防団の持っている提灯が、暗いなかを侘《わび》しげに導いた。

桐畑の部落を外れると、山路だった。谿谷《けいこく》はその先からつづく。片側の山の斜面が、恰度、白い塀のように突き立ち、片側は暗い闇だった。その闇の底に水音が聞こえている。雪の路幅は二メートル足らずだった。

路はくねくねと曲がっている。曲がるたびに崖は高くなり、水音が深いところで聞こえていた。

どのくらい歩いただろうか。ようやく、向うに赤い火が勢いよく燃えるのが見えた。

「あれだな」

先を歩いている消防団がいった。

「あそこで、駐在さんが夜の明けるのを待ってるんだろう」

消防団の言葉通りだった。焚《た》き火の近くに行くと、黒い人影が起《た》ち上って迎えた。

制服の巡査だった。そのほか、男が二人、火の傍にいる。一人はやはり消防団の法被《はっぴ》を着ているが、一人は合羽《かっぱ》を着た背の低い男だった。

「奥さん、ここまでおいでになったんですか」

巡査は秀を見てびっくりした。

「はい、なんだか落ち着いていられなくて」

秀は声をふるわせていた。

「まだ、御主人かどうか判りませんよ。なにしろ、こう暗くては、誰が落ちたのかさっぱり見えません」

巡査は、なるべく秀の衝撃を柔らげるようにいった。

「やあ、お秀さん」

背の低い合羽男が、火の傍から秀のほうへ歩いて来た。

「あら、ヒロさん、あんたが見つけたのですか？」

良吉は、初めて杉山博一なる人物の顔を見た。片頬《かたほお》が赤い炎に照らされて髭面《ひげづら》を見せている。四十二、三ぐらいと思えるが、あるいは本当はもう少し若いのかもしれぬ。皺《しわ》の多い顔だった。

「ああ、わしがな……」

と杉山博一は嗄《しわが》れた声でいった。

「わしがな、田代部落の倉田さんのところに炭を届けに行って、その帰りにここまで来たとき、道の雪の模様がどうもおかしい。今は暗くてさっぱり判らんが、この崖の下に雪の崩れ落ちた跡がある。そう思って提灯を照らして見ると、馬の足跡が片壁部落のほうからここまで来ているが、途中で消えとる。わしははっと思ったよ。もしかすると、あんたのところの俊郎さんが、この崖から馬もろとも落ちたんじゃねえかと思ってな、すぐ、駐在に報《し》らしたんだ」

博一は吃《ども》りながら短い説明をした。

「うちの主人《ひと》は、あなたのところに往診に行ったんじゃないですか？」

秀が訊いた。

「そう。うちのミサ子《こ》を診てもらったがな。そうだ、あれはたしか三時半ごろだった。わしは、恰度、倉田さんところに炭を届ける約束があったんで、俊郎さんが診察を終るのを待たずに、この橇《そり》に炭を乗せて先に出かけたんだ。そうだ、あれは四時ごろだったろう」

博一の言葉で、良吉が見ると、今まで暗くて判らなかったが、そこに荷物を運ぶ橇が空のまま置いてあった。

この辺は雪が深いので、奥地から荷を運ぶときは木製の橇を使う。それには綱が付いていて、それを人間が肩に掛け、荷車に付いているような長い柄を両手で引っぱって歩くようになっていた。

「では、うちの主人《ひと》は、あなたのところがおしまいでしたか？」

「そうそう、うちの先の、大槻の正吾《しょうご》さんのところに先に行って、それからわしのところに寄ってもらった。だから、俊郎さんがいつわしの家を出たか判らんが、わしはこの現場まで来て、馬の足跡が途中で消えているので、早速、駐在さんに報らして、来てもらったわけだよ」
「では、うちの主人《ひと》があなたのところから出たかどうかは、まだ、はっきり判らないわけですね？」
「なにしろ、こういうことだから、家には帰らんでいる」
杉山博一の説明によると、馬の足跡で、確かに杉山俊郎がここまで来ていること
が判っているので、家に帰って訊くまでもない、というのだった。良吉があとで聞
くと、片壁部落では馬を持っている家は一軒もないという。
秀は、消防団の照らす懐中電燈で現場を覗《のぞ》いた。淡いその光でも、その路の一メ
ートルぐらい先に馬の深い足跡が見えた。それは、博一の説明の通りに、桐畑とは
反対側の片壁のほうから続いているのだが、急にそこでなくなっている。
しかし、懐中電燈の光だけでは頼りなくて、事態は定かには判らなかった。そこ
で、秀も良吉も一しょになって、同勢八人は火を囲んで、夜の明けるのを待った。
その間に、発見者の杉山博一が付け加えた話はこうである。
博一の妻ミサ子は、かねてから胃を患っている。その日も急激な胃痙攣《けいれん》が来て痛
みが激しく、たまりかねた博一自身が従兄の杉山医師を迎えに行ったのだ。
杉山俊郎は、博一を先に帰した。博一の住んでいる片壁部落には、もう一人、診

るべき患者がいた。それは博一の家から二百メートルばかり離れている大槻正吾の家で、四十五歳になる正吾は肺を患っている。

杉山医師は注射道具など用意して、午後二時ごろ、馬に乗って出かけた。片壁部落までは雪の道で、馬でも一時間はたっぷりとかかる。だから、医師が大槻正吾の家に着いたのは、午後三時だった。道順としては杉山博一のほうが先なのだが、どういう理由《わけ》か、医者の俊郎は先に大槻の家に往診している。

その戻りに医師は博一の家に着いたのだが、それが午後三時半ごろだった。

ミサ子の胃痙攣のために注射を打ったり、手当てをしていたが、博一は、先にもいう通り、田代部落の倉田家に、その日の夕方までに炭三俵を届ける約束があり、彼は医師を残して四時に出発したのであった。

田代部落は桐畑とは別な方向にあって、そこまでは約一時間四十分ぐらいかかる。

博一は橇に炭三俵を載せ、無事に田代部落に行って、倉田家に炭を納めた。その戻りに、この現場で異様な椿事《ちんじ》の跡を発見したのである。——これが博一の話だった。

5

夜が明けた。

博一の観測に間違いはなかった。巡査を先頭に、消防団五名が博一と共に二十メートルの崖縁《ぶち》を伝って下に降りたとき、医師と馬との死体を発見したのだった。渓流は意外に川幅が広く、流れも相当に激しかった。杉山俊郎は墜落したとき岩角で頭を打ったとみえ、血を流して、身体の半分を水の中に漬けて死んでいた。馬は渓流のまん中に落ちて、水のために約十メートル流され、別の岩礁に引っかかっていた。

秀は、崖の上にあがった駐在巡査からこれを聞かされて、泣き伏した。

良吉としては、はじめて訪ねた父の故郷で、思いもよらない変事に遭遇したわけだった。

夜が明けてみて、はじめて、医師の足どりが判った。雪は約四十センチばかり路に積もっている。路幅は二メートル足らずという狭さだ。良吉は、明るくなってこの景色に接し、その絶景と共に危険なこの崖道を見て愕《おどろ》いた。

昨夜、片側が闇になっていたところが全部谿谷で、向い側は突兀《とつこつ》とした山になっている。この路を馬で来た医師は通い馴れているから通行したのだろうが、はじめての者なら、とても恐ろしくて馬で歩ける路ではない。

さて、事故とはいえ、医師の死の実地検証は詳細に行われた。

片壁部落は戸数五戸ばかりで、夕方近くなると、桐畑のほうから片壁部落に行く者はなくなるし、向うからも人が来なくなる。これはこのような路の危険を考えて、自然と通行途絶となるらしい。

降雪は昨日の正午ごろで止《や》んでいる。路の雪の上には、橇の跡と、人間の歩いた跡とがあり、さらにその上に馬の足跡が付いている。人間の足跡は浅く、馬の足跡は深かった。

この検証で、杉山博一の申し立てに間違いはなかった。

橇の跡と人間の足跡とは、勿論《もちろん》、博一のものだった。だが、馬の深い足跡は、橇のすべった筋と博一の歩いた足跡のあとから付いているのだ。つまり、橇のすべった筋と人間の足跡とは、あとから来た馬の足跡でところどころ崩されている。

この人間と馬の足跡のことは、駐在巡査によって詳細に書き取られた。

次に一行は、杉山博一の家に向った。博一自身は昨日、炭を積んで橇で出かけたまま、はじめてわが家に帰るのである。

博一の妻ミサ子は、俊郎医師の行動を次のように話した。

「俊郎さんは、うちの亭主が炭を橇に積んで出て行ったあとも、二十分ばかり、わたしの手当てをしてくれました。それが済んで、馬に乗ってこの家を出ましたが、それが四時半ごろだったと思います」

つまり、博一は四時に家を出て、雪の上に足跡の付いた通りに田代部落に向い、それから三十分遅れて、杉山医師が馬に乗って同じ路を桐畑の方へ歩いて来たのだった。ところが、不幸なことに、路の雪のために馬が脚をすべらせ、二十メートルの断崖下に転落したという次第である。

良吉は、始終、巡査一行の実地検証に立ち会っていた。秀は、俊郎の死体を消防団の人たちが収容して家に担いで帰ったので、一しょに従った。

良吉は、馬の足跡、人間の足跡、橇の跡を仔細《しさい》に眺めた。なるほど、人間の足跡と橇の筋の上をあとから馬の深い足跡が崩している。完全に医師の乗った馬が人間の歩いたあとから来たことは、これで判った。

馬の足跡が遭難現場で跡絶《とだ》えているのは当り前だが、一方、人間の足跡、つまり杉山博一の足跡と橇の跡とは、この現場まで三回付いている。

一回は、片壁部落から出てそのまま田代部落に行った往路の跡であり、二回目は、田代部落からこの現場まで来たもので、三回目は、現場ではじめて事故を察して、駐在所のある桐畑に引き返したときの跡だ。

さらに、巡査や消防団と一しょに来たときの足跡が、事故の現場の近くまで付いている。

勿論、これは劃然《かくぜん》としたものでなく、それに、桐畑から現場までは巡査や消防団、秀や良吉の足跡も入り乱れてついている。ただ、博一のそれは、彼の言葉と一致しているわけだ。

ところが、馬の足跡の付いている最後の箇所から手前約半メートルばかりは、人間の足跡も橇の跡もない。これは巡査たちの意見によると、馬が崖下に墜落するとき道に積もった雪を蹴散《けち》らしたため、橇の跡と人間の足跡とを消してしまったのだろうと観測したのである。

なるほど、そういわれてみると、墜落した場所の雪は崖の下まで落下している。

だが、良吉には、この人間の足跡も、橇の跡も、馬の足跡も付いていない短い雪の空間が、頭の隅にこびり付いた。

説明は、巡査のいう通りで判るのだ。馬が墜落するとき、あがき蹴散らしたために、雪が往路の博一の足跡と橇の跡まで埋めたものであろう。さらに、馬と人間が崖下に転落するときに起った衝撃で、約四十センチ積もった雪が崖下にこぼれ落ちているのも当然である。

だが、その説明だけでは、まだすっきりしないところが良吉の頭のどこかにあった。

良吉は、駐在巡査に従《つ》いて博一の家にも行った。

その家は、板塀だけの、バラック同然の見すぼらしい小屋だった。桐畑部落で見るような、本格的な農家の構えではない。屋根も瓦は置いてなく、檜皮《ひはだ》の上に、風を防ぐ石が載っていた。恰度《ちょうど》、北陸や木曾路《きそじ》あたりの民家にあるような体裁だった。

家の中も極めて貧しい。タンスも古いのが一つあるだけで、ささくれた古畳の上に、蜜柑《みかん》の箱が積まれてある。それがこの家の整理戸棚だった。

博一の家は、その辺の狭い土地を開墾して、わずかな農作物を作って暮らしている。これは主として女房の仕事で、博一はその裏山で炭を焼いていた。その貧乏ぶりは、女房ミサ子の着ている着物に如実に現われていた。うすい着物を何枚も重ね合わせて着ているが、その着物にしてさえ、垢《あか》の滲《にじ》んだ、色のさめた袷《あわせ》だった。

帯も縁《ふち》が擦《す》り切れている。

良吉は、自分と血続きになる博一の顔を眺めた。昨夜、炎の明りで見たときも窶《やつ》れた顔だと思ったが、明るい陽の下で見ると、それがもっと酷《ひど》かった。眼は落ち窪《くぼ》み、頬はそげ、髭《ひげ》が黒い顔に一ぱい伸びている。博一自身の着ている物も、古い軍服のようなものだった。それもところどころ継ぎはぎがしてある。

良吉は、杉山一族というと、この辺の地主や山林の主もいることだし、いわば「名門」なのに、どうして博一だけがこんな貧乏をしているのかと不審に思った。

良吉は思い切って、一しょに来た消防団の一人を木蔭に呼んで、事情を訊いてみた。

すると、その男は気の毒そうな顔をしていった。

「ヒロさんはね、もともと、ここにいれば、何とかなるのでしたが、若いときに血気にはやって、戦争前、満州に飛び出して行ったんですよ。今の奥さんも向うで貰《もら》った人です。一時は景気が好く、この村の評判者でしたが、終戦になって帰って来たときは、まるで乞食《こじき》同様の姿で、見る影もありませんでした」

彼はつづけた。

「なにしろ、満州に行くとき、土地田畑を全部売って行ったもんですから、帰って来ても、わが家もなく、田も畑もありません。そこで、仕方がなく、この痩《や》せた土地に移り、自分で開墾したのです。この近所の他の三軒も、同じように満州から引き揚げて来た開拓組ですよ。ところが……」

消防団はいよいよ気の毒そうな顔をした。

「こういう土地ですから、そんなことをやっていては、いつまでもウダツが上りません。もともと、ヒロさんは利かぬ気の男で、何とか本家や分家を見返してやりたいと、一生懸命でしたがね。こればかりはどうにもなりません。ヒロさんは、冬になると炭焼きをし、夏になると、松江や広島あたりに出稼ぎに行っていました。ほんとに気の毒ですよ。ほかの親戚はみんな立派なのにね」

良吉はそれを聞いて、昨夜、秀に、ご主人がこんなに遅くなっては、従弟さんの家にお泊りになるかもしれませんね、といったとき、彼女が強く頭《かぶり》を振って答えなかったのを思い出した。

6

秀が博一の家に夫が泊る予想をあたまから否定したのは、博一の家の眼を蔽うような貧乏だけではなさそうである。博一と従兄の俊郎とは、普段からあまりしっくり行っていなかったのではあるまいか。

良吉はどうもそんな気がした。

俊郎が博一の妻を往診したのは、医者としての役目だから止《や》むを得なかったのだろう。それに、同じ片壁部落には、もう一軒、大槻正吾という往診患者がある。このほうは肺を患って、大槻の女房が医師を迎えに来たとき、いま喀血《かっけつ》したからと往診を頼んだそうだから、俊郎としても放って置けなかったのであろう。だから、カンぐって考えれば、大槻から迎えに来なかったら、あるいは俊郎は博一の女房のところに行かなかったかもしれない。たまたま、大槻が喀血したので、ついでに回ったということもあり得る。

ここで、良吉は博一の話を思い出す。俊郎は、道順ならば博一の家が近いのだ。だが、そこには行かず少し離れた大槻の家に先に行っている。

普通なら、親戚の家にまず往診に行くべきではなかろうか。大槻が喀血したので、そっちのほうを先に回ったということも考えられるが、この場合、博一の家をあと回しにしたということが、何か日ごろの俊郎と博一の冷たい関係を暗示しているように思われる。

良吉は、博一の家に巡査と来たついでに、その家のぐるりを歩いてみた。雪を被《かぶ》っているので、さっぱり区別がつかないが、地形からして、なるほど、耕作地はないように思われる。平らな場所はほんの僅《わず》かで、あとは急な斜面の山がせり上っていた。

家の周囲も汚なかった。また置いてある物を見ても、どれも貧しい道具ばかりだった。

そのうち、良吉は、雪の中に少しこぼれている黒い滓《かす》のようなものを見つけた。

何だろう？

拾って見ると、それは、櫨《はじ》の実の殻の小さく砕けた細片だった。

この辺には櫨の樹《き》があるらしい。

良吉は山を見上げた。どの樹も枝に雪が載っている。だが、松、杉、檜《ひのき》、樅《もみ》などの樹の間から、櫨の樹を見つけるのに苦労はいらなかった。ひどく大きい櫨の樹が一本だけ高く聳《そび》えているのである。

良吉は、掌から黒い殻の砕片を落した。それは白い雪の上に黒い砂粉を撒《ま》いたようにこぼれた。

良吉は、東京の社宛《あて》に電報を打って三日間の休暇を頼んだ。

俊郎の葬式までは、彼は遂《つい》にここを出発できなくなったのである。亡父の故郷に来て、父と血の繋《つな》がる一人の男の急死に出遇《であ》ったのも、何かの因縁であろうと思った。

「ほんとに御迷惑でしたね。すみません」

秀は良吉に謝った。それまでも、どうぞ構わないで帰ってくれ、あなたも東京に用事があるだろうから、といってくれたが、わざわざ遭難現場まで行った因縁もあって、良吉としては、葬式の済む前にここを出立《しゅったつ》することに気がひけた。

告別式は盛大だった。杉山俊郎はこの山村で唯一の医者として、村人から信頼と尊敬とを受けていた。医師の不幸な死は、誰からも惜しまれたのである。

俊郎の遺児二人も、電報の通知であわてて帰省して来た。どちらも立派な青年だった。

告別式は村の寺の本堂で行われた。会葬者も、村長や村会議員など村の有力者をはじめ、村人のほとんどが参集した。参会者は、近来、このような盛大な葬式を見たことがない、といい合った。

良吉も縁戚の一人として親族席の末端に坐らせられた。

まず、焼香は遺児二人と妻の秀からはじめられた。そのあとは親戚の焼香となったが、良吉が見ていると、いずれも裕福そうな人間ばかりだった。親戚は、この村に限らず、隣村や近接村から集ってきた。親戚だけでも総勢男女合わせて二十人を超えていた。

その中で最も見すぼらしいのは、やはり杉山博一だった。彼の妻ミサ子も夫と一しょに同席した。

博一は、それが唯一の晴着であろう色の褪《さ》めた古い洋服を着ていた。ネクタイは無く、洗いざらしのワイシャツが上衣の前に皺だらけとなってハミ出ていた。

妻のミサ子は、さすがに誰かから借着したらしい、さっぱりした着物だったが、やはり裄《ゆき》が合わなかった。それも喪服ではなく、この儀式にはそぐわない色のついた着物だった。

だが、この二十人を超す親戚の中で、仏前にぬかずいて一番歎《なげ》いたのは博一夫婦だった。

これは見ている人に奇異な思いをさせたのかもしれない。良吉はそっと会葬者の表情を観察したが、みんな眼を凝らして仏前で泣き崩れている博一夫婦を見つめていた。それは感動した顔というよりも、呆然《ぼうぜん》とした表情に近かった。

もっと、人びとのそのときの感情を分析すれば、日ごろ、俊郎と仲の悪かった博一夫婦が、俊郎の霊に案外な悲歎を見せた意外な出来事におどろいていたように思われる。

7

良吉は、告別式が済むと、秀に別れを告げた。

帰りは、宍道方面に出て、山陰線回りで東京に行くコースをとることにした。

彼は木次線を北に向った。ふたたび昏《く》れなずむ山峡の間を汽車の走るのを知った。

出雲三成、下久野、木次などという駅名が過ぎて行く。

山は白い雪の部分だけが昏れ残っていた。

良吉は、あの崖路に半メートルぐらいの間隔で残っている白い地帯をまた眼に泛《うか》べた。その部分だけが、馬の足跡も、人間の足跡も、橇の跡もないのである。

また、博一の家の裏で見た櫨《はじ》の実の殻も眼に映った。雪の上にこぼれた黒い砂のような五、六粒だった。

次に、その博一夫婦が故人の霊前に泣き伏している姿も思い泛べた。

寒い山は窓にゆっくりと動いて行く。乗客も少かった。汽車も貧しそうだった。

博一はあの櫨の実を砕いて何に使ったのだろうか。櫨の実からは日本蠟燭《ろうそく》の原料がとれるのだが。


蠟。――博一は蠟をどうしたのだろうか。

しばらくすると、山の間に狭い田圃《たんぼ》が見えた。畔道《あぜみち》を農夫が馬の手綱を引いて歩いている。黒い馬は裸馬だった。

良吉は、医者があの雪の崖路を馬に乗って歩いているのを想像した。

このとき、良吉ははっと思って窓からのぞいた。裸の馬は、もう、ずっとうしろのほうに過ぎ去っていた。

そうだ、馬はひとりでも歩ける。人間を乗せなくても歩ける。

あの馬の足跡を見たとき誰しも、その馬の背に医者が乗っているものと思い込んでいた。だが、医者が馬に乗って帰りの道を歩いているところを目撃した者は一人もいないのだ。足跡だけがその証拠のように残っているが、馬が人を乗せて歩いたということは足跡だけでは証明できない。

すると、良吉にはまた半メートル間隔の白い地帯が泛ぶ。そこだけはどの足跡も付いていないきれいな雪の地帯だ。

博一をはじめ、駐在巡査も、所轄署の警官も、それは俊郎の乗った馬が崖下に転落するとき、雪を蹴散らしたため、人、馬、橇の跡を散った雪が埋めたものと考えていた。しかし、果たしてそうだろうか。

あの足跡の付いていない雪の半メートル幅は、誰か人間が工作した跡ではあるまいか。

工作。——

蠟。

良吉は思わず息を呑《の》んだ。思考がつづいた。

あの足跡のない雪の部分を想像でここで復原してみよう。

崖路の幅は二メートル足らずである。もちろん、人も馬も歩けるように道は平らにはなっている。だが、そこに一部分だけ道に斜面を作ったらどうだろうか。つまり、山側に高く、川に面した崖縁のほうを低くするのだ。それは雪をかき集めて出来る。すると、その斜面を歩く者は甚だ不安定な姿勢になる。山際のほうが高いので、彼の身体は谷側に重心が傾くだろう。

しかし、それだけではまだ充分でない。なぜなら、雪は凍っていないから、脚が雪の中に深くめり込むわけである。

それでは、そこをより完全な滑り台として工作するには板を置けばいい。傾斜した雪の上に板を並べるのだ。板も傾斜している。その板にはあらかじめ櫨の実を撒《ま》いて、人間が脚で踏み砕く。すると、板一面は蠟で一ぱいに塗りたくられ、極めて辷《すべ》りやすいものになる。

工作者は、その板を自宅から炭と共に橇で現場まで運び、雪を路に盛り、その上に置く。

だが、これだけでは、馬がひとりで歩いて来たとき、路上の黒い板を発見して立ち停《どま》る惧《おそ》れがあるから、板の上には雪を撒いて蔽《おお》っておくのだ。

裸の馬はひとりでそこまで歩いて来る。そして、知らずに雪を撒いた板の上に乗る。

すると、すべり台の役目をした板は馬の脚を辷らせ、身体を傾かせ、谷底に転落させる。このとき板も一しょに渓流の中に落ち、この証拠品は川下のほうへ流れて行く。完全に人の目にふれなくて済む。——

そうだ、あれはこのような順序で工作が運ばれたのではなかろうか。

警察で検証したように、博一が引いた橇は馬よりも先に現場を通っている。博一の女房の証言によると、医者は博一から三十分遅れて出発したというが、恐らく、その通りに違いない。だが、このとき、馬には医者は乗っていなかった。

すでに博一が出発するとき、医者の俊郎は博一の手にかかって殺されていたのだ。

馬は、医者が家の中に入っている間、その辺の樹か柱に括《くく》られていたのであろう。だが、博一の出発後、彼の女房は馬の手綱を解く。すると、馬の習性として、しばらくその辺を彽徊《ていかい》したのち、ぽくぽくと崖路を桐畑部落のわが家へ戻って行く。

この馬の足跡が、誰にも主人を背に乗せて行ったように思えたのだ。

では、俊郎の死体はどうなのか。彼の死体は馬と一しょに現場の崖下の渓流で発見されたではないか。頭は岩角で割られていた。

しかし、頭を割ったのは岩角ではあるまい。恐らく、博一が自宅で丸太棒か何かで殴りつけたものであろう。そして、即死した医者の死体を炭や例の板と一しょに橇に載せ、上から筵《むしろ》か何かを被せて、あの崖路を通ったのだ。

博一は、まず、医者の死体を崖下に投げ、それから雪の傾斜面を作り、幅の広い板を並べ、その上に雪を撒く。

これが終って、博一は、予定通り、田代部落の倉田という家に炭を届けに行く。

馬はひとりでそのあとから来る。博一のもくろみ通り、馬は傾斜した板に脚を辷らせ、崖下に墜落する。

この場合、その崖路を一人の通行人もなかったのが犯人にとって幸いだった。いや、幸いというよりも、通行人の途絶していることを計算に入れての犯行であろう。雪の昏《く》れ方のその時刻になると、交通の途絶することを十分に熟知している土地の人間だ。

犯人は田代部落に予定の時間に炭を届けた。この予定の時間というのが犯人にとって大事だった。なぜなら、先方に遅く着くと、途中で時間がかかったことが分り、医者を谷に落す工作をしたのではないかと怪しまれるからである。その帰り、犯人は自分の計画が成功したのを知った。彼は道の斜面の雪を元通りに直す。その部分だけ、どの足跡も無いのは当然である。恰《あたか》も人間と馬が転落するとき雪がこぼれたようになる。

そうだ、それに違いあるまい。

良吉は窓の景色を見ていたが、眼には入らなかった。

ただ、俊郎の霊前に泪《なみだ》を流している博一夫婦の姿が大きく泛ぶだけだった。この姿が、半メートル幅の白地帯と櫨《はじ》の実とを結ぶ頂点だった。

博一は、なぜ、俊郎を殺したか。

村人から聞いた話によると、博一は満州で相当な生活をしていたが、終戦となって、乞食同様の身で帰って来た。彼は開拓民のような恰好で、あの土地の痩せた片壁部落に入り、貧困と重労働と闘った。長い間の闘いだったが、彼の身体に堆積《たいせき》したのは、貧困と疲労と老《おい》だけであった。

しかし、一方、昔の親類はみんな相変らず繁栄している。彼らは大地主であり、山持ちであり、また、近在の尊敬を集めている裕福な医者でもあった。

俊郎と博一の間がどのように険悪であったか、今は知る由もない。だが、想像するに、博一は従兄であり、幼友達である俊郎に対して快からぬ感情があったに違いない。それは敗北者の僻《ひが》みであり、嫉《ねた》みであり、遺恨であった。

彼が殺人を犯す直接の動機は判らないが、例えば、医療代も充分に払えなかったことや、医者がそのため彼に冷淡にしていた、現に、あのとき、道順として博一の家に先に俊郎が往診すべきところを、わざわざ、他人である大槻の家に先に行ったことなど、博一の激情を駆り立てたに違いない。不遇な博一は些細《ささい》なことにも怒りやすくなっていたと思う。

良吉は、暮色のなかに動く暗鬱《あんうつ》な山々を窓に見ながら、何ともいえぬ暗い気持になった。

自分のこの想像が正しいかどうか判らない。この空想を組み立てている材料は、櫨の実と、足跡の残っていない道の白い地帯だけなのだ。

だが、この二つの材料は、恐ろしく重量感をもって良吉に迫っていた。真実という重量感である。

良吉は、父の不遇だった境遇を思わずにはいられない。父は他国で貧乏しながら、一生、故郷に帰ることがなかった。博一も、終戦後にその故郷に帰らなかったら、彼の悲劇は起らなかったであろう。

少くとも、今度のような医者の転落死事件が起っても、良吉にこの不吉な想像を起させるものはなかったに違いない。

良吉が東京に帰ってから二か月近くになって、秀から礼の手紙が来た。それは四十九日の法要を無事に済ませたという通知でもあった。

報《し》らせはもう一つあった。末尾に、博一夫婦が家をたたんで村を出て行った、という追伸である。この短い文字は、良吉をいつまでも憂鬱《ゆううつ》な気持にさせた。

解説

山前《やままえ》 譲《ゆずる》
（推理小説研究家）

「私」は会社帰りのバスの中で、二十年ぶりに泰子と再会する。かつて密かに想っていた女性だった。次に会ったとき、彼女が自宅に誘ってくる。夫とは死別し、保険の仕事をしながら六歳のひとり息子の健一を育てていた。会社づとめの味けなさにやり切れず、妻には不満をもっていた「私」は、泰子と関係を持ち、たびたび彼女の家を訪れるようになる。ときには彼女の帰りを待つようなこともあったが、しだいに気になってきたのは、なかなかなつかない健一の視線……。

清張短編のなかでもとくに傑作とされる「潜在光景」を巻頭に、七作で構成された連作集が『影の車』だ。

〈松本清張プレミアム・ミステリー〉の第五弾が『地の指』からスタートしたが、『風紋』、『影の車』、『殺人行おくのほそ道』、『花氷』、『湖底の光芒』、『数の風景』、『中央流沙』と、全八点がラインナップされている。病院経営の黒い霧、さまざまな人間心理の綾、旅情、破滅への道、企業経営の悲哀、土地利権のからくり、官僚の不審死など、それぞれ独自のサスペンスに彩られている。

この『影の車』には「影の車」と題された短編は収録されていない。それはミステリアスな連作のテーマなのだ。人間心理の影の部分を積み込んだ車が走っていくというイメージだろうか。

子供の視線が深層心理の影を刺激する「潜在光景」につづく「典雅な姉弟」は、東京の高級住宅地が舞台である。上品な老婆の桃世、かつての美男ぶりの名残をとどめている銀行員の才次郎、そして才次郎の亡兄の妻のお染が住む生駒家に起こった殺人事件が、姉弟の影に光を当てていく。

第三話の「万葉翡翠」について作者は、自作を例に挙げてのエッセイ「推理小説の発想」のなかでこう述べている。

万葉集もまた推理小説になりうる。普通、こういう古歌や俳句などはその字句を暗号的に推理小説に使われることはあったが、歌意そのものを解明して先学の解釈を打破した学説を応用した、推理小説も一つの分野と言えよう。万葉集巻十三にある「渟名《ぬな》河の　底なる玉、求めて　得まし玉かも。拾《ひり》ひて　得まし玉かも。

惜《あたら》しき　君が　老ゆらく惜しも。」の異説を使って殺人事件を書いたのが『万葉翡翠』である。

考古学の知見がベースになっているのが松本作品らしいが、美しい翡翠にも影が差すのだった。〈松本清張プレミアム・ミステリー〉では『弱気の蟲』に収録されている「二つの声」が俳句に絡んでの事件である。

精密機械の会社に勤めている三十半ばの独身女性を主人公にした第四話「鉢植を買う女」は、その会社を中心とした人間関係が巧みだ。そして、無気味な影が姿を現すラストが印象的である。第五話「薄化粧の男」は五十過ぎのお洒落なサラリーマンが殺された事件だが、『影の車』のなかでは一番、ミステリーならではの犯罪計画の妙が楽しめるだろう。影は決してひとつではないのである。そしてサラリーマンが妻に疑惑を抱く第六話「確証」の影は、かなり歪んだものだ。

最後の「田舎医師」は『影の車』のなかでは異色の作品である。出張帰りにふと思いたって亡き父の故郷を訪れた主人公が、殺人事件に巻き込まれているが、これは作者自身の体験がベースとなっているのだ。〝私の父親の故郷は、鳥取県の南部で、中国山脈の脊梁に近いところ〟（碑の砂）とのことだが、エッセイ「創作ヒント・ノート」にこんな一項がある。

○馬の医師
昭和二十四年冬、鳥取県日野郡谷戸村（当時の地名）の田中正慶方を初めて訪れる。正慶は亡父の本家の跡取りで、医師。大阪で個人病院を経営していたが、戦争中に疎開のため郷里に戻り、自宅で開業。訪ねて行った時は十キロばかり離れた村に往診に出ていて会えず。妻女より話を聞く。往診には馬に乗って行く。冬は積雪深し。道狭く、途中には崖もある。危険なので止めたいが、無医村なので廃業もできぬと言う。

父の故郷を舞台にした短編には「父系の指」が先行してあり、やはり往診に出かけている医者のことが書かれていた。ここではその寒村を犯罪の影が覆っている。『影の車』は、一九六一年一月から八月まで、「婦人公論」に連載された。連載での発表順は、「確証」、「万葉翡翠」、「薄化粧の男」、「潜在光景」、「典雅な姉弟」、「田舎医師」、「鉢植を買う女」、「突風」で、最終話の「突風」を除く七話を本書の順でまとめて一九六一年八月に中央公論社から刊行された。その後、中公文庫（一九七三・七)、そして角川文庫(一九八三・二)としても刊行されている。また、文藝春秋版『松本清張全集1』(一九七一・四)にも収録された。中央公論社版『松本清張小説セレクション24』(一九九四・十一)では全八話が収録されている。収録順は「潜在光景」、「鉢植を買う女」、「万葉翡翠」、「田舎医師」、「典雅な姉弟」、「薄化粧の男」、「確証」、「突風」だった。

「婦人公論」(一九六〇・十二)の連載小説予告にはこうある。

> 中篇の連作をひき受けることになった。中篇は長篇とは異なった独特の味を出せるので、それを生かして、毎月新鮮な題材にいどみたいと意欲を燃やしている。推理小説のすぐれた読者である女性たちに、どれだけ楽しんでいただけるか、中篇の限界いっぱい、その効果の追及を試みてみたいと思う。

実際には長めの短編ではあるが、テーマ選びには毎回苦労したようだ。当時の担当編集者だった作家の澤地《さわち》久枝《ひさえ》氏は、〝五十枚ずつの短篇連作「影の車」は、毎月テーマ探しが問題で、「何か面白い話はないかね」という軽い会話は、担当者にとって千金《ママ》の重みがあった〟と述懐している(編集者としての縁　「文藝春秋」一九九二・十臨時増刊）。澤地氏は先輩編集者と新宿の連れこみ旅館を取材したこともあったという。

『点と線』や『眼の壁』がベストセラーとなった一九五八年、「婦人公論」に発表したエッセイ「推理小説時代」（のちに「推理小説の読者」と改題）の冒頭にはこう書かれている。

最近、読書界の傾向には推理小説ブームが起りつつあるとよく書かれている。それも女性の読者がふえたと言われている。事実、電車の中で通勤の途中らしい若い女のひとが、翻訳ものの推理小説書を耽読しているのをよく見かける。

『影の車』では、発表媒体が女性向け雑誌ということも相俟って、政治や経済の世界といったいわゆる社会派推理的なものではなく、より女性読者が意識されていたと言えるだろう。ちなみに一九六三年には、「松本清張責任編集」で「婦人公論」の臨時増刊「推理小説特別号」が出ている。いかにミステリー界で女性読者層が広がっていたのかが分かる。

そして「推理小説時代」はこう結ばれている。

推理小説はもともと異常な内容をもっている。いわば人間関係が窮極におかれた状態である。だからこそ、推理小説にはもっとリアリティが必要なのである。サスペンスもスリルも謎も、リアリティのないものには実感も感興も湧かない。ことに、現代のように、人間関係が複雑となり、相互条件の線が錯綜したり切断されたりして、人間がある意味において個として孤立している状態では、推理小説の手法はもっと活用されてよい。その場合にはリアリティの付与がますます必要だと思うのである。

これはまさに『影の車』の魅力だ。

その『影の車』の取材にあまり時間を割くことができなかったのは当然だった。人気作家として数多くの連載を手がけていた時期だからである。一九六一年一月の時点で、前年からの連載に『球形の荒野』(オール讀物)、『わるいやつら』(週刊新潮)、『考える葉』(週刊読売)、『赤い月』(高校コース　『高校殺人事件』と改題)、『砂の器』(読売新聞)、『氷の燈火』(主婦の友　『山峡の章』と改題)、『異変街道』(週刊現代)といった長編が連載中だった。代表作が並んでいる。そして一月からは『深層海流』（文藝春秋）、『連環』（日本）、『蒼ざめた礼服』（サンデー毎日）、『風の視線』（女性自身）の連載が始まっていた。

そうした旺盛な創作活動のなかで本書『影の車』は書かれた。あるイメージを共有した作品をまとめての連作の最初は、一九五八年から一九六〇年にかけて「週刊朝日」に連載された『黒い画集』で、その次の試みがこの『影の車』だった。必ずしも短編の連作ばかりではないが、『別冊黒い画集』、『黒の様式』、『黒の図説』などと、そうした趣向は松本作品の大きな特徴となっている。そのなかで『影の車』は、短編ならではのラストの切れ味が人間心理の、そして犯罪の光と影のコントラストを際立たせている。

一九八三年二月　角川文庫刊

※本文中に「裏日本」「工事人夫」「ニコヨン」「男妾《おとこめかけ》」「女給」「気狂い」などの用語や、比喩として「気狂いのように」「乞食《こじき》同様の姿で」「不能者か半陰陽《ふたなり》」「ゲイボーイの化物みたい」など、おもに職業や性的指向に関して、今日の観点からすると不快・不適切とされる表現が用いられています。しかしながら編集部では、一九六一年（昭和三六年）に成立した本作の、物語の根幹に関わる設定と、当時の時代背景、および作者がすでに故人であることを考慮した上で、これらの表現についても底本のままとしました。それが今日ある人権侵害や差別問題を考える手がかりになり、ひいては作品の歴史的価値および文学的価値を尊重することにつながると判断したものです。差別の助長を意図するものではないということを、ご理解ください。

（編集部）

光文社文庫

推理小説集
影《かげ》 の 車《くるま》 松本清張《まつもとせいちよう》プレミアム・ミステリー
著 者 松《まつ》 本《もと》 清《せい》 張《ちよう》

2018年7月20日 初版1刷発行
2024年12月20日 3刷発行

発行者 三 宅 貴 久
印 刷 大 日 本 印 刷
製 本 大 日 本 印 刷

発行所 株式会社 光 文 社
〒112-8011 東京都文京区音羽1-16-6
電話 (03)5395-8149 編 集 部
8116 書籍販売部
8125 制 作 部

ISBN978-4-334-77686-2 Printed in Japan

組版 萩原印刷

光文社文庫　好評既刊

当確師　十二歳の革命　真山　仁
向こう側の、ヨーコ　真梨幸子
シ　エ　ア　真梨幸子
ワンダフル・ライフ　丸山正樹
新約聖書入門　三浦綾子
旧約聖書入門　三浦綾子
極　め　道　三浦しをん
舟　を　編　む　三浦しをん
江ノ島西浦写真館　三上　延
消えた断章　深木章子
なぜ、そのウイスキーが死を招いたのか　三沢陽一
なぜ、そのウイスキーが謎を招いたのか　三沢陽一
冷　た　い　手　水生大海
だからあなたは殺される　水生大海
宝　の　山　水生大海
ラットマン　道尾秀介
カササギたちの四季　道尾秀介

光　道尾秀介
満月の泥枕　道尾秀介
サーモン・キャッチャー　the Novel　道尾秀介
赫　眼　三津田信三
ポイズンドーター・ホーリーマザー　湊　かなえ
ブラックウェルに憧れて　南　杏子
反　骨　魂　南　英男
悪　報　南　英男
謀　略　南　英男
破　滅　南　英男
刑　事　失　格　南　英男
女　殺　し　屋　南　英男
復　讐　捜　査　南　英男
毒蜜　快楽殺人　決定版　南　英男
毒蜜　謎の女　決定版　南　英男
毒蜜　闇死闘　決定版　南　英男
毒蜜　裏始末　決定版　南　英男